문학은 질문이기에,
이 책을 완성한 건 내가 아니다.
김혜순

김혜순의 말

김혜순의 말

글쓰기의 경이

김혜순

황인찬 인터뷰

마음산책

김혜순의 말

글쓰기의 경이

1판 1쇄 인쇄 2023년 6월 25일
1판 1쇄 발행 2023년 6월 30일

지은이 | 김혜순 · 황인찬
펴낸이 | 정은숙
펴낸곳 | 마음산책

편집 | 성혜현 · 박선우 · 김수경 · 나한비 · 이동근
디자인 | 최정윤 · 오세라 · 한우리
마케팅 | 권혁준 · 권지원 · 김은비
경영지원 | 박지혜

등록 | 2000년 7월 28일(제2000-000237호)
주소 | (우 04043) 서울시 마포구 잔다리로3안길 20
전화 | 대표 362-1452 편집 362-1451   팩스 | 362-1455
홈페이지 | www.maumsan.com
블로그 | blog.naver.com/maumsanchaek
트위터 | twitter.com/maumsanchaek
페이스북 | facebook.com/maumsan
인스타그램 | instagram.com/maumsanchaek
전자우편 | maum@maumsan.com

ISBN 978-89-6090-822-2 03810

시는 상상적 공간,
문학적 공간에서 일어나는 '움직임'입니다.

■ 일러두기

1. 외국 인명·지명·독음 등은 외래어표기법을 따르되 관용적인 표기와 동떨어진 경우 절충하여 실용적인 표기를 따랐다.
2. 편명은 「 」로, 책명은 『 』로, 매체명·영화명 등은 〈 〉로 묶었다.
3. 본문에 언급된 저자의 책 정보는 연보를 통해 확인할 수 있다.

서문

　현존하는 시인 가운데 하나를 꼽으라면 나는 주저하지 않고 김혜순 시인의 이름을 말할 것이며, 그러한 선택을 할 이가 결코 나뿐만은 아니리라는 것 또한 확신한다. 1979년 등단한 이래, 김혜순 시인은 줄곧 한국 시의 흐름 안에서 독보적인 방식으로 가장 먼 곳까지 나아가며 우리 시의 영역을 넓혀왔다. 무엇보다 놀라운 점은 시인의 작업이 세월과 더불어 쉬지 않고 갱신되어왔다는 점이다. 40년을 훌쩍 넘는 시력을 거치며 지금 김혜순 시인은 한국 시의 가장 큰 봉우리 가운데 하나가 되어, 나를 포함하여 이후의 시인들에게 많은 영감을 주고 있다. 우리가 김혜순 시인의 말에 귀를 기울여야 할 이유는 그렇기에 충분하다.

　『김혜순의 말』은 2022년 1월부터 7월까지 진행된 김혜순 시인과의 서면 인터뷰를 정리한 것이다. 먼저 내가 몇 가지 질문을 전하면 김혜순 시인이 답변을 전해주었고, 다시 내가 답변을 읽고 새롭게 떠오른 질문들을 전했다. 질문은 꼭 순서대로 진행된 것은 아니었고, 몇 가지 주제를 동시에 진행하기도 하였으며, 그러다가 한 가지 주제를 따라 질문이 이어지기도 하였다. 김혜순 시인은 대개 수일 만에 답장을 전해주었고, 내 쪽에서 다음 질문을 전하기까지 일주일에서 보름 정도의 시간이 걸리곤 했는데, 그것은 시인의 말이 거느린 세계가 너무나 크고 깊은 까닭이었다. 오늘날 한국 시에서 가장 돌올한 자리에서 시 쓰기를 계속해오고 있는 시인과의 대화는 그 답변의 뜻을 헤아리고, 다시 적절한 질문을 찾아내기까지 적지 않은 고민이 필요했다.

그렇기에 시인과 대화를 이어온 수개월은 말 그대로 탄식과 놀라움의 시간이었다. 대화할수록 깊어지는 김혜순 시인의 말들을 곱씹으며, 시인이란 무엇이고, 시란 무엇이어야만 하는지 다시 생각하게 되었고, 또한 시인으로서 살아가는 일은 어때야 하는지 총체적으로 재고하지 않을 수 없었던 것이다. 그 과정 속에서 내가 시인으로서 얼마나 부족하고 얄팍했는지 절감했다는 사실을 고백해두겠다. 그러나 이 대화를 통해 내가 정말 많은 것을 배웠다는 사실 또한 함께 밝힌다.

『김혜순의 말』을 관통하는 가장 중요한 키워드는 '고통'이다. 시인의 답변 대부분에서 우리는 고통을 어떻게 사유해야 할 것인지, 그리고 그것을 어떻게 받아들이며 살아가야 할 것인지, 누구보다 깊게 고민하고 몸으로 대결해온 사람의 모습을 발견할 수 있다. 그 고통은 때로는 타자에 대한 관심으로, 때로는 죽음에 대한 의식으로, 때로는 동물로 표상되는 주권 바깥의 소외된 생명들의 존재 방식으로 드러났고, 그 수많은 고통을 문학이라는 형식을 통해 탐구하는 것이 김혜순 시인의 지난 작업이었노라 말할 수 있을 것이다. 그것은 시인으로서의 치열함이자, 시민으로서의 성실함이다.

　김혜순 시인의 말이 지금 우리에게 귀하게 다가오는 것도 바로 그런 연유이리라. 소통과 공감, '좋아요'가 중심이 되어가는 오늘날의 우리에게 날 선 고통을 통해 마주하는 타자의 얼굴은 크나큰 위협으로 느껴질 것이다. 그 위협이 소중하다는 뜻이다. 타인의 고통스러운 얼굴을 마주하는 것은 우리에게 불편한 일이 될 따름이지만, 그 불편함이야말로 타자와 깊은 의미에서의 소통을 가능하게 하기 때문이다. 좋은 문학이란 불편한 것일 수밖에 없고, 깊은 대화란 일정 부분 고통스러운 일일 수밖에 없지 않겠는가. 김혜순 시인의 말을 따라 읽으며 우리는 자신의 고통을 실감하고, 그 고통을 통해 타자와 마주할 수 있을 것이다.

　『김혜순의 말』은 육체성과 타자성, 죽음과 고통, 가족이라는 억압의 제도, 고백과 문학 등 김혜순 시인의 시에서 추출할 수 있는 주제 의식을 열쇳말로 삼아 장을 나누어 시인의 삶과 생각을 함께 살피는 책이다. 그러나 김혜순 시의 최종 심급이라 할 수 있을 '여성성'에 대해서는 장을 따로 할애하지 않았다. 그것은 저 모든 사유의 저변에 '여성으로서 살아간다는 것', 그리고 '여성으로서 쓴다는 것'이라는 의식이 기본적으로 깔려 있기 때문이다. 그러므로 김혜순 시인의 말을 따라 읽는 일은 '여성적인 것'에 대한 총체적인 사유를 함께하는 일이기도 한 셈이다.

　이토록 귀하고 의미 있는 작업에 참여한 것이 부족함 많은 나는 사실이 여러모로 송구스러울 따름이다. 만약 이 인터뷰에서 아쉬운 부분이 발견되었다면 그것은 전적으로 좋은 질문을 던지지 못한 나의 탓이다. 그러나 내가 김혜순 시인과의 대화를 통해 문학과 삶에 대한 새로운 이해를 얻을 수 있었던 것처럼, 눈 밝은 독자들이라면 『김혜순의 말』이 전하는 그 강렬하고 선명한 언어를 깊이 받아들이고, 더 먼 곳으로 나아갈 수 있으리라. 김혜순 시인이 말했듯, 우리는 시를 읽고 쓰는 동안 어딘가를 향해, '나'를 벗어나 그 너머를 향해 열릴 수 있으므로.

2023년 여름
황인찬

차 례

몸과 죽음

황인찬 선생님, 직접 뵙지 못하고 서면으로 안부를 전하게 되어 안타까운 마음입니다. 요즘 몸이 좋지 않으시다고 들었습니다. 몸은 조금 어떠신지요. 그런 와중에 또 어떤 나날을 지내고 계신지도 여쭙고 싶습니다.

김혜순 제가 2021년 2월에 서울예술대학교를 퇴직했어요. 이전에도 여러 번 퇴직 의사를 밝혔지만 제가 사직서만 올리면, 학교에서 안식 학기를 주면서 퇴직을 만류했습니다. 어쨌거나 코로나19 창궐로 마지막 비대면 수업을 하고, 펜을 내려놓고, 자리에서 일어서는데 조금 어지럽다는 기분이 들었어요. 그다음 날 아침 기절을 했지요. 또 그다음 날도요. 아마 수업이 기다리고 있으니 제 몸이 기절을 미루고 있었나 봅니다. 저는 의식을 잃기 직전에 이런 생각을 했습니다. '기절은 참 오랜만이다.' 왜냐하면 제가 어릴 적부터 기절을 자주 했거든요. 특히 교장선생님 훈시를 듣던 운동장에서요. 그 이후 저의 병원 순례가 시작되었습니다. 침대에 누워 사는 나날이 계속되었지요. 온갖 통증과 증세와 불면증이 찾아왔습니다. 잠을 자지 않고, 머리부터 발끝까지, 저의 모든 기관이 제가 돌보지 않은 반려동물들처럼 비명을 지르는 소리를 들었습니다. 여러 나무가 서 있는, 몸이라는 숲에 들어섰는데 숲에 사는 동식물과 광물 들이 모두 통증을 호소하는 것 같았지요. 그렇게 통증으로 시끄러운 숲에서 나가는 방도를 찾아야 하는데, 그 숲에서 길을 잃은 상태랄까요.

저는 일생 동안 크고 작은 병을 많이도 앓은 편이었는데, 이번엔 정말 심했습니다. 이 증세들의 이름을 찾아 전전했지요. 어느 의사는 심장에 불규칙한 박동이 문제라 하고, 어느 의사는 신경계가 교란되었다 하고, 어느 의사는 기립성저혈압이 문제라 하고, 어느 의사는 소화계가 기능을 멈췄다 하고, 어느 정신과의사는 제가 애도에 실패하고 긴장을 축적해서 세계와 자아 사이에 단절이 왔다 하고, 스스로 내면의 자아를 절단하는 현상이 생겼다고 했습니다. 그것의 신체화 증상으로 아프다고 했지요. 어떤 후배 시인은 여성이 시를 너무 오래 쓰면 정신이상이나 신경 이상이 생기기 마련이라면서, 이제 그만 시를 떠나라고 했습니다. 이런 와중에도 저는 『지구가 죽으면 달은 누굴 돌지?』를 출간했지요.

2019년에 엄마가 돌아가시고, 그 시기에 집중적으로 쓴 것들을 돌아보지 않다가 묵힌 것들을 내놓은 것입니다. 저는 그해에도 사직서를 냈다가 다시 안식 학기를 보내고 있었어요. 수업이 없고 여유 시간이 생겨 제가 도맡아 엄마를 모시고 앰뷸런스를 불러 타고 병원과 호스피스를 전전했습니다. 결국 엄마의 임종을 맞이하고, 엄마 집을 정리하는 일까지 했지요. 그 와중에 시를 적었습니다. 뭐라도 하지 않으면 견디기 힘들어서 적은 것들입니다. 그 이후에는 시가 떠올라도 거의 적지 않고 있어요. 후배 시인의 조언대로 시와 멀어져야 할까요? 『죽음의 자서전』부터 『날개 환상통』을 거쳐 『지구가 죽으면 달은 누굴 돌지?』에 이르기까지 저는 참 많이도 죽음 사건에 매달려 있었습니다. 그래서 죽음 3부작이 되었지요. 시인이란 존재는 본래 죽음에의 선험적 직관을 표출하는 존재이지만, 그래서 내내 자신의 끝을 미리 살아내는 존재이지만, 이 시기에는 제 자신이 죽음으로서의 저를 좀 더 느낀 건 아닌가 생각되기도 합니다. 저는 죽음 사건으로 비탄에 빠진 사람들의 연대와 죽음에의 선험적 직관 사이에서 헤매고 있었습니다. 이 시들을 쓰면서 저는 죽은 후의 '나'는 '단수'가 아니라 '복수'라는 시적 경험을 하게 되었지요. 그러자 복수의 화자가 말을 하는 시끄러운 시들이 폭주했습니다.

그 복수의 존재가 저에게 말을 걸었어요. 지금은 침대에 누워서 폭주해 오는 그것들을 온몸으로 막고 있습니다. 그 죽음들이 더욱 저의 신체화 증상으로 등장할까 봐, 저의 숲이 더 시끄러워질까 봐 두려워서요.

"지금의 직감으로,
그 모든 것을 떨군 몸뚱이의 내밀성으로
저는 시를 감지하지요"

황인찬   선생님께 직접 말씀을 들으니 한층 더 걱정스러운 마음입니다. 무엇보다 선생님께서 건강하시기만을 마음 깊이 바랄 뿐입니다. 아마 앞으로 이어질 선생님과의 이야기에서 육체와 죽음은 참 중요한 테마가 될 것 같다는 생각이 듭니다. 저는 때로 몸이라는 것이 참 거추장스럽다는 생각이 들 때가 있습니다. 먹어야 하고, 배설해야 하고, 자주 아프기도 하고요. 그런데 선생님의 작업에서 몸은 언제나 중요한 주제이기도 했습니다. 이런 질문부터 시작해보고 싶습니다. 선생님께 몸이란 무엇인가요.

김혜순   저도 제 몸이 참 거추장스럽습니다. 아픈 몸은 더욱 그렇지요. 불면증의 몸은 제 몸을 급히 버리는 방법을 열심히 구체적으로 생각하는 계기가 되기도 했지요. 그러면서도 가련하고 거추장스러운 몸에게 함부로 잣대를 들이대거나 억압하거나 차별하는 태도는 참지 못합니다. 저에게는 『피어라 돼지』에 실린 「돼지라서 괜찮아」라는 시가 있는데요. 우리나라에서 구제역이 창궐해 돼지 300만 마리를 살처분한 일이 있었습니다. 그즈음 저는 딸이 기거하는 국립현대미술관 레지던스 건물을 가끔 방문하곤 했는데, 그 근방에 돼지 축사가 많이 있었습니다. 그곳에 다녀오면 제 차가 폭설을 뒤집어쓴 것처럼 하얗게 소독되곤 했었지요. 그때 돼지들이 참으로 많이 생매장되었습니다. 집으로 돌아와선 산 채로 구덩이를 기어오르려는 돼지들의 비명을 유튜브 화면으로 오랫동안 지켜보았지요. 그 후 돼지 살처분 외상후스트레스장애랄까 그런 게 생겨서, 그걸 치료하겠다고 템플스테이에 참여하게 되었습니다. 그곳에서 선방 스님은 자아를 버리고 온전히 호흡만 있는 상태가 되도록 참여자들을 계속 독려했어요. 저는 그 수행 중에도 딴생각만 했지요. 제 몸을 자꾸 절 밖으로 내보내는 상상을 했어요. 카페에 가서 책도 읽고, 시원하게 샤워도 하고, 환한 마루에서 돌아가신 외할머니와 수박화채도 먹고, 외할머니한테 부채질도 살랑살랑 해드리고요. 그러면서 저는 보게 되었습니다. 절 문 밖으로 내쫓았는데 절 안으로 자꾸만 돌아오는, 절 방 안으로 들어오려고 안간힘 쓰는, 살처분된 돼지 한 마리를. 이름과 옷을 버린 하

나의 몸뚱이를. 돼지처럼 오직 몸만 있는 존재를. 그 몸의
태어남과 죽음과 차별받음, 분류당함, 손가락질당함, 매질
당함, 고문당함을. 그 몸을 함부로 다루는 시선과 손가락
질과 고문하는 국가체제를. 그때 저는 시를 쓰면서 저의
몸, 저의 돼지를 생각했습니다. 냉랭한 시선들을 끌어모아
만들어진, 세상에서 제일 차갑고 잔인한 무기인 거울 앞
에 선 알몸 하나를. 바라보니 명명을 벗은 알몸 하나만이
저의 '지금'이었습니다. 제가 쓴, 몰두한 '죽음'들은 모두
저의 미래였지요. 제 부모들은 저의 과거였다가 죽어서
저의 미래가 되었어요. 미래는 불안과 연결됩니다. 제 몸
뚱이라는 지금에 미래라는 불안이 기투해 저의 아픔이 되
었지요.

저는 이제까지 시에 관한 글들을 모은 세 권의 책(『여성이
글을 쓴다는 것은』『여성, 시하다』『여자짐승아시아하기』)을 출
간했습니다. 그 책들을 한마디로 정의하면 '생체시학'이
라 부를 수 있겠다고 언젠가 생각한 적 있습니다. 몸에게
서 이름과 인종과 피부 색깔과 취향과 그 모든 것을 제거
한 몸, '돼지'의 시학이지요. 나중에 그 돼지를 '여자짐승'
이라 부르기로 했습니다. 다른 사람은 절대로 알 수 없는
가려움과 갈증과 배고픔과 결핍의 비명과 갈망이 제 몸의
지금이고 직감이듯이 시의 직감도 그와 같지요. 지금의
직감으로, 그 모든 것을 떨군 몸뚱이의 내밀성으로 저는

시를 감지하지요.

황인찬　몸뚱이의 내밀성으로 시를 감지한다는 선생님의 말씀이 아주 인상적입니다. 선생님의 시는 항상 몸에 대한 것이었다는 생각을 하곤 했습니다. 어쩌면 선생님 시에서 무의식이 큰 힘을 발휘하는 것 또한 바로 그 몸에 대한 깊은 천착에 의한 것이 아닐까 헤아려보게 됩니다. 돼지의 시학이 결국 폭력과 죽음을 통해서, 즉 육체성의 무력화를 통해서 드러난다는 것도 의미심장하게 생각되는데요. 선생님의 세계에서 죽음이란 몸과 참 가까운 것처럼 보입니다. 『죽음의 자서전』 역시 죽음을 탐구하는 작업이었고요. 원래는 몸에 대한 이야기로 시작을 이어가려 했지만, 죽음을 함께 짚어가며 이야기하지 않을 수 없을 것 같습니다. 그런 의미에서 여쭙고 싶은데요. 선생님의 시에서 죽음이란 무엇일까요.

김혜순　저는 죽은 자의 '죽음'을 아직 모릅니다. 아시다시피 물리적 죽음도 경험한 바 없지요. 하지만 간혹 제가 이미 죽은 것이 아닌가, 이미 묻힌 것이 아닌가, 하고 생각할 때가 많습니다. 제가 누군가를 만나서 시간을 보내고, 같은 공간을 햇살 아래 점유하고 있는데도, 제가 이미 죽어서 경험하고 있는 것은 아닌가 생각할 때가 많습니다. 특히 고즈

넉하고, 아름다운 풍경 속에 있을 때 그렇게 느끼지요. 죽은 줄도 모르고 '내가 이렇게 저렇게 하고 있구나' 하고 말입니다. 그럴 때 시를 쓰고 싶어지기도 합니다.

황 시인의 시를 읽을 때도 그런 '죽음의 실감'에 감동할 때가 많았습니다. 소리가 사라진 세계 같은 환한 곳에서 인물들이 움직이고, 화자의 시선이 있고, 이미지가 있고, 관계가 있었지요. 마치 언젠가 본 영화인데 잊히지 않는, 어느 환한 장면처럼, 그 감각의 실감처럼 황 시인의 시가 읽힌 적이 많았습니다. 황 시인의 시를 다시 읽을 때마다 그 실감은 어김없이 찾아옵니다. 그럴 때 저는 황 시인의 시 속 화자의 시선을 죽은 자의 시선처럼 느낍니다. 혹은 시 속에서 아득한 관찰자가 불면의 망원경으로 본 것 같은 시선을 느낍니다.

김수영 시인의 「눈」에서 "눈은 살아 있다/ 죽음을 잊어버린 영혼과 육체를 위하여/ 눈은 새벽이 지나도록 살아 있다"라는 구절을 인용하고 싶습니다. 김수영이 생각한 죽음은 어떤 것이었을까요? 김수영은 왜 젊은 시인에게 "눈더러 보라고" 기침을 하고 "가슴의 가래"를 뱉으라 했을까요? 저는 김수영이 죽음을 "죽음을 잊어버린 영혼"과 같은 상태라 지각했다고 생각합니다. 김수영이 생각하기에 죽음을 잊어버린 젊은 시인은 시인이 아니었지요. 그러니 죽음을 잊어버리지 않은 시인은 눈에게 살아 있다고, 아직 죽지 않았다고, 죽음으로 살아 있다고 마음껏 말해야 하는 것입니다. 요컨대 김수영에게는 죽은 자야말로 시인이고, 가래를 뱉을 수 있는, 죽음으로 산 자였지요. 저는 아주 오래전에 김수영론으로 박사학위논문을 쓴 적이 있는데요. 그때 저는 레퍼런스 없이 제 생각만으로 논문을 써서 제출했습니다. 그러자 심사위원 중 한 분이 강렬하게 레퍼런스를 100개 이상 달아오지 않으면 통과를 시켜주지 않겠다 해서 기호학을 가져다가 도식적으로 김수영 시를 분해했습니다. 덕분에 알게 된 사실이 있는데 김수영이 참으로 형식적인 시를 썼다는 것입니다. 그는 계산이 참 정확했습니다. 일상어를 쓰는 시적 혁명을 도모했지만, 시 안에서의 형식은 참으로 도식적이었습니다. 저는 그가 시에서 주로 '생활, 죽음, 자유, 혁명, 고독'을 다루고 있다고 생각해서 그렇게 제 논문의 챕터를 나누었습니다. 시를 쓸 때마다 김수영은 '생활, 죽음, 자유, 혁명, 고독'의 반대편에 위치한 구절과 에피소드 들을 도식적으로 배열했어요.

아마도 시는 대상 앞에서 대상이 죽기 전에 시인이 죽는 기록일 겁니다. 사물과의 작별, 세계와의 작별을 통해 잔혹한 죽음들과 맞서는, 선험적이면서 아찔하고 아득한 죽음을 구축하는 것이 시이지요. '나'의 죽음은 바로 너희들의 내부를 벗기고 벗겨서 들어갑니다. 그곳엔 벌거벗은 리듬 같은 것들이, 연기로 만든 뼈대 같은 것들이 겨우 남아 있지요. 바로 그 상태에 이르는 것이 시라고 생각합니다. 들어가면 들어갈수록 '나'는 '나'에게서 멀어집니다. 제가 생각하는 저의 죽음은 바로 '너(희)'입니다. '내'가 죽으면 너(희)가 되는 것이지요.

황인찬 저의 부끄러운 시를 깊이 읽어주시니 몸 둘 바를 모르겠습니다. 더불어 김수영의 시가 형식에 철저했다는 것은 선생님께 더 여쭙고 싶은 이야기이기도 합니다. 김수영을 비롯한 여러 시인에 대해서도 이후에 다시 여쭐 기회를 살펴보겠습니다.

그런데 선생님께 죽음이란 참으로 양가적인 것이군요. 이미 몸에 깃든 것이면서 동시에 그 몸을 벗어나는 일로서의 죽음을 말씀하시는 것이라 이해했습니다. 그렇다면 『죽음의 자서전』은 그 죽음의 양가적인 면모를 살피는 작업이라고 볼 수 있을까요?

김혜순 물론 『죽음의 자서전』의 시들도 저의 다른 시집들처럼 여기저기 발표되었던 시들을 모은 것입니다. 제가 죽은 후에도 저는 일개인 '나'로 있을까요? 이것이 그 시집에 들어 있는 시를 쓸 때 저의 화두 같은 것이었습니다. 우리는 지금 하나씩의 고유명사로 살고 있지만 죽은 다음엔 형용사, 부사 같은 상태가 될 거라고 생각했습니다. 어쩌면 아직 명명되지 않았으나 형용사, 부사인 상태가 될 거라고 말입니다. 저는 그 시들을 쓸 때 '죽음의 실감'이라는 상태에 자주 처해 있었던 것 같습니다. 우리는 살아 있으면서도 죽어 있을 때가 많습니다. 예를 들어서 원치 않은 어떤 손길이 저에게 얹혀 있다고 가정해봅시다. 그 손가락들이 저를 찌르고 건드린다면 제 몸이 경직하지 않겠습니까? 저는 바보같이 저항할 엄두도 내지 못하고, 잠깐 저를 '인형'이라고 생각하자! 그렇게 여긴 적이 있었습니다. 이런 경험은 희롱의 경험일 때도, 폭력 앞에서의 경험일 때도 있었습니다.

저는 국가가 개인에게 폭력을 휘두르는 시대를 살아왔습니다. 이 시집의 몇몇 시를 쓸 때 제가 근무하는 학교의 몇몇 교수와 학생이 학교 당국을 상대로 쟁의 중이었는데, 그때 제가 상사의 방에 불려 가서 이 상황과 비슷한 지경에 이른 일이 있었습니다. 저의 상사는 학생들의 장학금과 학자금대출을 무기로 학부장인 저를 닦달했지요. 이럴 때 '인형'은 제 죽음의 실감인 겁니다.

저는 『죽음의 자서전』에서 화자를 '너'로 지칭했는데 그것은 마치 제가 유체 이탈 했을 때처럼 제 죽음을 마주 본 시간이 있었기 때문입니다. 학교로 출근하는 것이 스트레스인 나날 속에서 어느 날 아침 출근길 만원 지하철에서 갑자기 의식을 잃을 것 같았습니다. 그래서 숙대입구역에서 문이 열리자마자 전동차를 박차고 나왔습니다. 그리고 의식을 잃었지요. 당시에 저는 유체 이탈 하여 쓰러진 저를 내려다봤습니다. 제 주머니를 뒤져 저의 신원을 찾는 사람의 손길도 바라봤습니다. 그런 경험 때문에 그 시집에서 「출근」을 첫 시로 삼은 것인지도 모르겠습니다. 두 번째 시 「달력」은 다달이 잊지 않고 달력의 숫자처럼 죽었다가 돌아오는 여자들의 월경을 가지고 썼습니다. 우리는 날마다 달마다 혹은 순간마다 죽었다가 되살아나지요. 그렇게 저의 '죽음의 자서전'을 적었습니다. 세월호 사건이 일어난 직후였지요.

사실 저는 죽은 자의 죽음이 아니라 산 자의 죽음을 쓴 것입니다. 저는 살아서 바리공주의 여행을 하고 싶었습니다. 바리공주처럼 저의 죽음인 저의 바깥을 왕복하고 싶었습니다. 죽음을 왕복하면서 만난, '나의 죽음'을 포함한 죽음의 존재들은 몇 인칭일까요? 저의 죽음을 '나'라고 부를 수 있을까요? '나'가 유령 화자로 말을 시작하자 제 죽음은 인칭을 특정할 수 없는 '너(희)'가 되었어요. 저는 제가 죽은 후 '나'라는 단독 자아로 살지 않을 거라고 생각합니다. 저의 죽음은 '나'를 '나 아닌 것'으로 만들 겁니다. '나'는 아마 다른 피조물과 구별되지 않을 겁니다. '나'가 죽은 그곳에, '내'가 여럿이 된 그곳에 그 시들이 '나'를 기다리고 있었다고나 할까요? 그래서 이 시집에 실린 시들의 화자인 '너(죽음)'는 인칭이 없다고 말할 수도 있습니다. 제 죽음의 인칭은 몇 인칭일까 자주 생각해봤어요. 아마 육인칭이나 칠인칭이 아닐까 생각했습니다. 시를 쓰는 것 자체가 일인칭에서 육인칭이나 칠인칭으로 건너갔던 순간을 쓰는 것이 아닐까요?

"저는 파티장 안에서 외따로 떨어진 못생기고,
검은 옷을 입고, 슬픔에 잠긴 여자였습니다"

황인찬 　『죽음의 자서전』의 강렬한 도입은 거기서 온 것이었군요. 시집을 읽으면서 내심 어떤 장면을 목격하신 것은 아니었을까 짐작했는데, 체험의 순간이었다니 듣고 보니 여러모로 이해되기도 합니다. 선생님께 시 쓰기란 '나'를 벗어나는 일, 즉 죽음을 통해 다른 존재의 자리에 가보는 일이라는 말씀이군요. 그런 의미에서 선생님의 시에 그려지는 수많은 타자의 죽음 또한 함께 말하지 않을 수 없겠습니다. 앞서 말씀하셨던 돼지 살처분과 관련한 선생님의 작품 『피어라 돼지』는 타자의 죽음에서 출발한 것이고, 또한 이 시집에 수록된 「바람의 장례」는 세월호 참사의 외상을 그려낸 작품이었습니다. 「바람의 장례」가 발표된 것이 제가 기억하기로 〈창작과비평〉 2015년 봄호였는데, 거기 실린 작품을 읽으며 큰 충격을 받았습니다. 너무 적나라하고, 너무 선명하고, 너무 강렬하기 때문이었는데요. 그 강렬함이 한편으로는 사건을 추도하고 기억하는 아주 윤리적인 방식일 수도 있겠다는 생각이 들었습니다. 타인의 죽음으로부터 촉발된 고통과 외상이 투명하리만치(바람이기 때문이었을까요) 그려진 까닭이었습니다. 어쩌면 선생님의 시에서 타자의 죽음이란 언제나 나 자신의 죽음과 아주 밀접한 것이라는 생각이 들었습니다.

김혜순   바람이 창문 아래서 두려움에 떤다.

바람은 침묵치료를 견디지 못한다.

가만히 있어, 소리치는 침묵은 어떤 나라 같다.

사정없이 내리쬐는 빛 아래 드넓은 운동장엔 아무도 없다.

다 치료받으러 갔다.

평평하고 광활한 운동장, 그러나 그 안은 스텐처럼 싸늘하다.

바람은 합창단에 가입했다 쫓겨난다.

바람의 목소리는 나무 꼭대기에 붙은 나뭇잎 두 개를 떨게 할 만큼 높이 올라갈 수 있지만

타자의 잔들이 모조리 깨질 만큼 예리하지만

음정이 계속 틀리는 바람. 박자를 못 맞추는 바람. 악보를 못 읽는 바람.

두 옥타브 올라갔다가 세 옥타브 떨어지는 바람.

바람이 다리를 떤다. 바람이 창문을 떤다.

바람은 긴장을 견디지 못한다.

바람은 기분이 잘 상한다.

바람의 불안이 극도로 커진다. 교실의 전등이 모두 흔들린다.

바람이 미술치료 시간에 그려놓은 밤바다를 보라. 물결치는 수억 만의 머리카락을 보라.

전봇대가 윙윙 운다.

입술 밖으로 전류가 흐른다.

싸늘한 운동장이 벌벌 떤다.

바람에게 누가 귓속말하나 보다.

바람은 흰 이빨 블록들 사이에서 터져 나오는 가지런한 문장들을 견디지 못한다.

바람이 어디선가 험한 메시지를 받아온 사람처럼 포효한다.

바람에게 최면을 걸어야겠다.

바람에게 수면치료를 해야겠다.

바람은 바람들과 파란 하늘을 날고 있었다.

바람이 집에 도착하니 바람의 장례식이 거행되고 있었다.

엄마 아빠가 바람을 입관하고 있었다.

이제 바람은 더욱 심해진다.

펼쳐진 영혼처럼 울먹인다.

귓속말로 명령을 계속 받는가 보다.

바람 속에 몇백의 아이가 들어 있다. 바람은 그 아이들하고만 애기한다. 그 아이들하고만 산다.

바람은 다중인격이다.

바람은 구강애호증이다.

바람에게 공갈 젖꼭지를 물려야겠다.

바람에게 진정제를 놔줘야겠다.

바람의 두 팔을 결박해야겠다.

바람은 상담치료를 견디지 못한다.

바람은 밖에만 있지 않다.

바람은 꿈 분석을 싫어한다.

바람은 빙 둘러앉는 것을 견디지 못한다.

바람은 걸레 같은 가면 아래서

회오리치는 무의식의 대륙들과 만나는 걸 싫어한다.

거대한 풍선처럼 천천히 부풀어 오르다가 의자 모서리에 찔려 터진다. 통곡한다.

저물녘 붉은 물감을 칠한 바람이 폭발한다. 몇 시간째 데굴데굴 구르며 회오리친다. 번개 친다.

바람에게서 바람이 뽑혀나가며 지르는 비명.

바람은 자유연상을 못 견딘다.

연상의 끝에는 꼭 무시무시하게 일어서는 밤바다가 있다.

바람은 일인실을 견디지 못한다. 바람은 육인실을 견디지 못한다.

바람은 관에 못이 쳐지는 것을 견디지 못한다.

유골함도 견디지 못한다.

바람은 견디지 못한다.

ー「바람의 장례」 전문, 『피어라 돼지』

제가 근무하는 서울예대에서 단원고등학교까지는 걸어서 대략 30분이 걸립니다. 단원고는 똑같이 생긴 붉은 벽돌로 나지막이 지은 연립주택들이 촘촘한 동네 앞 언덕에 있지요. 그 연립주택의 한 칸 한 칸에 그 학생들이 살고 있었지요. 비슷한 책상에, 비슷한 이불을 덮고, 똑같은 교복을 걸어두고 말입니다. 저는 수업이 끝나고 그 학교까지 걸어서 갔다가 다시 연구실로 돌아오곤 했습니다. 문이 열려 있는 날엔 운동장에 서 있곤 했습니다. 그 아이들이 사용하던 소지품이 늘어서 있는, 빈방을 찍은 사진들을 찬찬히 들여다보기도 했습니다. 참으로 참혹한 나날이었습니다. 학교가 있는 안산 가까이 지하철이 도착하면 스피커에서 안내 방송이 나왔습니다. 학생들을 문상하실 분들을 위해 중앙역의 어디, 고잔역의 어디에 셔틀버스가 기다리고 있다는 내용이었습니다. 안산 중앙역을 나오면 버스가 한 대 서 있었는데, 이 사건의 트라우마를 치료해줄 상담사가 타고 있으니 학생의 가족이나 친지, 친구는 그 버스를 방문하라고 현수막이 걸려 있었습니다. 학생들의 해맑고 화사한 사진이 형형하게 걸린 분향소에 가면 제 수업에 들어오는 대학생들이 자원봉사자로 일하다가 저를 줄 서는 곳으로 안내해주었습니다. 이런 나날이 계속되었습니다. 제가 근무하는 학교의 교수들은 약속이나 한 듯 그해 내내 무채색 옷만 입었습니다. 저는 다시는 시 같은 것을 쓰지 않으리라 생각했습니다. 그 배가 빠져 있는 바닷가에 갔을 때는 정말 수백만 마리의 코끼리 떼가 저를 덮치는 환시를 보기도 했습니다.

당시에 저는 문학동네 온라인 지면에 시도 아니고 산문도 아닌 '시산문'이라 스스로 명명한 글들을 연재하고 있었는데 다시는 그 글들을 쓸 수 없을 것 같았습니다. 온 세상을 향하여 '이 나라가 저 생때같은 아이들에게 한 짓을 보십시오!' 하고 외치고 싶었습니다. 그리고 아직도 살아 있는 어른이라니, 참으로 저 자신이 수치스러웠습니다. 해방 이후 우리나라 정부는 국민에게 참으로 나쁜 짓을 많이 해왔습니다. 시인이란 인간은 원래 무턱대고 무한한 자유를 동경하는 자들이 아닙니까? 자신의 시의 목적을 정치적 운동에 두지 않더라도 어느 시인이나 그렇다고 생각합니다. 시인들이 그 현장에 가서 생일시를 쓰고, 지금도 끊임없이 낭독회를 열고, 학생들 가족과 연대해 책을 출간하는 것도 그런 연유일 것입니다.

몇 개월 후 독일에 거주하는 일본인 시인 요쓰모토 야스히로四元康祐로부터 연락이 왔습니다. 아베 총리가 종전 70주년에 맞춰 담화를 발표할 터인데 그것에 맞서, 아니 그것보다 앞서 한국, 중국, 일본 시인들이 함께 연시連詩를 쓰자고 했습니다. 우리 삼국 시인이 먼저 이것을 발표하자고 했어요. 일본의 다니카와 슌타로谷川俊太郎와 중국의 밍디明迪는 이미 연시 창작에 동참하기로 했다고요. 연시란 행과 연이 진행되는 법칙을 미리 정해놓고, 앞 시의 단어와 세계, 느낌과 공간, 글자와 숫자에 기대어 다음 시인이 시를 이어 쓰는, 돌림 시 쓰기 같은 것이라 했어요. 일본과 중국 등 이미 다른 나라에선 무척 많이 시도된 장르라 했습니다. 그가 다른 나라 시인들과의 연시들을 보여주었어요. 처음엔 '내가 시를 다시 쓸 수 있을까?' 하는 생각이 들었고, 연시의 규칙과 제한이 싫어서 하지 않겠다고 했지만 그가 보여준 시들을 읽고 난 후에는 생각이 달라졌습니다. 내용이 좋았기 때문이지요. 곧 연시의 형식과 시인들의 순서가 정해진 도표가 도착했습니다. 그것을 책상 앞에 붙여두었지요. 그런데 문제는 첫 번째 연시의 소재가 '바다'였다는 겁니다. 저는 지금의 나에게 바다는 금지다, 나는 아직 바다라는 단어를 발설할 수 없다, 라고 했지만 그들은 발설함으로써 이겨낼 수 있다, 하면서 막무가내였지요. 그렇게 연시가 시작되었습니다. 야스히로는 뮌헨, 슌타로는 도쿄, 밍디는 캘리포니아, 저는 서울에 있었지요. 밤낮으로 시가 왔다 갔다 하기 시작했어요. 지하철 안에서도 쓰고, 자다가 일어나서 쓰기도 했습니다. 받자마자 생각할 시간도 없이 시를 써서 보냈지요. 저는 바다를 소재로 한 밍디와 야스히로의 명랑한 시들을 받아,

> 갈매기도 잠든 깜깜한 밤
> 아이들이 슈트 케이스를 들고 떠나고 있다.
> 모두 잠들어 있는데 아이들만 깨어 있다.
> 서쪽 부두에서 아무도 몰래 배가 출항하고 있다.
> 일 년째 같은 아이들, 같은 배, 같은 구름, 같은 하늘이 떠나고 있다.

이렇게 써서 보냈지요. 그랬더니 사방의 시인들이 저에게 정중하게 충고를 했습니다. 연시란 연회에서 돌아가면서 저는 형식을 따온 것이라 그렇게 우중충하게 쓰는 게 아니다, 다 웃고 있는데 너만 울고 있다, 다음엔 그렇게 하지 말라고 했습니다. 하지만 저는 형식은 따도 웃음은 따르지 못했습니다. 그렇게 시의 소재는 '바다'를 거쳐 '밥'과 '태양'으로 바뀌어갔습니다. 하지만 저의 '연회'는 살아나지 않았지요. 저는 파티장 안에서 외따로 떨어진 못생기고, 검은 옷을 입고, 슬픔에 잠긴 여자였습니다. 그 와중에 슌타로는 '나는 다시는 일장기를 흔들지 않으리' 하는 감동적인 연시의 구절을 쓰기도 했습니다. 저는 우리나라

에도 그런 시를 쓸 수 있는 용감한 시인이 있을 수 있을까 생각했습니다. 어쨌든 연시의 마지막 시마저 저는 그 학교 아이들의 운동장을 떠나지 못했지요.

> 수화의 교실에선 소리 대신 빛으로 종을 친다.
> 수업이 끝나는 시간도 점심시간도 빛으로 종을 친다.
> 축구의 파울은 심판이 달려와서 친절하게 알려준다.
> 손목시계를 들여다보던 심판이 게임의 종료 깃발을 들어 올리면
> 이긴 팀도 진 팀도, 심판도 관중도 두 손으로 나비를 만들어 햇빛
> 속에 날린다.

이 연시를 끝내고 우리는 도쿄와 오사카에서 낭독회를 열었습니다. 아베의 담화에 맞선다고 했지만 시로서 무엇을 할 수 있었겠습니까? 단지 삼국의 시인들이 낭독회를 열고 연시집*을 출간한 게 다였지요. 우리가 시를 읽는 서점 밖에서는 한국인을 몰아내라는 혐한嫌韓 시위대가 머리띠를 두르고, 만장 같은 것을 들고 시위하고 있었습니다. 삼국의 시인들이 까마귀들처럼 엎드려 밖에서 들려오는 소리를 헤치듯 시를 낭독했습니다. 그런데 그 낭독회들에

■ Yasuhiro Yotsumoto, Ming Di, Kim Hyesoon, Shuntaro Tanikawa, Translated Don Mee Choi, *Trilingual Renshi,* Vagavond Press, 2015.

서 일본인 청중은 저에게 "왜 너만 그렇게 시가 우중충하냐"라고 질문들을 쏟아냈습니다. 그래서 저는 "피아노에는 흰건반만 있는 것이 아니라 검은건반도 있다. 그래야 화음이 일어난다. 저들은 흰건반 담당이고 나는 검은건반 담당이다"라고 대답했습니다. 아무튼 이 강제 시 쓰기 '연회'를 거치면서 저는 다시 시산문 『않아는 이렇게 말했다』로 묶일 글 연재를 계속하게 되었습니다. 그때 「바람의 장례」도 쓰게 되었지요. 제가 운동장에 서 있었던 나날에 맞춰 운동장으로 돌아오던 그 아이들의 얘기 말입니다.

황인찬 「바람의 장례」는 많은 시간과 시를 거느리고 있는 시였군요. 그 시의 놀라운 깊이가 새삼 이해됩니다. 외상을 남기지 않는 죽음이 어디 있겠냐마는 어떤 죽음은 더 긴 시간을 요구하는 것 같기도 합니다. 그리고 시라는 것은 잊고 살던 그 죽음을 불현듯 다시 끄집어 올리는 일이라는 생각이 들기도 합니다. 선생님이 개인적으로 기억하는 가장 강렬한 죽음에 대한 이야기를 여쭙고 싶습니다. 또한 선생님에게 죽음이란 어떤 의미를 갖는지요. 불면증과 몸의 감각을 연결하여 말씀하신 데서도 어쩌면 그것이 죽음에 대한 선생님의 감각과 연결된 것은 아닌가 싶었습니다.

김혜순

대학을 휴학하고 집에 있을 때였습니다. 저는 자주 병치레를 했기 때문에, 그때도 그런 일이 있었습니다. 아주 늦게 일어나서 외할머니가 차려준 밥을 먹었습니다. 외할머니는 커피도 마련해주었습니다. 저는 외할머니가 저의 전용 수저를 주지 않은 것에 화가 나, 커피를 마시다 말고 유리 설탕 단지를 벽에 던졌습니다. 유리 조각과 설탕 가루가 방에 산산이 흩어졌습니다. 그때 외할머니는 부엌에 있었는데, 제가 던진 병이 벽에 깨지는 소리 사이로 이상한 소리가 들렸습니다. 부엌에 가보니 외할머니가 큰 새처럼 옆으로 누운 채 죽어 있었습니다. 저는 외할머니를 반듯하게 눕히고 두 발을 모아드린 다음 아버지에게 전화를 걸었습니다. 나중에 보니 방바닥의 유리와 설탕 위에 제 맨발바닥 자국이 눈 위의 노루 발자국처럼 즐비했습니다. 외할머니는 저를 키워주신 분이었는데, 그 죽음 사건 후 외할머니를 꿈에서 많이 보았습니다. 외할머니는 저에게 질환이 생길 때면 어김없이, 미리 알려주시려고 그런지 늘 예지몽을 주었습니다. 제가 〈문학과지성〉이란 매체로 등단할 때에 발표한 시 중 한 편도 쓰게 해주었지요. 「도솔가兜率歌」란 시입니다. 참으로 오래전에 쓴 시인데, 향가적이고 신화적이라고 말씀들 하셨지만 저에게는 생물학적인 시입니다. 스무 살쯤에 쓴 시이지요. 저는 이 시에서 외할머니를 어머니라 불렀어요. 엄마는 엄마라 부르고, 외할머니는 어머니라 불렀습니다.

죽은 어머니가 내게 와서
신발 좀 빌어달라 그러며는요
신발을 벗었더랬죠

죽은 어머니가 내게 와서
부축해다오 발이 없어서 그러며는요
두 발을 벗었더랬죠

죽은 어머니가 내게 와서
빌어달라 빌어달라 그러며는요
가슴까지 벗었더랬죠

하늘엔 산이 뜨고 길이 뜨고요
아무도 없는 곳에
둥그런 달이 두 개 뜨고 있었죠

－「도솔가」 전문, 『또 다른 별에서』

저는 외할머니 집에서 태어났어요. 경상북도 울진군 울진
읍에 있는 집이었는데, '개학당開學堂'이란 당호를 쓰는, 일
본 사람이 남기고 간 적산가옥이었지요. 작년에 잠깐 목

포에 갈 일이 있었는데, 적산가옥을 찻집으로 만든 집에 들어갔다가 외갓집이랑 내부가 거의 똑같아서 많이 울었던 기억이 납니다. 그때 울진읍에는 이층집이 딱 두 개 있었어요. 그중 한 집에서 제가 태어났지요. 그곳은 울진군의 유일한 서점이었고, 울진군 내의 각 학교에 교과서를 공급했어요. 산골 학교의 아이들이 큰 지게를 지고 선생님과 함께 새 학기 교과서를 받으러 서점으로 들어오던 광경이 기억에 남아 있습니다. 그때부터 책을 많이 읽었어요. 외할아버지는 초록색 털이 잔잔하게 돋은 회전의자에 앉아서 제게 일본어 책을 많이 보여주고 읽어주었습니다. 그런데 얼마 전 울진에 산불이 나서 불바다가 되었어요. 바람이 세게 불고, 울진군 전체가 타올랐어요. 원자력발전소와 금강송 군락지만 제외하고 다 타버렸지요. 저는 온갖 매체를 옮겨 다니면서 그 불타는 모습을 보았습니다. 나무들이 타고, 산속에 숨은 동물들이 죽고 있었지요. 제가 당장 가보겠다고 했지만, 식구들이 건강이 좋아진 다음에 가라고 해서 망설였던 기억이 있습니다.

죽음만큼 아무 '의미'가 없는 사건이 있을까요? 의미가 없기에 그것이 죽음이지요. 그럼에도 우리가 쓰는 시의 팅커벨은 늘 '죽음'입니다.

이 죽음이라는 부재와 잠적 없이 시의 리듬은 일어나지 않지요. 불면은 낮의 그림자예요. 이것을 꺼야 우리는 잘 수 있지요. 저는 이것을 끄지 못해 밤이면 안달합니다. 도무지 제가 죽어지지 않는 겁니다. 제 몸이 낮을 끄지 않는 거지요. 그래서 저는 낮을 끄지 않는 이 놈을 처단하고 싶을 때가 생기곤 합니다만 늘 참습니다. 저는 제 몸에게 이 현재를 꺼다오, 꺼다오, 엎드려서 빌고 빕니다. 그러다가 '에잇, 이제 전등을 켜고 음악이나 들어야지' 생각합니다. 불면증은 저에게 이 삶의 시간들과 같습니다. 늘 불을 켜고 저에게 깨어 있으라 하지요. 잠자지 말고, 밝은 가운데 있으라 하지요. 죽을 지경인데도 말이에요. 저는 아직 황시인의 질문에 답하지 않았습니다. '개인적으로 가장 강렬한 죽음'은 아직 말하지 않았습니다. 그것을 말로 할 수 있는 시간이 닥쳐오겠지요.

황인찬   선생님께서 자주 언급해오신 바리데기 신화 또한 죽음과 밀접한 이야기입니다. 바리데기 신화는 죽음을 극복하는 이야기라고도 할 수 있을 텐데요.

김혜순   한라산 기슭에서 굿이 있었습니다. 무당이 죽자 무당의 신딸 수십 명이 전국에서 몰려왔습니다. 제주도엔 세습무가 많고, 굿 현장에서 바리데기 구송은 없지만 다른 지방(전라도) 출신 강신무가 죽고, 전국에서 신딸들이 몰려오니 바리데기 구송이 있게 되었습니다. 소낙비가 억수같이 쏟아지는 밤, 천막 속에서 노래가 있고 춤이 있고 신들림이 있었습니다. 죽은 신어머니의 부름을 차례대로 받는 그들을 보고 있으니 문외한인 저도 누가 더 비가시계非可視界를 다녀오는 데 능통한지 알게 되었어요. 그곳에 무당이 아닌 사람은 남자 악사들과 인류학자 둘, 그리고 저뿐이었습니다. 저는 잠이 들었다 깼다 울었다 웃었다 했습니다. 모두 그렇게 굿에 참여했습니다. 밥도 짓고, 그 밥으로 점도 치면서 말입니다. 그들의 구송이 저에게 한 무당의 일생을 다시 살아보게 했고, 저를 여러 감정과 행위의 파도 속에 있게 했습니다. 사흘째, 굿이 거의 끝나갈 무렵, 다시 잠이 들었습니다. 잠 속에서 저는 박수무당의 지게에 업혀 산속으로 깊이 들어갔습니다. 가다 보니 저는 신발을 신고 있지 않았습니다. 꿈속에서 무당들이 말했습니다. 너는 이제 신발을 잃었으니 여기서 나갈 수 없다. 내림굿을 받아라. 그러면 나갈 수 있다. 잠에서 일어나보니 저는 신발을 신고 있었습니다. 다행이라 생각했습니다. 굿이 끝나고 무당 전부와 제주 시내 목욕탕에 갔습니다. 모두 유쾌하고, 농담도 잘하는 사람들이었습니다. 목욕을 끝내고 나오니 제 신발이 사라져버렸습니다. 하는 수 없이 목욕탕 슬리퍼를 신고 그들과 노래방에 갔습니다. 그들이 부르는 유행가는 정말 큰 새들이 철새 도래지에서 한꺼번에 외치는 울음소리처럼 날카롭고 힘이 있었습니다. 또

나오니 제 목욕탕 슬리퍼만 없었습니다. 누군가 구해 온 실내용 슬리퍼를 신고 그다음 날 서울로 왔습니다.

그리고 제주 신화에는 없는, 바리데기의 여러 버전을 읽고 또 읽었습니다. 위장막으로 가린 효 이데올로기와 여성들만의 온전한 노래 세계가 둘로 갈라져 읽혔습니다. 저는 이 경험 속에서 제 시의 여성 화자의 언어들, 그 목소리의 유령 화자의 모습을 보았습니다. 제가 이전에 썼던 시들의 화자는 이런 유령 화자들이었습니다. 이승의 그라운드에 발 디딜 데가 없는 바리공주처럼, 세 번이나 죽임을 당했으나 다시 돌아온, 거절당하고 쫓겨난 바리공주처럼 죽임을 당한 화자들이었습니다. 무당이 죽은 영혼의 억울함과 슬픔을 자신의 몸에 얹어 발설하는 것, 혹은 죽은 이의 영혼에게, 목소리에게 가보는 것처럼 거절당한 유령 화자가 시를 발설하는 거였다고, 이전 제 시의 화자를 저 스스로 이해했습니다. 바리공주 신화는 죽음을 극복하는 이야기라기보다 죽음을 여행하는, 죽음을 넘나드는 이야기입니다. 제가 바리공주 신화를 『여성이 글을 쓴다는 것은』『여성, 시하다』에서 여성의 시학을 전개하는 데 '비빌 언덕'으로 삼은 것은 바리공주가 여자이기 때문에 아버지와 체제로부터 거절되고, 추방되고, 헤쳐졌으나,

■ 김혜순, 「무한한 포옹」, 〈악스트〉 2022년 3/4월호 참조.

다시 여자이기 때문에 작은 노동 행위들에 대한 신성을 발견할 수 있었고, 종당에는 죽음(죽임)에서의 귀환을 도모할 수 있었기 때문입니다. 이 신화는 저에게 죽음이 일회적이고 직선적인 시간의 사건이 아니라 복수적이고 끝없이 귀환하는 생명의 사건임을 드러내주었습니다.

"바리데기는 영원히 애도해주는 역할을 맡은 것이었습니다"

황인찬   신발과 관련된 선생님의 이야기는 마치 선생님의 시처럼 느껴지기도 합니다. 신과 죽음, 그 사이 어딘가에서 선생님의 시가 출발하는 것이 아닌가 싶기도 합니다. 말씀을 듣다 보면 선생님은 죽음을 강하게 의식하는 한편, 영혼의 존재에 대해서도 어느 정도의 믿음을 갖고 계신 것은 아닌가 싶습니다.

김혜순   이 세상에서 제일 무서운, 그래서 제가 피하고 싶은 사람들이 있는데요. 바로 변할 수 없는 '믿음'을 가진 사람들이지요. 영혼은 '있음'과 '없음'이라는 이분법으로 믿음의 틀 안에 가둘 수 없으리라 생각합니다. 영혼이라고 명명하는 순간, 이미 영혼이 아닌 것이 되는 게 영혼이라고 생각합니다. 아무튼 저는 우리에게, '나'에게 한 사람 또는 개인의 것이라 명명할 수 없는 어떤 복수적이고 집단적인 무엇이 존재한다고 생각합니다. 이것이 있어서 우리는 연민하고 사랑하고 죽는 것이라 생각합니다. 그것을 영혼이라 불러야 한다면 할 수 없지요. 이것은 저 나무와 저 돌과 저 물과 저 동물에게 고루 번져 있을 것이라고 생각합니다. '나'한테만 있는 것이 아니겠지요. 그것으로 우리는 연결되어, 그것에서 나오는 감각들로 얽히고설키는 것이겠지요.

『여성이 글을 쓴다는 것은』 개정판을 출간하기 위해 다시 교정을 보면서 느낀 점이 있습니다. 물론 그 책이 처음 출간되었을 때의 한국말과 20년 지난 후의 한국말이 많이 변했다는 것도 있지만, 제가 바리데기의 세 번의 여행(죽음 여행)에서 제일 중요하다고 생각하는 여행, 그러니까 바리데기가 아버지의 권유를 뿌리치고 강을 건네주는 뱃사공이 되는 세 번째 여행을 너무 협소하게 해석한 것은 아닌가 하는 생각이 들었습니다. 그렇지만 내용을 수정하거나 보태지는 않았습니다. 제가 만약 그 책을 지금 쓴다면, 그 세 번째 여행에서 바리데기가 강을 건네주는 역할을 맡은 것이 애도의 여행이었다는, 공감의 행함이었다는 의견을 덧붙이고 싶습니다. 다시 생각해보니 바리데기는 영원히 애도해주는 역할을 맡은 것이었습니다. 누구를 위해? 남은 사람들만이 아닌 죽은 사람들과 우리의 연결성,

영혼을 위해서 말입니다. 비탄하는 사람들과 영원히 연대하기 위해서 말입니다. 이 영원한 비탄의 연대가 영혼을 위한 것이 아니고 무엇이겠습니까? 아마 영혼이라는 단어는 그런 행함을 지칭하는 말일 것입니다. 제가 『지구가 죽으면 달은 누굴 돌지?』를 쓰면서 비탄의 연대를 늘 마음속에 두고 있었던 것은, 어쩌면 영혼이라 이름 붙인 그것을 염두에 두고 있었다고도 말할 수 있겠습니다. 그러니 저는 시를 쓰면서는 늘 존재론적 개종이 필요한 존재였습니다.

그렇다고 제가 전체주의적이고 탈개인화된 어떤 것을 말하고 있는 것은 아닙니다. 아리스토텔레스처럼 식물의 영혼, 동물의 영혼, 인간의 영혼 이렇게 말하는 것도 아닙니다. 애니메이션 세계처럼 영혼계와 현실계를 나누어 생각하는 것도 아닙니다. 그러니 영혼과 육체를 나누어 이원성을 증명하려는 것도 아닙니다. 영혼의 집으로서의 육체를 이야기하는 것도 아닙니다. 영혼은 일개인을 넘어선, 자아 정체성을 넘어선 어떤 거대한 존재성을 가진 것이겠지만, 그것을 흡입하면 자아 정체성이 더 세어질 것이라는 역설적인 생각도 해봅니다. '내' 영혼이라고 하기에는 너무나 큰 것이 '내' 영혼일 것이라는 겁니다. 그래서 스스로에게 질문하곤 합니다. '내' 영혼이 '내' 육체를 알아볼까? '내' 영혼이 지금 쓴 '내' 시에 깃들였나? 하고요.

2015년 봉정사에서

타자와 동물

"새는 존재와 부재를
동시에 보여주는 동물이지요"

황인찬 선생님의 시가 죽음과 아주 밀접해질 때, 그것은 영혼의
목소리로 나타나기도 하지만, 한편으로는 동물의 목소리
로 나타나기도 합니다. 말씀하신『피어라 돼지』와 더불어
『날개 환상통』또한 비인간 동물을 통해 죽음에 대해 사
유하는 데 집중한 작품이라 볼 수 있을 것 같습니다. 동물
적인 것은 때로 육체적인 것으로 이해되기도, 순수한 영
혼에 대한 은유로 기능하기도 합니다. 선생님 시에서 나
타나는 이 동물성에 대해 조금 더 여쭤볼 수 있을까요?

김혜순 저는『피어라 돼지』를 발간하고 나서 이 시집이 어떤 상
을 수상하게 되었다는 전화를 받았습니다. 그 발표 후, 곧

저는 친일파 혹은 특정 지역 사람들을 '돼지'로 하대하는 사람, 모더니스트, 언어주의자가 되었습니다. 제가 수상하러 나타나면 상패를 빼앗고 저를 때리겠다는 사람도 있었습니다. 저는 SNS를 하는 친구의 도움으로 그런 글들을 전부 읽게 되었고, 즉시 그 상을 사양했습니다. 『피어라 돼지』에서 「돼지라서 괜찮아」 속 열다섯 편의 시는 일차적으로 구제역으로 몰살되는 돼지들을 다루는 것처럼 보일 수 있습니다. 시의 시작은 그렇습니다. 하지만 저는 이 돼지들로부터 시작해 모든 살아 있는, 인간을 포함한 동물의 '몸'으로 제 시를 전개해나갔습니다. 그동안 우리가 다른 인간 타자의 몸을 포함해 우리의 몸을 어떻게 시선으로 체포하고, 어떻게 폭력으로 다루었는지를 반성했습니다.

당시에 저는 남해의 절에서 참선에 참여하고 있었다고 말씀드린 적이 있지요? 좀 더 자세히, 다른 방향으로 말씀드려보겠습니다. 스님의 말씀이 가부좌한 우리에게 떨어질 때마다 제 몸이 그렇게 비루하게 느껴질 수가 없었습니다. 저는 저 멀리 공중으로 떠올라서 제 몸을 내려다보았습니다. 돼지를 먹는 돼지의 몸을. 돼지로 다루어지는 몸을. 저는 육욕에 사무친 우리의 몸을 비하하는 스님의 말씀이 떨어질 때마다 그에 반하는, 혹은 핑계를 대는 시를 중얼거리는 저를 발견했습니다. 몸이 있다는 것은 '감각'을 갖추고 있다는 것이고 고통을 느낀다는 것입니다. 저는 그때 침묵하는 돼지 행성의 돼지 한 마리로서 멀리서 돼지의 목을 자르고 희롱하고 마침내 먹는, 구제역에 걸린 돼지를 산 채로 구덩이에 묻는 인간인, 나와 같은 감각을 가진 동물 돼지를 봤습니다. 심지어 돼지와 몸을 서로 맞대고 있다는 공통감각을 홀연히 느꼈습니다. 서로를 인지하는 존재의 감각을 가졌습니다. 이것을 관념으로 환원할 수 없는, 동물성이라는 공통감각, 감각의 전이라고 생각했습니다. 느끼는 것과 느껴지는 것이 동일한 감각 말입니다. 저에게서 동물 존재라는 어떤 추상성이 떨어져 나가고, 동물 존재의 총체성이라는 어떤 생의 감각이 내려앉았습니다. 저는 저의 존재가 살아 있는 살 속에 있음을 느꼈습니다. 저의 안에서 자연스럽게, 그러한 동물들과 함께 도살된 동물의 비명 소리를 들었습니다.

그동안 우리는 동물을 결핍의 존재, 언어 없는 미물, 응답 없는 주체로 느끼고 판단해왔지 않습니까? 마치 남자들이 여자들을 그렇게 느꼈듯 말입니다. 휴머니즘이 버린 두 존재가 동물과 여자라는 항간의 말이 있지 않았습니까? 동물성은 저 자신이 시를 쓰며 그것과 내통함으로써 재현이나 비유가 아니라 어떤 내재성을 몸소 경험하는 일이었습니다. 동물성은 저의 내적 세계의 비유의 산물이 되거나 초월이 필요한 어떤 존재가 되는 게 아니라 동물 자체가 자연에 내재하듯 저라는 시인의 내재성이 되었습니다.

잠재성을 무한히 넓힐 수 있는 그런 존재 말입니다. 어색해하고, 무한히 뻔뻔스럽고, 뭐라고 말할 수 없는 생물로서 무한히 커진 퀸콩Queen Kong 같은 존재 말입니다. 저는 그런 자연으로 둘러싸인 존재가 되어 가녀린 저를 손바닥에 올리고 바라보는 모습을 상상하기도 했습니다(이런 상상은 2020년 부산비엔날레에서 「해운대 텍사스 퀸콩」이라는 시로 발표되었지요). 주체로 포섭되지 않을, '여자짐승'으로서의 저는 한 편의 시로써 구성될 존재이고, 어떤 '진짜, 정말'이라는 것을 드러내야 한다고 생각했습니다. 선방에서 선은 안 하고 그런 돼지 생각을 했습니다. 제가 역설적으로 깨달은 돈오돈수頓悟頓修이지요.

박준상 철학자는 「문학의 미종말未終末: 몸, 공空의 자리」에서 가라타니 고진이 문학의 종말을 선언한 데 대해 공통성, 집단성으로 문학을 상부구조에 속한 것으로 제시한, 그러한 문학 규정에 대해 일종의 질문으로 저의 이 시들을 사용하지요. 저는 「돼지라서 괜찮아」를 읽어준 모든 비평 중에 이 글이 그날의 선방에 있었던 저를 가장 근접하여 바라본 글이라고 생각했습니다. 동물과 인간의 미분화된 몸으로서의 화자인 저를 바라봐주었지요.

『날개 환상통』에서는 이 몸을 '새'로 확장했습니다. 저는

■ 『암점暗點』(전 2권), 문학과지성사, 2017.

이 시집에서 몸을 좀 더 확장된 생태공간 안에 혹은 그 생태공간 자체로 사용하고 싶었습니다. 그래서 직접 '새하다'라는 단어를 사용했습니다. 나와 너로 구별 지어 '나'를 정의하는 것에서 나아가 생명 활동을 벌이는 전체의 몸으로 나아가보고 싶었습니다.

예전에 쓰시마 유코가 살아 있을 때, 일본에서 그이와 대화 중 한국에서는 의성어와 의태어가 왜 그렇게 발달했는지에 대해 이야기를 나눴습니다(여담이지만 한국문학을 외국어로 번역하는 분들이 제일 힘들어하는 게 이 의성어와 의태어 번역과 시 문장에서 주어를 찾을 때이지요. 이 무인칭 주어가 누구인지 시인에게 되물을 때, 사실 저는 그 주어를 특정할 수 없어서 당황할 때가 많아요. 한국어 시에만 존재하는 발화자, 무인칭이니까요). 물론 저는 쓰시마 유코에게 의성어와 의태어 과잉이 한국인의 표현력 과잉의 산물이라고 대답할 수도 있었지만, 한국인들이 무의식 속에 동식물과 자연의 정령을 인정하려는 욕구가 더 있었던 것은 아닐까 하고 대답했습니다. 그리고 우리는 번갈아 두 나라의 의성어와 의태어를 흉내 내며 깔깔거렸지요.

저는 『날개 환상통』의 시를 쓰면서 유한성과 무한성을 인간과 공유하는 존재로서의 동물, 그래서 이중 구속적 존재인 동물로서의 '새'에 대해 생각하게 되었습니다. 이렇게 말할 수 있는 것은 새라는 존재가 집단무의식에서 '죽은 자'의 비유로서 기능하기 때문입니다. 동시에 산 자와 죽은 자를 분열시키는 이상한 타자로 등장하지요. 그렇지만 사실 산 자를 산 자로 느끼게끔 애도의 감정을 만들어주는 것도 이 새의 등장 때문이지 않습니까. 새는 존재와 부재를 동시에 보여주는 동물이지요. 성경 레위기에서는 새를 먹지 말라고 합니다. 부정한 동물이기 때문이지요. 제주도의 무당들도 초감제 굿 중에 '사邪'를 '새'로 발음하면서 날아다니는 새와 동일시하고 사악한 것으로 간주합니다. 훨훨 쫓아내야 하는 것으로 여기지요. 하지만 저는 이 동물, 새를 귀환과 방황이라는 두 가지를 함께 갖는 존재, 날개와 발을 함께 갖고 있는 존재로 바라보고 '새하고자' 했습니다. 저는 이 시집을 쓰면서 저를 바라보는 '새의 시선'을 많이 느꼈는데, 그것은 판단을 중지한 동물의 시선, 그러나 그 앞에서 죽음이 바라본다고 느끼는 저의 무의식을 쓴 것도 같습니다.

이광호 평론가가 그 시집의 해설에서 명민하게 바라본 것처럼 사실 '새하다'는 새를 주어나 목적어가 되지 못하게 합니다. '새하다'는 새의 수행을 가리키는 말일 뿐입니다. '새하는' 것은 새와 저의 존재를 유출하는 사건을 만들어, 다른 종류의 세계로 날아오르게 하는 것이지요. 저는 돌아가신 나의 '아빠'를, 혹은 가부장제를 저와 새가 함께 들어간 그 여성적 세계 안으로 '새함'으로써 유인했습니다. 새와 시의 화자인 '나', 그리고 돌아가신 아빠가 또 다른 새의 세계, 여성적 세계 안에서 다른 감각으로 생성되어 나오기를 바랐다고나 할까요? 그러니까 이 시집의 새는 주어가 아니라, 시적 화자가 아니라 하나의 움직임을 지칭할 뿐입니다. 이 '새하다'는 더 나아가 '동물하다'나 '여자짐승하다'와 연결됩니다. 이들은 무엇으로서 무엇을 위해 무엇을 하는 존재가 아닙니다. 이들은 이 지구의 자연처럼 자연스럽게 스스로 감각하고 수행하는 존재일 뿐입니다. 그러니 이 시집의 시들은 재현하거나 모방하거나 비유하는 시들이라기보다 끝없이 이별하는, 살아가는 행위를 수행하는 존재들의 구현일 뿐입니다. 이 새들은 돼지들과 마찬가지로 동물인, 살아 있는 살일 뿐이지요. 돼지도 새도 이중 구속적으로 존재하고 부재하면서 저와 함께 다양한 모습으로 있었지요.

저는 이렇게 '돼지'에서 '새'를 거쳐 '모래'라는 세 가지 몸을 통과 중입니다. 모두 아직 살아 있어 움직이는 몸입니다.

황인찬   타자성에 대한 예민한 감각과 그 체화가 선생님 시론의 중심에 있음을 새삼 깨달을 수 있는 말씀이었습니다. 선생님의 시론을 집약하는 말로 '여자짐승하다'를 꼽을 수 있지 않을까 싶기도 합니다. 타자의 존재를 '나'의 감각으로 들이고, 동시에 '나'를 한없이 낯선 타자로 밀어내는 일이 바로 그 '여자짐승하기'일 텐데요. 그런 의미에서 '여자짐승하다'가 죽음과 밀접한 것도 어쩌면 당연한 일인지 모르겠습니다. '나'를 그리고 '타자'를 취소하는 일이니 그것을 죽음이라 부르지 않을 이유가 없지요. 혹은 그 취소의 계기로서 죽음이 작용하는 것인지도 모르겠습니다.

말씀을 듣고 속으로 정리하면서는 선생님의 시에서 죽음이 어떤 완전한 종결의 이미지를 갖지 않는다는 사실을 떠올리게 되었습니다. 내 몸에 외상을 남기고, 시간과 공간에 흔적을 남기고, 때로 나 자신이 다른 몸이 되는 것이 선생님 시에서 그려지는 죽음입니다. 완전하고 투명한 종결로서의 죽음을 은유적으로 그리던 김종삼이나, 전쟁과 죽음, 그리고 삶에의 열망을 평생 사유한 전봉건의 시를 생각해보면, 결국 그들이 그리는 죽음은 언제나 끝이고 종말이고, 혹은 기독교적-서구적 의미에서의 선형적 종결을 암시하고 있는 데 반해, 선생님의 시는 그렇지 않군요! 타인의 죽음을 내 죽음으로 감각하고, 내 죽음을 통해 타인이 되는 일이 선생님 시에서 나타나는 죽음이자, 동시에 '여자-짐승-하다'의 작동 방식 아닐까 싶기도 합니다. 어쩌면 선생님께서 언급하신 박준상의 논문 또한 그런 점에 주목한 것 아닌가 싶어요. 가라타니 고진이 주장하는 문학의 종언이 놓치고 있는 부분, 거대한 관념에 가려진 인간 신체의 왜소한 고독에 집중하고, 그리하여 진정으로 사회적인 것을 가능토록 하는 것이 바로 문학의 소임이며, 선생님의 시가 하는 일이라 분석한 것 아닌가 합니다.

김혜순 그렇습니다. 황 시인이 정리한 것처럼 생각했던 것 같습니다. 제가 박준상의 그 논문을 우연히 읽게 되어서, 『지구가 죽으면 달은 누굴 돌지?』의 해설을 그에게 부탁해보자 생각했었습니다. 그래서 문학과지성사에 주선해달라 연락했지요. 그는 해당 논문의 중간쯤에서 '현실 그 아래의 리얼리티의 무대화' 같은 말을 썼는데 그 말은 기존의 리얼리즘에 대한 새로운 리얼리즘을 제시하는 주장의 언어이기도 하면서, 저의 「돼지라서 괜찮아」라는 시에 관한 담론의 기초이기도 했습니다.

올가 토카르추크가 2018년에 노벨문학상을 받고 한 수상 연설에서 '리얼리즘이라는 개념으로 이해하고 있던 것들을 재정의하고, 자아의 한계를 뛰어넘어, 우리가 세상을 바라보는 창이었던 유리 스크린을 관통할 수 있는 새로운 리얼리즘을 모색하는 것, 그것이 우리의 과제입니다'라고 한 것과 같은 맥락이지요. 이 말은 다시 박준상이 '사회 일반의 고독이기도 한 나의 의식적 고독의 울타리에 뚫려 있는 구멍을 직시하는 움직임이 반드시 요청된다. 견고하게 폐쇄된 자아의 그 울타리 한가운데 뚫린 구멍을 통해 의식적이지도 나에게 속해 있지도 않은 또 다른 주체성의 영역으로 열려야만 한다'는 주장과 다시 연결되지요.

저는 시에 등장하는 이런 의식의 움직임이 새로운 리얼리즘의 문을 열 수도 있겠다고 생각하게 되었어요. 이 두 사람의 발언은 리얼리즘에 대한 고정된 시각을 가지고 저의 시에 대해 '모더니즘'이라고 평가를 내리는 사람들에게 시사하는 바가 있으리라고도 생각되었지요. 저는 박준상이 그 글에서 가라타니 고진의 『근대문학의 종언』의 반대쪽에 '여자짐승'을 놓은 모습이 재미있기도 했지만 그가 문학계를 향해 유의미한 발언을 하고 있다고 생각되어 더 인상적이었습니다. 저는 그 글이 근대를 넘어 이 자본주의 정보화 네트워크 시대의 리얼리즘이란 어떠해야 하는지를 나름대로 모색하고 있다고 생각했습니다. 우리의 몸이 이제 의탁할 곳을 상실해버렸으므로 우리 자신이 탈존할, 우리 자신을 자신의 외부에 둘 지점을 상실하거나 찾지 못하고 있다고 그는 말하고 있지요. 그래서 '오직 몸의 고독을 급진화하는 것만이 이제 유의미하게 남은 급진적 소통의 요청'이라고 말해요. 참으로 역설적인 말이지요. 그는 재현 불가능한 몸의 호소를 어쩔 수 없이 듣고 표출시켜야 한다고 생각하는 것 같아요. '그 인간-동물의 몸은 어떠한 지적인 것도, 도덕적인 것도, 이상도 제시할 수 없으며, 다만 하나의 한계를, 실존적 한계를 말한다. 즉 말하지 않고 침묵으로 되돌려놓는다. 즉 그 한계를, 무無 그

너머로까지 치닫는 자신의 고독을, 공을 감지하고 우리로
하여금 감지하게 한다'고 하지요.

그는 근대문학의 종언의 반대쪽에 '몸'을 둡니다. 실존하
고 느끼고, 경험의 최종 기저에서 경험을 수렴하는 몸을
갖다 놓으면서, 동시에 그 몸의 한계와 고독과 '공'을 말
하지요. 저의 '돼지'를 가지고 말입니다. 저는 그렇게 보
는 철학자의 시선이 몸의 리얼리즘을 말하고 있다고 느꼈
고, 새로운 리얼리즘을 열고 있다고 생각했습니다. 그러나
『지구가 죽으면 달은 누굴 돌지?』의 해설에서 그는 제가
『피어라 돼지』라는 시집을 출간하고 나서 『죽음의 자서
전』과 『날개 환상통』을 출간했다는 것을 염두에 두지 않
았던 것 같아요. 그는 '돼지'에서 바로 '모래'로 건너뛰어
해설하지요. 그래서 시집 해설이 두 차원으로 갈라져 따
로 있어요.

황인찬   선생님의 말씀을 들으며 신체언어라는 말이 새삼 떠오르
기도 합니다. 보통 우리에게 몸이라는 것은 언어의 반대
에 놓인 것으로 이해되지만, 결국 몸이 존재한다는 사실
자체가 우리에게는 일종의 정보이자 기호로 받아들여지
니 말입니다.

꼭 손짓 발짓만이 언어적 기능을 수행하는 것은 아니라는
말씀, 몸이 그저 존재한다는 사실만으로도 그것은 이미

충분히 말하고 있다는 말씀으로 이해되기도 합니다. 선생님께서 말씀하신 죽음도 몸도 모두 그 존재 자체가 스스로 말하고 있으니까요. 타자의 존재 자체가 언어이자 시라는 말씀인 것일까요?

김혜순 시에는 제 몸만 있는 것이 아니라 타자의 몸이 들어 있지요. 제가 동일성의 시선으로 점유할 수 없는 그 몸입니다. 저와 타자는 관계 맺기를 통해 서로 연결됩니다. 제 몸은 타자와의 관계 맺기에 의해서 비로소 탄생하는 몸이지요. 제가 학교 다닐 때 서정시에 동일성의 시론을 적용하는 것을 마치 법칙처럼 배웠는데 그것이 시를 쓰는 여자인 저에게는 참으로 어려운 것이었지요. 주변인으로 살고 시 쓰다 보면 그런 시론에 포함되는 은유, 직유를 마구 남발할 수가 없지요. 일단 은유, 직유는 높은 위치에서 내려다보면서 말하는 것이 되기 쉽고, 시를 가지고 어떤 동일성의 시선 안에 전부를 복속시키는 일을 하는 경우가 많습니다. 시를 말하면서 수많은 서양 철학자, 시인의 인용을 거느려 말하고, 시를 쓰면서는 은유 구조 안에 모든 시 구절을 복속시키고, 저는 그런 시를 읽으면, 이 시인이 자기를 높은 위치에 두는 남성성의 시를 쓰는구나, 그렇게 여기지요. 그가 비록 여자 시인이어도 말입니다. 은유, 직유는 일종의 판단 형식이거든요. 그런 형식이 우리의 몸에 신체화되어 있지요. 올가미처럼 벗어나기 힘들지요. 그렇지만 그런 시로는 타자를 품을 수 없습니다. 설사 그런 시에서 서정적 자아가 고백이라는 언술 방법을 차용한다 해도 그 시는 스스로의 내면을 지어내어, 서정적 동일성의 자아를 가동하는 시가 되고 말지요.

제가 쓰는 용어 '시하다' '여성짐승하다'는 '되기'가 아닙니다. '되기'는 은유를 전제로 하지요. '하다'는 그렇지 않습니다. '하다'는 타자를 동사적 관계 속에서 발견합니다. 타자를 명사로 두지 않습니다. 우리는 '사랑하다'를 통해 동물의 몸, 벌거벗은 몸, 자연의 몸이 되지 않습니까? 그처럼 '하다' 속에서 저는 타자 앞에서 동요하는 자이고, 구멍 난 자이며, 타자에게 매달려 안달하는 자입니다. '사랑하다'는 나를 타자로 만듭니다. 그래서 랭보처럼 "나는 타자다"라고 말할 수 있게 됩니다. '시하다'는 '사랑하다'입니다. 나를 타자에게 내주지 못해 안달하는 말이 시입니다. 모든 시는 몸으로 하는 연애시이며 풍자시라고 저는 오래전에 저의 에세이*에서 쓴 적이 있습니다. 시는 몸으로 '하는' 관계 맺기입니다. 이때 우리는 주체도 객체도 아닌 관계 그 자체가 되지요. 우리는 서로 '하는' 존재입니다. 우리는 이 민족, 국가, 이데올로기의 한 부분도 아니

* 「연애와 풍자」, 『여성이 글을 쓴다는 것은』, 문학동네, 2002(개정판 2022).

고 전체의 부속물도 아닙니다. 우리는 '자연'이고 몸입니다. 익명적이고, 비분리적이고, 생물인 몸입니다. 이것으로 '시하는' 것이지요.

타자의 몸은 총체성으로 규정할 수 없는 어떤 '삐져나옴'을 갖고 있습니다. 그것을 우리는 '시하는' 것입니다. 우리는 그 삐져나온 것들과 일그러진 것들과 나의 삐져나옴과 일그러짐을 맞대는 것입니다. 동일성에의 강요가 우리를 얼마나 폭력 아래 있게 했고, 우리를 죽게 했는지 알지 않습니까? 서정시마저 시인의 그런 시선 아래 타자를 둘 수는 없습니다. 시에서는 타자의 나머지와 저의 나머지가 만나는 것이지요. 우리는 서로의 몸으로 관계 맺고 있기에 서로 태어나고 병들고 죽는다는 것을 알고 있지요. 그런 것으로 우리는 관계 안에서 서로 끝없이 발견하는 것이지요.

황인찬　죽음에서 출발하여 몸에 대해 이야기를 하고 있는데요. 선생님은 몸을 잘 쓰시나요? 혹은 (여느 시인들이 그렇듯이) 몸 쓰기에는 서툰 편이신가요?

김혜순　늘 누워 있는 것이 제 일상입니다. 제 침대 주변에 탁자를 빙 둘러놓고 누워서 쓸 수 있는 모든 생활용품을 두었습니다. 마치 마비 환자처럼 말입니다. 주로 전자제품들을 늘어놓았지요. 요즘 저는 비로소 사이보그 정체성을 갖추게 된 것이 아닌가 생각합니다. 이제 곧 누운 채로 메타버스를 실행해서 포스트휴먼이 되는 건 아닌가 생각하기도 합니다. 병원 순례 중에 어떤 의사는 제 신체 나이가 아흔여덟 살이라고 했습니다. 그래서 제가 정신연령은 얼마입니까? 물었더니 뇌의 나이도 측정 불가능할 만큼 과부하 상태입니다, 라고 했습니다. 그는 철저히 신체에 대해서만 말했습니다. 제가 묻는 정신에 대해서는 관심이 없었지요. 어렸을 때는 너무 몸을 움직이지 않고 웅크리고만 있어서 엄마가 저를 한국무용 학원에 오래 다니게 했습니다. 그 기간에 일어난 여러 일이 악몽처럼 남아 있습니다. 정말 입기 싫은 키치 한복을 맞춰 입고, 심한 화장을 하고, 회전 동작을 무리하게 하다가 쓰러지고, 대회에 나가서 수상에 실패하고 웅크려 있었던 일들 말입니다. 기억하고 싶지 않아서 기억하지 않습니다. 하지만 요리는 잘합니다. 제 딸은 저에게 식당을 차려서 주방에 있어야 한다고 항상 권유해왔습니다. '더 그리핀 식당'이라고 이름도 지어주었습니다, 하하. 항상 저에게 자기만 맛보기 아까운 실력이라고 합니다.

황인찬　요리를 잘하신다니, 예민한 감각을 지닌 선생님다운 점이라는 생각이 듭니다. 어째서인지 시인들 중에는 미식가가 참 많기도 하죠. 어쩌면 삶 속에서 감각을 버리는 좋은 방법 가운데 하나가 먹는 행위 아닌가 싶기도 합니다. 삶과 글쓰기를 병행하는 것은 어떤 의미에서 하나의 몸으로 두 개의 삶을 사는 일이지요. 어떤 작가들은 글을 쓰기 전에 쓰는 몸으로 돌입하기 위해 몇 가지 과정을 거친다고들 합니다. 산책하거나 운동하는 것이 대표적인 예일 텐데요. 저 같은 경우에는 제가 단 음식을 먹지 않으면 글을 쓰지 못한다는 것을 얼마 전에 알아차리기도 했습니다. 선생님은 어떠세요. 글을 쓰는 몸을 갖추기 위한 준비를 하는 편이신가요.

김혜순 산책 중에 시적인 생각을 많이 하게 되지요. 하지만 산책을 끝내고 이것저것 하다 보면 그 생각은 어디로 가고 없지요. 수업 중에 일어난 시 생각은 은연중에 학생들에게 다 풀어놓았습니다. 한번 뱉은 시 생각은 다시 주워 담지 않았지요. 그러고 보니 특별히 '무엇을 하다가'도 없고, '무엇을 한 다음'도 없는 무취미, 무예비 시인인 것 같습니다. 저는 시를 쓰려면 어떤 몸의 '상태'가 되어야 하는 것 같습니다. 몸이 조금 가벼워진 상태랄까요? 저도 모르게 어딘가에 들린 상태, 몸무게가 조금 빠져나간 상태, 그때 몸에서 이전과는 다른 리듬이 시작되면 시가 되는 것 같습니다. 그다음 생각 사이로 물이 흐르지요. 반대로 흐르는 물 속에서 생각이 흐르는지도 모르겠지만요. 어떤 작가가 이 '들린 상태'를 아주 쉬운 것처럼 얘기하는 것을 읽은 적이 있는데, 물론 이 들림이 핑곗거리로서 아주 좋은 대답이라 생각할 수도 있겠지만 '들리기' 위해서는 '죽음'과 같은 고통의 시간을 지나야 합니다. 무당들이 무당이 되기 전에 죽을 만큼 아픈 기간을 거치는 것처럼 말입니다. 그들이 남의 죽음에 동참하기 위해 자신의 죽음과 같은 고통을 거쳤다는 걸 간과해버릴 수는 없지요. 작가들이 자신을 역사적 사건의 희생자인 양 설정하고, 소설이 자신의 희생양 프로젝트를 가동하는 것인 양 글을 써나가는 것과는 다르겠지요.

"리듬이 시 안에서 시인을 잉태하고, 시인을 분만합니다"

황인찬   리듬이라는 말씀 또한 참 흥미롭게 느껴집니다. 리듬이라는 것은 결국 몸의 어떤 균형(불균형)과도 관계가 깊은 것이니 그런 점에서 이 또한 몸의 이야기가 아닐까 합니다. 저는 선생님 시의 리듬을 참 좋아하는데요. 실체 없는 것들에마저 강한 실체와 실감을 부여하는 것이 선생님의 시가 리듬을 발휘하는 방식이 아닐까 합니다.

김혜순   시에서의 리듬은 시가 전개하는 시간이고, 에너지와 긴장, 현기증입니다. 한 편의 시의 리듬은 한 편의 시의 생애지요. 시에서의 리듬은 한 편의 시가 시라는 장場에서 살아내는 모습, 과정 전체라고 생각합니다. 그 리듬 안에 시의 미학과 윤리학이 작동할 겁니다. 물론 리듬은 신이 우리에게로 걸어오는 모습일지도 모릅니다. 그걸 시인이 받아안는 것이지요. 우리나라에서 시의 리얼리즘을 말하는 사람들이 시에 등장하는 내용만을 가지고 시에서의 윤리학을 거론하는데, 그것은 시를 하나의 장르로 인정하지 않는 태도입니다. 그것은 소설을 다룰 때와 똑같이 시를 다루는 것입니다. 시의 시간은 강렬한 응축이기 때문에 운율이나 박자 혹은 호흡만으로도 정의내릴 수 없습니다. 리듬은 시 속의 언어들과 그 언어들 때문에 언어 밖에 있게 된 입자들의 흐름이며, 그 흐름의 방식, 수학입니다. 리듬은 규칙이 아니라 생성입니다. 리듬이 시 안에서 시인을 잉태하고, 시인을 분만합니다. 물론 한 편의 시 안에는 반복이 있고 차이가 있겠지만 그것은 단순한 반복이 아니라 일종의 변용입니다.

저는 『날개 환상통』에 「리듬의 얼굴」이란 제법 긴 시를 실은 적이 있는데, 제가 그 시에 그런 제목을 붙인 것은 제가 그 시를 쓰는 중에 이글이글 타고 있으나 싸늘한, 사라졌으나 따가운, 버리고 싶어도 버려지지 않는 제 몸의 살

아 있는 고통들, 그 고통의 리듬 끝에서 사라진 어머니의
희미한 얼굴을 보았기 때문이지요. 제 몸의 고통은 고뇌
와 달리 리듬이었습니다. 그곳의 제일 깊은 곳엔 죽음도
넘어서는, 끝없이 '나'를 소멸로 밀어 넣는 리듬의 실체,
사라진 어머니가 있었습니다. 말하자면 내 고통의 주인은
언젠가 제 몸을 수태한, 제 몸의 주인이었으나 지금은 사
라진 이의 얼굴로 거기 있었습니다. 내밀성으로 깊이깊이
침잠해가는 무한수열의 고통. 그 리듬의 끝에 제 몸의 기
관을 하나하나 만들었으나 지금은 제 몸에 부재하는 어머
니의 몸 같은 존재가 앉아 있는 걸 보았다고나 할까요. 아
마도 제 몸을 만드신 이는 자신의 몸이 지닌 리듬을 나누
어 '나'를 만들었을 겁니다. 리듬이 쓸개가 되고, 리듬이
허파가 되었을 겁니다. 그래서 저는 그 시의 제목을 "리듬
의 얼굴"이라 했습니다. 저는 시라는 것이 결국 그 텅 빈
얼굴인 음악에 이르고자 하는, 끝끝내 하나의 벌어진 입술
모양, 하나의 모음에 이르고자 하는 장르라고 생각합니다.
제 엄마가 돌아가시기 전에 호스피스에 입원해 계셨는데,
저는 엄마가 입원한 방에 들어갈 때마다 유리 믹서에 들
어간 듯한 기분이 들었습니다. 엄마가 자신의 일생을 천
천히 믹서로 갈아내고 있다는 생각이 들었습니다. 그 블
렌딩blending의 리듬이 느껴졌지요. 엄마가 경험한 산과 바
다, 엄마의 시간, 엄마가 저장해둔 공간들. 그리고 우리 형

제들을 모두 소멸의 수학 속에 집어넣은 듯한 리듬 속에 있는 기분이 들었습니다. 엄마가 말을 못 하게 된 날부터는 모음 한 개가 방 안을 채웠다가 다른 모음 한 개가 다시 채우는 듯한 경험을 했습니다. 그 하나의 모음의 끝에 다다르는 수열이 리듬이라고 저는 생각했습니다. 루트 기호를 붙인 것처럼 하나의 숫자 안으로, 안으로 들어가 마침내 모음 하나로 꺼지는 리듬 말입니다. 거기에 이르기 위해 엄마의 리듬은 끝없이 헤엄쳐온 것이지요.

저는 또 『슬픔치약 거울크림』에서 「맨홀 인류」라는 긴 시도 쓴 적 있는데, 그 시를 쓰면서 우리 인간들의 구멍은 하나로 연결되어 있다고 생각했습니다. 우리의 엉덩이는 하수구와 맨홀로, 코와 입은 바이러스에 가득 찬 공기로, 눈과 귀는 오염된 공기와 소음으로. 이 세상 사람들은 피부 껍질의 색깔과 형상, 민족 등에 따라 상하로 나뉘어 있고 좌우로 분리되어 있지만, 사실 우리 항문 아래 파이프는 하나로 연결되어 있지 않은가 생각했습니다. 호텔의 파이프와 쪽방촌의 파이프. 정신병원의 파이프와 성당의 파이프. 아시아인과 흑인의 엉덩이와 백인의 엉덩이. 그리하여 저는 우리의 신체 구멍들이 급기야 하나로 연결되어 있다고 생각하게 되었습니다. 우리는 얼굴 위와 발 아래로 같은 구멍을 열어 같은 파이프에 들이대고, 이 생을 영위해가고 있습니다. 그것을 일종의 결핍의 연결성 혹은 오물의 연결성이라고 부를 수도 있겠습니다. 우리는 죽음을 향해 함께 달려가고 있을 수도, 같은 구멍을 향해 함께 달려가고 있을지도 모릅니다. 나의 '맨홀 인류'는 이 구멍들로 연결된 채 서로 평등하게 평등했습니다. 그 구멍들의 형태를 아우르는 우리의 거주, 과정, 흐름의 질서, 불균형 등을 리듬이라고 부를 수도 있겠다고 생각한 적 있습니다.

황인찬   선생님의 말씀에서 리듬이란 개별적인 몸이 몸의 총체성에 도달하는 과정임을, 그리고 생명이 사물에 이르는 죽음의 과정임을 동시에 의미하고 있음을 깨닫게 됩니다. 선생님께 리듬이란 개별적인 몸이 작동하는 방식이고, 몸이 다른 몸과 연결되는 방식이군요. 육체의 파이프가 물체로서의 파이프와 연결되듯, 이 리듬은 신체를 넘어서서 사물과도 연결된다는 말씀인 것 같습니다. 시의 리듬 또한 그처럼 작동해야만 한다는 선생님의 말씀에서 시에 대한 저의 인식이 한층 넓어지는 것을 느낍니다.
그렇다면 리듬의 중요한 기둥인 반복은 어떨까요?

김혜순   엄마는 나에게 처음으로 하나의 리듬을 주었을 겁니다. 저는 한 생명으로서 한 개의 리듬이었을 겁니다. 생명은 리듬으로써 시작합니다. 리듬이 몸을 만들어가지요. 몸이 만들어지면, 다시 그 몸이 리듬을 방출하게 됩니다. 시의 탄생도 이와 같습니다. 리듬이 시작하면서 시가 시작하고, 시작된 시가 리듬을 다시 도모합니다.

황 시인이 제가 답변 중에 빠트린 '반복'을 질문해주었습니다. 한 번 경험한 것은 영원히 경험하는 것입니다. 그 파토스를 말입니다. 시작하기 전에 이미 반복이 있었습니다. 죽은 후에도 반복이 있을 겁니다. 시작도 끝도 반복의 결과물입니다. 지금 저의 현재는 반복을 반복하는 것이겠지요. 우리는 반복을 반사하는 거울입니다. 단적으로 잠자고 일어나고 잠자고 일어나듯이 저의 과거는 저와 함께 일어나고 잠듭니다. 그렇지만 리듬은 이 규칙적인 반복을 시적인 이행으로 생성해주는 것이겠지요. 제가 시는 쓰는 것이라기보다 '하는' 것이라는 말을 하는 것도 이와 같습니다. 이것은 시의 리듬이 이 반복과 반복을 '수행하기' '이행하기'로 변용하는 것이 아닐까 생각했기 때문입니다. 제가 여성들의 시에 대해 글을 쓰면서 느낀 건 저와 동시대의 남성 시인들과 다르게 여성시의 화자들이 시에서 무엇을 한다는 것이었습니다. 화자 스스로 행위를 한다는 것이었습니다. 스스로 시 안에서 몸을 움직이고, 행위를 주고받고, 쓰러집니다. 그래서 저는 '시하다'라는 용어를 사용했습니다. 요즘 제가 쓰는 시들도 '죽음하다'를 반복함으로써 오히려 지속을 영위하는 것이 아닐까 생각하기도 합니다.

시의 리듬도 이 반복으로 구성되어 있기는 하지만, 결국 이 반복을 벗어난 어떤 패턴이 한 편의 시의 리듬을 구성합니다. 시 한 편의 공간 속에 무한이 순환하게 하고, 안과 바깥의 경계를 지우는, 그런 시들이 있지 않습니까? 그런 시들을 읽으면 반복의 연속이 시간의 경계를 넘어 무한해지는 것처럼 느껴지기도 합니다.

김수영의 시 「절망」은 "풍경이 풍경을 반성하지 않는 것처럼/ 곰팡이 곰팡을 반성하지 않는 것처럼/ 여름이 여름을 반성하지 않는 것처럼/ 속도가 속도를 반성하지 않는 것처럼/ 졸렬과 수치가 그들 자신을 반성하지 않는 것처럼/ 바람은 딴 데에서 오고/ 구원은 예기치 않은 순간에 오고/ 절망은 끝까지 그 자신을 반성하지 않는다"라고 반복으로 되어 있지만, 유한하게 닫힌 시간과 공간이 무한한 순환으로 자기유사성을 뚫고 우주선처럼 솟아오릅니다. 마치 시간의 흐름이 눈에 보이는 듯하고, 지금의 절망 사건이 미래에도 끝나지 않을 절망 사건으로 확장되는 것처럼 보입니다.

음악은 반복으로 구성됩니다. 열 번, 스무 번을 반복해도 더 들려줄 것이 남았기 때문에, 아직 끝이 아니기 때문에 음악은 반복합니다. 하지만 시는 이 음악을 배면에 갖추고 있기도 하지만, 이미지와 해석적 진술을 갖고 있기 때문에 반복 위에서 물처럼 튀어 오르고, 반대로 흐르고, 교차합니다. 그래서 시의 리듬과 음악의 리듬은 다릅니다. 시는 박자가 아닙니다. 시는 반복 사이에 있는 것, 그 반복 사이에 있는 감각적이고 해석적인 것들의 리듬, 그것의 확장입니다. 제가 말하고자 하는 시의 모습, 시의 반복은 모방해야 하고, 재현해야 할 원본을 전제로 하지 않기 때문에 밖으로 튀어 오를 준비를 진행해나갑니다. 여자들의 시는 디뎌야 할 부동산이 없으니 방향 없이, 도달할 수 없는 '사이'의 공간에서 쓰이니까 더욱 그렇지요. 발 디딜 곳 없는 미지에서 리듬의 발자국만 떠도는 것이지요.

황인찬　한 번 경험한 것은 영원히 경험된다는 말씀이 마음에 깊이 와닿습니다. 인간의 의식이 작용되는 방식이, 그리고 나아가 시가 작동하는 방식을 아주 함축적으로 전해주시는 것 같습니다.
　　　　선생님께서 말씀해주신 반복의 이야기는 시에만 적용되는 것은 아니리라 생각합니다. 인간의 생활 또한 리듬과 패턴으로 이루어져 있는 것이니까요. 그런 의미에서 선생님의 일상이 어떤 반복을 계속하고 있는지도 여쭙고 싶습니다.

김혜순　늘 그랬듯이 저는 가사 노동을 반복합니다. 이 반복이 저를 지겹게도 하고, 고양시키기도 합니다. 청소와 요리, 식자재 쇼핑, 세탁을 합니다. 아파도 쉬지 않고 합니다. 아프면 조금 미뤘다가 합니다. 우리 집에는 세 명이 살고 있는데, 저를 제외한 두 명은 생활과 현실에 문외한이고 바보들입니다. 생활을 위한 조언이 영 통하지 않습니다. 가르쳐줘도 하지 못하거나 관심 자체가 없습니다. 제가 관찰해보니 가부장제에 충실해 여성인 저를 시켜먹는다기보다 자신들이 지금 하고 있는 작업이나 상상의 세계에 정신이 팔려 있어서 그렇지요. 그런 와중에 한 사람은 몸이 불편하니까요. 그래서 제가 그들의 현실적 생활을 대신하고 있습니다. 만약 '내가 저들보다 빨리 죽는다면 저들은 식생활, 의생활, 주생활을 어떻게 영위해갈까? 아마 순식간에 가정은 피폐해지고, 집은 노숙자의 집처럼 되고, 사기꾼들의 피해자가 되리라' '저 두 예술가를 먹여 살리지 않았으면, 나는 이미 위대한 문필가가 되었을 거야'라고 저는 간혹 생각합니다. 예를 들어서 제가 응급실에 며칠 동안 입원해 있다가 돌아오니, 집 안엔 쓰레기가 아무 데나 놓여 있고, 먼지가 날아다니고, 식탁엔 과자나 빵으로 식사를 때운 흔적이 가득했습니다. 날마다 먹는 약도 챙겨 먹지 않았습니다. 이들이 한 것이라곤 제가 이 세상에서 사라지게 될까 봐 절망하고, 미리 슬퍼하고, 고통에 잠겨 있는 것뿐이었습니다. 아무튼 저는 자신과 두 사람을 먹이고, 깨끗하게 하고, 정돈하는 것을 쉬지 않습니다. 그렇지만 주말엔 이들에게 집 안 대청소를 하게 하고, 대신 저는 맛있는 것을 만듭니다. 이렇게 날마다 시간마다 저는 자신을 반복합니다.

요즘엔 아픔을 반복하고 있지요. 오늘은 조금 괜찮구나, 가사 노동을 해야겠다, 생각하지만 그 노동을 해서 다시 아픕니다. 아프면 마치 처음 아픈 것처럼 생생하게 아프지요. 같은 말을 계속하는 것, 같은 일을 계속하는 것을 진저리치게 싫어하면서도 그 일을 하지 못하게 되면 불안합니다. 신이란 이 반복이라는 죽음을 주관하는 자가 아닌가 생각하기도 합니다. 이 세상에서는 아버지가 죽으면 새 아버지가 나타나고, 엄마가 죽으면 새 엄마가 나타납니다. 그가 누구든 상관없는 신이 끝없이 과거를 가동하고 있습니다. 왜냐하면 신이 우리의 '끝'을 감추는 '짓'이 반복이기 때문입니다. 저는 이 반복의 톱니바퀴에 걸려서 32년간 학교를 오가느라 신경계가 망가진 게 아닌가 짐작합니다. 그러나 저는 늘 이 반복 위를 흐르는 것을 꿈꿉니다.

우리 엄마의 퀼트 바느질은 한 땀 한 땀 반복되지만, 섬세하게 반복되지만, 그 행위가 무위로 혹은 평정으로 향했습니다. 그 무위의 행위 끝에는 퀼트 위에 펼쳐지는 순간의 만다라曼陀羅 같은 무늬가 남아 있었습니다. 다른 이의 창작물을 보거나 들으면서, '나의 시'라는 것도 반복이라는 것 위를 흐르는 물이며 무늬이지 않을까 생각해보기도 합니다.

황인찬   반복과 강박은 참 밀접한 자리에 있다는 생각입니다. 여담처럼 조금 더 여쭙고 싶어지기도 하는데요. 혹시 선생님께는 따로 강박을 갖는 부분이 있으신지요. 이승훈 시인의 경우에는 항상 같은 옷을 입고, 자주 같은 음식을 먹고, 또 약속 장소에는 한 시간 일찍 나와 있어야 속이 풀린다고 했습니다. 저도 그 정도는 아니지만 무엇이든 미리 준비가 되어 있지 않으면 한없이 불안을 느끼는 편이고요. 선생님의 경우에는 어떠신가요?

김혜순   저도 약속 장소에 늦으면 불안해하는 편입니다. 일상생활 중에 남에게 실례되는 일을 하게 될까 봐 불안해하지요. 그리고 환공포증이 심하지요. 파이프를 가득 싣고 가는 트럭을 따라가는 일은 그 일사불란한 구멍들 때문에 눈을 감고 운전하는 일이 되지요. 누군가 저에게 '깨가 뿌려진 상처'라는 말을 했는데, 그때 저는 방을 나가서 잠시 마음을 가라앉힌 적도 있습니다. 멀리서 군인들이 행진하는 것을 보는 것, 사람이 많이 모인 광장을 조감하는 것, 이쑤시개통을 여는 것, 구멍이 일정하게 뚫린 플라스틱을 바라보는 것, 모두 저에게는 공포입니다. 마음에 슬픔이 커지거나 병이 깊어지면 환공포증이 더 심해지지요. 눈을 감고 그것을 상상하고, 또 역겨움이 솟아오르고 그렇게까지 됩니다. 아무래도 저는 일사불란을 못 참는 것 같습니다. 연병장에

부하 장병들을 모아놓은 대장은 절대 할 수 없지요.

황인찬   그리고 그 강박 속에서 계속되는 물 위의 뜨개질 같은 것이 선생님께서 말씀하신 것처럼 시 쓰기와 참 닮았다는 생각이 들기도 합니다. 하지만 저는 선생님의 시가 그처럼 무위와 물, 무의식과 무한을 향해 움직일 때조차 너무 선명하고 강렬한 육체성을 느끼곤 합니다. 선생님이 자주 말씀하시는 그 아픔이라는 것이야말로 선생님의 시를 압축적으로 표현하는 관념이 아닌가 싶기도 합니다. 어쩌면 삶 속에서 죽음을 느끼는 것이 아픔일 수도 있겠습니다.

김혜순   2015년 우리나라에 메르스가 퍼졌을 때, 그 병의 진원지는 삼성서울병원이었어요. 그때 저는 머리 한쪽에서 번개가 치듯, 빛으로 만든 칼날이 머리를 쪼개면서 그 빛줄기들이 제 머리통 전체로 퍼지는 이상한 증세에 시달리고 있었습니다. 그때도 학교에서 안식 학기를 마련해줘서 병원과 한의원을 다니며 그 병의 원인과 병명을 찾아다녔지요. 얼굴과 머리에 침을 하도 많이 맞아서 얼굴은 항상 푸른색 멍으로 얼룩덜룩했지요. 그와 더불어서 얼굴에 경련도 생겼는데, 나중에 아니라는 것이 판명되었지만, 삼차신경통일 거라고 해서 삼성서울병원에 가게 되었습니다. 그런데 메르스가 퍼지자 환자들이 모두 병원을 떠나고 미련

한 저만 남아서 2층 검사실들을 혼자 돌아다니며 검사를
받게 되었어요. 깨끗한 수건들의 방과 흰 가운들의 방, 희
디흰 침대와 기계들이 고개를 수그리고 있는 방이 전부
저만을 위해 존재하는 듯했지요. 저는 눈에 보이지는 않
지만 치명적인 바이러스에 둘러싸인 병원 왕국의 낙랑공
주가 된 기분이었답니다. 하지만 삼성서울병원이 폐쇄된
후엔 다른 어느 병원도 저를 받아주지 않았지요. 제가 다
른 병원들에 가면 제가 삼성서울병원에 있었다는 기록이
의사들 컴퓨터 화면에 제일 먼저 명멸했으니까요. 그들이
머리에 보이지 않는 번개를 맞고 있는 저를 내쫓았지요.

영혼이 잡아당겨지는 느낌
아플 때 영혼은 어디 숨어 있을까
심장이 두들겨 맞는 느낌
쉬지 않는 바다가 한 움큼 뭉쳐져서 그럴까
이렇게 아픈데도 심장은 뛴다
붉은 거미처럼 붉은 실을 내뿜으며 뛴다
세숫대야 하나 가득 붉은 실이 물에 잠긴다
라면밖에 먹을 게 없었다는 소녀 마라토너처럼 뛴다

환자복을 입고 창턱에 매달린 대머리 소녀의 영혼이 만나러 온
걸까

꽃병의 장미가 내 눈동자에다 피를 흘리면
라디오에서 노래가 나와 내 눈을 붕대로 감아준다

이 세상 모든 사람의 영혼은 하나로 연결되어 있을까 잠시 생각
해본다

―「리듬의 얼굴」 부분, 『날개 환상통』

서정주는 "피가 잘 돌아…… 아무 병도 없으면 가시내야.
슬픈 일 좀 슬픈 일 좀, 있어야겠다"(「봄」)라고 했지만 아
픔은 친구가 되지 않지요. 아픔은 내가 앓기를 바라지요.
앓아주면 떠나주기도 하지만, 제 몸의 주인이 되기를 항
상 원하지요. 아픔은 아무 의미도 없는 리듬, 그 자체입니
다. 병명은 따로 찾을 수 있겠지만 아픔에 이름을 붙일 수
는 없지요. 그 아픔을 표현하기도 힘들지요. 그냥 아무 이
름이나 부르면 됩니다. 저는 그 고통이라는 '리듬의 얼굴'
의 이름을, 예수의 열두 제자 이름을 부르면 된다고, 혹은
역대 교황의 이름을 부르면 된다고 생각한 적도 있습니
다. 그때, 우리나라에서 메르스가 맹위를 떨치던 그 시절
에 저는 잠도 자지 못하고, 책도 읽지 못하면서 머릿속의
'번개들' 아래서 짧은 시들을 썼습니다. 병으로 머리가 다
빠져버린 소녀의 다음 차례로 진료실에 들어가 귀밑을 잘
라내 신경과 핏줄을 떼어놓는 수술을 해야 한다는 얘기를

듣던 날에도 그 짧은 글쓰기를 멈추지 않았습니다. 표현할 수는 없지만 분명히 존재하는, 육체 안팎의 감각을 드러내려 해보았지요. 그때만큼 언어가 거짓말이라는 것, 언어는 아픔에 적합하지 않다는 것, 언어는 아픔을 담을 수 있는 그릇이 아니라는 것을 절실하게 느낀 적이 없습니다. 그리고 아픔은 혼자서 감당해야 한다는 것도. 그에 이어서 제 몸의 아픔이 온전히 수동적이라는 것, 제 몸이 제 의지로 처리할 수 있는 것이 아니라는 것도 느꼈습니다. 최근에 어떤 모임에 초대를 받았는데 제가 몸이 좋지 않아 나갈 수 없다고 하자, 그분이 제 글을 읽으면 글에 힘이 있어서 전혀 아픈 사람 같지 않다고, 제가 아픈 것을 상상할 수 없다고 해서 저도 제 시와 산문의 감각과 리듬이 아주 건강한가 보다, 하고 생각해본 적은 있습니다.

얼마 전에는 오미크론에 감염되어서 격리 기간을 지냈습니다. 병원 외엔 외출을 하지 않았는데 어디서 감염되었는지 추측할 수가 없었지요. 다른 사람들과 달리 엄청난 기침과 인후통이 몰려왔어요. 어지럼증이 생겨서 매일 누워 있었습니다. 식구들은 저에게 왜 병을 쫓아다니냐고, 왜 세상의 병을 피해 가지 않느냐고 나무랐습니다. 그들은 저 때문에 종일 마스크를 쓰고 소독의 나날을 보내야 했지요. 그리고 어느 관청에선가 전화가 와서 제 몸이 어떠냐고 물었습니다. 저는 국가가 제 아픔에 대해 관심을 보인다는 사실에 흥분해서 답변을 시작했습니다. 그러나 증세를 다 말하기도 전에 그분이 바이러스에 감염되어서 그런 거라고, 당연한 사실을 말하더니 전화를 얼른 끊어 버렸습니다. 10초도 말하지 않았는데 말이죠. 그는 왜 저에게 전화를 걸었을까요? 나이 든 사람에게 전화를 걸어야 한다는 국가정책에 맞추기 위해 걸어야 하니까 걸었겠지요. 제가 오미크론 양성이란 걸 알게 된 직후에 불친절해진 간호사보다 더 무서웠습니다. 이후로 계속해서 다른 이들의 전화가 하루에 두 번씩 왔습니다. 신속히 끊기 위해 건 전화들이었습니다. 이런 전화를 받아야 할 때마다 육체의 아픔은 참 고독했습니다.

"전염병에 감염된 몸은 이 세계와 연결된 하나의 몸,
전체로서의 몸인 하나의 몸이었습니다"

황인찬 메르스에 이어 코로나19까지, 우리 삶이 점차 질병의 시대가 되어간다는 생각 또한 드는데요. 이로 인해 세계가 점차 다른 국면으로 접어든다는 인상을 느끼기도 합니다. 선생님 시에서 질병이 소재로 사용되지 않은 것은 아니지만, 분명 질병은 아픔과 다른 맥락에 놓인 것 같기도 합니다. 세계적인 질병이 다시금 찾아오리라는 예상이 돌고 있는데요. 어쩌면 선생님의 시에서 또 질병의 이야기를 찾아볼 수 있지 않을까 싶기도 합니다.

김혜순   오미크론 양성 판정을 받기 전 꿈을 꾸었습니다. 제법 큰 목선을 타고 바리공주처럼 황천을 건너가는 꿈이었습니다. 목선엔 여러 사람이 타고 있었는데 밤바다의 파도는 몹시 거칠었습니다. 저는 배 가운데 앉아 있었는데 다른 사람들은 모두 환자들이었습니다. 그때 제 목구멍에서 아이리시 피리 소리 같은 새된 소리가 나서 깜짝 놀랐습니다. 일어나서 해몽 책을 보니 죽을 꿈이라고 적혀 있었습니다. 몸은 생물학적인 존재이지만 사회적 구성물이고, '나'라는 존재를 주체로 느끼게 하는 상징과 착각, 환상의 복합물입니다. 몸은 정말 다양한 코드가 지나가는 운동체이지요. 제가 신경증적 불안으로 허우적거릴 때 몸은 하나의 장소로 불안 생산 지대였고, 어떤 병적 징후를 드러낼 때는 신체조직을 탐색해서 보이지 않는 것을 찾아보게 하는 첩첩산중 심산유곡이었지요.

하지만 전염병에 감염된 몸은 이 세계와 연결된 하나의 몸, 전체로서의 몸인 하나의 몸이었습니다. 제 징후가 지구 전체의 징후였으며, 제 증상이 이 지구의 삶 자체를 유기적인 것으로 환원하려는 하나의 증상이었습니다. 제 옆에, 제 앞에, 그리고 대륙 건너 같은 증상을 보이는 환자들이 있었습니다. 이 세계는 인간과 질병이 뒤섞인 총체적

난국이었습니다. 인간 모두는 같은 바이러스에 감염되어 같은 증상을 앓고 있었지요. 제 몸은 일개인의 영역을 넘어 주체도 타자도 아닌 아픈 몸들이었지요. 제가 앓고 있는데, 다 앓고 있었지요. 우리 인류가 이것을 통해 중요한 것을 목격할 수 있어야 한다고 생각했습니다. 우리가 이 증상들을 통해 '나, 나, 나'들을 넘어서 하나의 비인칭 존재라는 것을 느낄 수 있어야 한다고 생각했습니다. '나'는 단수이기도 하지만 복수이기도 하다는 것을 말입니다. 그렇게 느끼지 못한다면 이 세계라는 몸은 사라지고 말겠지요. 저는 이번에 오미크론을 앓으면서, 이 지구인 전부에게 죽음의 표식이 누군가에게서, 어디에선가 배달되었다고 생각했습니다. 바이러스들은 우리에게 새로운 존재 양식을 창안하기를 바라는 것일지도 모른다고 생각했습니다. 이제 지구의 시계가 자정을 가리키기 시작했다고 하잖아요.

황인찬 　팬데믹의 '팬pan'이 전체적인 것을 가리키는 접두어인 만큼, 선생님께서 말씀하신 바와 같이 전염병에 감염된 신체는 전 지구적 동질성 아래 놓인 신체이기도 할 것입니다. 우리 모두가 중요한 것을 이 사건 속에서 목격할 수 있어야 하리라는 말씀에 전적으로 동의합니다.

한편 아픔은 인간의 감각 총체를 말하는 것이기도 합니다. 시각은 눈에 가해지는 자극이고, 촉각은 피부에서 발생하는 아픔이니까요. 선생님 시가 그처럼 다채로운 감각을 활용하고 있는 것은 그런 맥락에서 이해할 수 있지 않을까요? 시란 본디 감각의 양식이지만, 선생님의 시에서는 그 감각이 더욱 강렬하게 나타납니다.

김혜순   시의 원료는 감각이지요. 시는 어떤 장르보다 감각이 주재료이고, 시는 감각기관을 통해 만날 수 있는 장르입니다. 한 편의 시가 서사를 진행한다 해도 그 서사에서 시간적 요소를 제거하면 감각이 오롯이 남지요. 저는 학생들과 수업할 때 항상 학생들이 내놓은 감각적 소여를 가지고 어떻게 그것들이 한 편의 시가 되는지 토론했습니다. 물론 감각이니 지각이니 하는 용어를 써서 학생들을 괴롭히지 않았고, 학생들의 재료를 감각으로 옮겨 가게 하고, 그 감각들의 뭉텅이를 보이지 않는 어떤 에너지 흐름의 단위, 생성의 블록, 묘사의 시점 안에 모이도록 만들어보게 했습니다. 그 감각들이 어떻게 문장에 놓여야 하는지, 그 감각들이 병렬적으로 교차하거나 수렴하고 발산해서 대상에 종속되지 않고 어떻게 지각의 범주를 벗어나게 할수 있는지도 생각해보게 했습니다. 저는 감각이라 하지 않고, 학생들에게 묘사의 숨은 형식들, 구조의 시점들이라고 말했습니다. 그래야 학생들이 시에 무슨 비밀 법칙이 있는 줄 알고 귀를 기울이니까요. 감각들의 복수성, 그것들의 관계 맺는 방식이 요새 시론 쓰는 사람들이 즐겨 말하는 시적인 아펙트affect를 만들어내겠지요. 물론 이 감각들을 하나로 끌고 가는 것이 리듬입니다. 그렇지만 학생들에게 이런 것들이 네 리듬이라고 말하지는 않았습니다. 그러면 학생들의 시 쓰기가 리듬이라는 단어에 갇힐 수 있으니까요.

시 문장을 발화하면서 함께 리듬을 발산하는 이 몸은 유기체라기보다 유기체를 벗어난 무엇입니다. 그래서 한 편의 시에서는 한 인간이, 한 송이의 꽃이 감각과 리듬에 의해 다른 것이 되어버리지요. 극단적인 인접성으로 매 순간 다른 것으로 옮겨 가는 감각으로 쓰인 시를 저는 좋아합니다. 시를 쓰는 이유 중에 하나는 아마도 시 쓰는 사람이라는 이 유기체로부터의 해방감일 겁니다. 시인들은 이 유기체로서의 감옥에서 자신의 감각이라는 유일한 무기로 자유를 향해 가지요. 시인이란 무한 자유를 향해 유한을 품는 일을 하고 있다고도 할 수 있지요.

저는 황 시인의 시를 읽을 때 가시적 표현인데 시각적 촉감을 느낄 때가 많았습니다. 분명히 시각적 표현인데, 어떤 촉감이 전달되지요. 시각 이미지 자체가 그 자신 안에 어떤 촉각성을 내재하고 있다고나 할까요. 이것은 우리나라 남성 시인들이 즐겨 쓰던 시각적 묘사들하고는 다른 것입니다. 시각적 묘사의 문장들로 대상을 체포해버리는 시들은 마치 대상에게 시선의 폭력을 쓰는 거나 마찬가지지요. 시각적 묘사는 어떤 감각 작용보다 대상과 관찰자 사이의 거리를 무화해버리지요. 멀리멀리 멀어지게 하지요. 사물에 이름을 부여하고 다시 배열하면서 그(것)에게서 무한성을 지우지요. 여자들은 이런 시를 읽으면 꼼짝없이 이름을 주는 자의 시선에 체포되는 느낌이 들지요. 나무도 체포하고, 어머니도 체포했는데, 이제 뭘들 못 하겠어? 그런 생각이 들지요.

촉각은 다른 감각들과 달리 피부뿐만 아니라 신체 내부의 감각, 피부 내부의 신경전달물질과도 연결되어 있습니다. 황 시인의 말씀대로 아픔과 연결되어 있습니다. 그래서 촉각은 오감 중 하나일 뿐 아니라 신경학 영역에 속하는 감각 형태라고도 볼 수 있을 겁니다. 여자 시인들이 촉각 이미지를 즐겨 쓰고, 자신의 신체를 절단하는 자학 이미지를 즐겨 쓰는 것은 이 촉각의 심리적 기전機轉, 신경학이 관계되어 있기 때문이라고 생각합니다. 제가 촉각적 이미지 혹은 촉감을 즐겨 드러내는 것은 아마도 황 시인이 질문하신 것처럼 아픔이라는, 고독한 제 것이 단지 하나의 지각 형태로만은 드러낼 수 없는, 어떤 현상이나 상태의 신체화 증상이라는 것을 느꼈기 때문인지도 모르겠습니다. 그래서 제가 매번 신경과 관련되는 병에 걸리는지도 모르겠습니다. 감각한다는 것은 하나의 영역에서 다른 영역으로 이행하는 것이고, 신체의 형체를 와해시키는 작용을 하는 것입니다. 저는 제 몸의 아픔을 통해 이 아픔의 감각이 단순한 지각의 문제만이 아니라는 것, 나와 타자의 문제 때문에 생겼다는 것, 어쩌면 감각이라는 것은 역설적으로 인간의 몸으로서 비인간적 영역으로 가는 통로라는 것, 유기체라는 삶을 넘어서는 지대에 진입하는 것이라는 사실을 말하고 싶었는지도 모르겠습니다.

제가 신경학에 윤리학을 접합시키려고 한 것일까요? 저는 여성 시인은 누구나 한 번쯤 이런 감각의 파괴 혹은 촉감의 광란을 드러내는 그로테스크의 강을 건넌다고 생각합니다. 촉각의 힘으로 시각의 지배로부터 자유로워지려고 하는 히스테리도 있을 수 있고 자신을 자학하거나 대상을 학대하지 않고는, 혹은 자신의 내외부를 꿰뚫는 촉각을 발설하지 않고는 타자가 옥죄는 시선을 건너갈 수 없어서 그러는 점도 있을 겁니다.

제가 이 죽음으로 미만한 지구에서 단지 위반의 시학을 가동할 수 있는 기제로 아픔이라는 촉감밖에 가진 것이 없어서 그럴 수도 있지 않을까요? 그래서 제가 어루만지면서 서로를 끝없이 재발견해나가고 자신을 초월해나가는 애무의 촉감보다는 아픔을 쓰고 있는 것이겠지요.

제 시들에는 촉각 이미지 혹은 촉감이라는 인지 경험의 변천사가 있습니다. 마치 대상을 재현하는 구상 회화에서 촉감을 그리는 이상한 형상의 회화로 변천해간 화가들처럼 변용의 시간들이 있었습니다. 저는 한 편의 시에는 시인 자신이 감각들의 집합체, 어떤 복수적 감각으로 존재한다고 생각합니다. 이 감각들이 보이는, 보이지 않는 억압들을 밀어내고, 새로운 영역으로 시인과 타자를 데려갈 겁니다. 시인은 그렇게 감각으로 시 안에 실존합니다. 시인의 약력 속에 제시된 사건 자체들, 서사의 편린들로 존재하기보다는 말입니다. 그러니 시인을 연구할 때는 그 시인의 약력을 참조하는 것은 최소화해야 합니다.

"우리는 타인이 되어보는 상상을 할 때조차도 '나'를 버리지 못합니다"

황인찬 　신경학과 윤리학의 접합이라는 말씀은 곱씹을수록 흥미로운 말입니다. 오감이 없다면 우리는 세계를 인식할 수 없으니, 즉 감각을 통해서야 우리는 겨우 타자를 만날 수 있는 것이고, 타자와의 만남은 윤리학의 기본 전제라는 점에서 그렇습니다. 그리고 그 감각이란 결국 아픔과 연결되어 있다는 데서, 시를 비롯한 예술이 우리 삶에서 존재하는 방식을 생각해볼 수도 있겠습니다.
선생님의 말씀은 인간이란 삶과 죽음 사이에서 끊임없이 고통받는 존재이며, 아픔을 느낄 수 있는 존재이기에 비로소 타인과 함께 존재할 수 있다는 것으로도 이해할 수 있지 않을까 합니다. 선생님의 말씀이 지닌 그 넓고 섬세한 결을 너무 범박하게 정리한 것이 아닌가 싶긴 하지만, 그럼에도 저는 선생님의 시가 가장 개인적이고 사적인 방식으로 감각을 전개하는 순간조차 타인에 대한 애정과 연민을 느낍니다. 선생님의 시에서 타인의 아픔에 대한 깊은 관심을 느끼고는 하는데요.

그런 의미에서 이렇게 여쭤볼 수도 있지 않을까 합니다. 타인의 고통을 시에서 그려내는 일은 언제나 어려운 일입니다. 선생님께서는 타인의 고통을 표현할 때, 어떤 부분을 특히 고려하시는지요.

김혜순 　제가 신경학과 윤리학을 얘기한 것은 시가 하나의 증후임과 동시에 선물이기 때문입니다. 저는 자신이 경험하지 않은 역사적 사건을 가져다가 쓴 문학작품들을 좋아하지 않습니다. 그런 작품을 읽어가노라면 역사적 사건이라는 커다란 틀이 있고, 그 사건에 희생된 인물들이 그 틀에 붙어 있는 것 같습니다. 그다음 작가의 아포리즘과 감상적 장식들이 그 사건이라는 틀을 감싸지요. 결국 작가가 쓴 것은 '나 이만큼 시뮬레이션했고, 나 이만큼 공감할 줄 알아, 그리고 나는 알리바이를 만들었어'가 됩니다. 문학작품이라기보다 역사적 사건에 대한 '감정'과 '잠언'을 쓴 것이 되어버리지요. 그 작가는 역사적 사건의 참여자가 아니라 일종의 센티멘털한 독자가 되어서 글을 쓴 것이지요. 저는 어째서 작가가 역사적 사건의 참여자가 다시 될 수밖에 없었는지를 제발트처럼 재경험하고, 구축해나가는 게 문학작품이라고 생각합니다. 타인의 고통에 대한 공감의 거울만으로는 부족하지요.

타인의 고통에 대한 공감은 일단 저 고통이 타인의 것이라는 판단을 전제로 할 겁니다. 거기에서 벌써 공감의 한계가 생기는 것이지요. 저는 타인의 고통은 표현할 줄 모릅니다. 특히 육체적 고통은 알 길이 없습니다. 타인의 마음의 고통이나 실패는 얼마만큼 공감할 줄 알지요. 하지만 육체의 고통에 저의 육체로 동참하는 방법을 모릅니다. 저는 제 육체적 고통밖에 표현할 줄 모릅니다. 그것도 잘하지는 못하지요. 고통을 표현할 언어는 언제나 부족하니까요.

저는 제 고통이 극에 달한 밤, 제 몸에 돋는 거대한 날개를 목도합니다. 그리고 고통받는 여자의 어깨에 투명한 날개가 돋았다고 씁니다. 더 나아가 여자의 고통이 여자를 하늘에 올렸다고 씁니다. 그것뿐입니다. 오직 즉각적인 상상력에 의해서만 우리의 고통을 쓸 수 있을 뿐입니다. 우리는 타인이 되어보는 상상을 할 때조차도 '나'를 버리지 못합니다. '나'는 타인의 관망자, 유령일 뿐이라고 자책합니다. 그렇기에 '내'가 타인의 고통을 바라볼 때에도

'나' 자신을 바라보고 있다는 것, 그 고통에 참여한다고 느
낄 때조차도 타인이 타인으로서 성립하고 있어야 한다는
것, 이것이 타인의 고통에 대한 우리의 태도지요. 그리하
여 시인은 끝없이 시인 자신을 타자화해보는 것인지도 모
릅니다. 그것이 타인의 고통을 감각하는 유일한 방법이기
에. '들림'에 처해 죽은 자와 공감하는 무당들조차도 죽은
자가 아팠던 그 육체적 고통을 발설하지는 못합니다. 그
들마저도 비탄으로밖에는 그 고통에 참여할 수 없습니다.

황인찬 　선생님께서는 시 쓰기를 통해 '나'를 타자화하는 과정을
거치는 것이기도 하다는 말씀이군요. 그 과정에서 우리는
가까스로 타인의 고통을 짐작할 수 있을 뿐이리라는 생각
이 듭니다.
그런데 그 '타자화'라는 것이 선생님이 말씀하시듯 거대
한 날개를 목도하는 과정으로 발견되는 것이라면 결국 그
것은 나의 발견으로 다시 이어지는 것이 아닌가 합니다.
강한 고통이 오히려 자신의 삶을 실감하게 하듯이, 타인
의 고통을 알아차림으로써 나의 고통 또한 비로소 알아차
리게 되는 것이 아닌지요. 생각해보면 선생님의 시에서는
자신의 고통과 타인의 고통이 항상 뒤섞이는 듯한 순간들
이 있었습니다.

김혜순   타인의 고통을 제가 짐작이나 할 수 있겠습니까? 제 고통도 언어로 표현할 줄 모르는데 말입니다. 그리고 타인의 고통이나 제 고통이 도대체 무슨 의미가 있습니까? 고통은 우리의 언어 세계에서, 문화 세계에서 우리를 추방합니다. 제가 얼마 전에 스톡홀름에 다녀왔는데요. 낭독도 하고, 대담도 있었지요. 대담자인 엘린 컬헤드Elin Cullhed가 여러 질문 중에 제 시의 '모음'에 대해서도 질문을 했어요. "너는 왜 모음에 대해 사유하고, 그것을 따로 떼어서 시도 쓰고 그러냐"는 것이었지요. 그래서 제가 "하나님 야훼의 이름은 자음으로 되어 있고, 우리는 감히 그를 불러서는 안 된다고 되어 있다. 하지만 우리의 고통과 비명은 모음으로 되어 있지 않냐? 하나님 아버지라는 로고스와 우리의 고통을 합한 것이 우리가 쓰는 언어라는 거다. 이 언어를 사용하는 이 여자 시인이 어떻게 모음에 관심을 가지지 않을 수 있겠느냐"라고 대답했지요.

우리의 사회, 국가는 언어로 이루어진 사회가 아닙니까? 고통은 이 세계에 편입되어 있지 않은 모음들의 외침일 뿐입니다. 병에 걸린 자는 부끄러워하지요. 내 고통을 알리지 말라 하지요. 언어가 없으니까요. 이 사회 안에서 유독 자신만 망가졌으니까요. 이때 고통을 겪는 자는 이방인, 고아, 동물입니다. 그들은 자신이 타자임을 느낍니다. 사회에서 쫓겨난 것을 느낍니다. 무엇과도 동일화할 수 없다는 것을 느낍니다. 자신이 저 불친절한 의료진과 불합리한 의료제도의 휘하에 있는 하나의 생명에 불과하다는 것을 느낍니다. 자신의 부재가 가까웠다는 것을 느낍니다. 그럴 때 저에게는 시가 출현하지요. 제가 『여성이 글을 쓴다는 것은』의 부제를 "연인, 환자, 시인, 그리고 너"라고 한 것도 그런 이유입니다. 시는 이 언어사회에서 쫓겨난 고통에 찬 자들의 비명이라고 말하고 싶었지요. 타자가 된 자들 말입니다.

그런데 그 책을 쓸 때 제가 빠트린 것이 있었어요. 그것은 '죽은 자 혹은 유령'이었지요. 죽은 자이면서 다시 돌아온 자, 늘 다시 돌아오는 자, 자기의 영토가 없는 자, 탈존된 자에 대해 그때는 생각지 못했어요. 고통에게마저 외면받게 된 자 말입니다.

황인찬   선생님의 시는 촉각과 시각이 특히 강하게 나타나는 것 같은데요. 그렇다면 선생님은 어떤 편이신가요? 요리를 잘하신다고 하셨으니 미각은 분명히 뛰어나지 않으실까 싶기도 합니다.

김혜순   미각을 만족시키기 위해 무엇을 한다기보다 제가 음식을 사 먹게 될 때 제가 만든 음식보다 맛없는 음식을 먹게 되면 많이 실망하지요. 전문가가 만든 음식이 보잘것없는 제 부엌의 음식보다 맛이 없으면 안 된다고 생각하지요. 그래서 우리 식구들은 식당에 가서 항상 제가 하는 '맛' 평가를 기다립니다. 자신들의 판단은 일단 보류해놓고요. 요리 동사를 생각해보십시오. 재료에 열을 더하고 빼고, 칼을 더하고 빼고, 물을 더하고 빼고, 요리하는 이의 손길을 더하고 빼고, 증기를 더하고 뺌에 따라 수많은 동사가 작열합니다. 굽고, 삶고, 지지고, 볶고, 졸이고. 따로 사전을 만들어야 할 정도로 많지요. 자작하게 하고, 팔팔 끓이다 뜸 들이고, 깍둑썰고, 어슷썰고, 질게 하고, 지집니다. 우리나라의 요리 동사들은 모두 마음의 상태를 가리키는 동사들과 똑같지요. 마음을 졸이고, 태우고, 볶지 않습니까? 미각을 솟아오르게 하기 위해선 지, 수, 화, 풍이 모두 작용하는 전 지구의 질료적인 조화가 필요합니다. 내 바깥의 생물을 조리하는 것과 마음을 조리하는 것은 아주 비슷하지요. 그렇다고 해서 제가 누구의 마음을 조리하듯 음식을 준비하는 것은 아닙니다. 대부분 하기 싫은데 나 아닌 누구를 먹여야 하니까 게으른 검객처럼 칼을 들고, 불을 올리고 하지요. 저 혼자 살고 있다면 그렇게 열심히 반복적으로 조리를 하진 않았겠지요.

초등학교 입학식 날 엄마와 함께

어머니의 죽음, 남겨진 달

"죽음이란 우리가 삶 속에서 무한히 겪어나가야 하는 것이고,
무한히 물리쳐야 하는 것이고, 살면서 앓는 것입니다"

황인찬   이야기를 조금 더 넓혀 나아가보겠습니다. 어쩌면 더 좁
히는 것이라고도 할 수 있겠습니다. 선생님의 시집 『지구
가 죽으면 달은 누굴 돌지?』는 어머니의 죽음이 그 중심
에 놓여 있습니다. 사실 선생님의 시에서는 가장 초기의
작품인 「도솔가」에서부터 '죽은 어머니'가 등장하지만, 이
번 시집은 그와 다른 맥락에 놓여 있다고도 할 수 있을 것
같습니다.

김혜순   2019년에 엄마가 떠나셨습니다. 그 이후 저는 지금도 자
다가 눈을 뜨면, 엄마가 계시던 호스피스 병동의 계단을
바삐 올라가는 저를 바라보게 됩니다. 『지구가 죽으면 달

은 누굴 돌지?』의 1부와 3부는 2019년 엄마가 돌아가신 해에 거의 써놓은 시들입니다. 저는 엄마가 앓고 있을 때, 엄마가 돌아가실 무렵, 그 후 엄마의 집을 정리하던 시간들에 걸쳐서 그 시들을 적었습니다. 그리고 그 시들을 거의 돌아보지 않다가 2022년에 다시 꺼내어 시집으로 묶게 되었습니다. 1부엔 죽음 주변을 맴돌던 엄마와 저의 일들이 쓰여 있고, 2부는 재난의 시대와 봉쇄의 시대를, 3부엔 죽음 사건을 겪고 난 후 약속의 땅, 가나안이 아니라 지금 이 순간이라는 사막에 당도하게 된 엄마와 저의 모습을 쓴 것입니다. 1부에선 비탄 속으로 깊이 들어가보려 했고, 3부에선 시간도 아니고 장소도 아닌 알몸으로 벌거벗은 사막을 헤매는, 인간이 사라진 장소, 제가 기거하는가 하면 이미 제가 없는 곳, 늘 저의 바깥이지만 저의 지금인 곳, 저에게 이름을 주고 정체성을 줘야만 벗어날 수 있는 곳인 사막을 그려보고자 했습니다. 저는 저의 바깥, 제가 한 발 내디디면 가닿는, 영원히 머물 수 없는, 삶을 떠남으로서 오히려 닿는, 죽음과 같은, 그러나 오히려 삶의 지금인 핵으로 가득한, 내 생애의 출발부터 이미 존재했던, 벌거벗은, 그러나 모래 상담실에서처럼 모형으로 가득 찬, '내'가 '나'를 바라보듯이 사라진 만물과 사라진 만물이 서로를 조용히 바라보는 사막으로 가서 제 딸인, 저의 후세, 상담자 F에게서 상담을 받고자 했습니다.

저는 『날개 환상통』을 거쳐 저의 부모님이 연달아 병상에 계시다가 돌아가신 날들의 비탄을 썼습니다. 엄마의 장례식장에서 한 소설가가 저에게 말했습니다. "이제 선생님의 엄마가 죽었으니 선생님은 엄마의 죽음을 쓰겠군요." 그 이후 저의 시 낭독회장에서 한 독자가 저에게 말했습니다. "나이 든 여자의 슬픔은 추해 보입니다." 저는 낭독회장에서, 나이 든 여자를 차별하고 백안시하는 독자의 말에 반박했지만, 엄마의 죽음 주변을 맴돌면서 마음껏 추해졌습니다. 저는 이 시들을 쓰면서 사막의 구름처럼 귀가 얇아졌습니다. 저는 사막의 하늘처럼 고막이 커졌습니다. 죽은 사람의 굶주린 귀처럼 말입니다. 이 시들을 쓸때, 비탄은 저에게 침묵을 요구하기도 했지만 증언을 요구하기도 했습니다. 비탄이 기도하는 것보다 가치 있는 시인의 일이란 생각이 들기도 했습니다. 오직 비탄만이 고통받는 존재와의 연대이고, 그 고통에 참여하는 것이라는 생각이 들기도 했습니다. 이 시기의 저에게 시인이란 죽음에 들어서서 죽음을 탄식하는 자였습니다.

또한 시를 씀으로써, 글 쓰는 행위 자체가 저를 이 비탄의 바깥으로 향하게도 했습니다. 이런 저의 생각이 시의 비탄으로 여는 일종의 시적 전망이라고 부를 수 있다면 좋겠다고 생각했습니다. 그러나 막상 비탄의 바깥으로 나가자 불모의 텅 빈 사막, 제 안에서 제가 저를 바라보는 장소가 있었습니다. 사막은 우리가 쓰고 버린 시간들이 향하는 곳, 죽은 자들이 가는 곳, 그렇지만 영원히 현재인 곳, 모든 사물이 발가벗은 곳, 권력과 진리와 모든 거룩한 말씀들이 부재하는 곳입니다. 그렇지만 영원히 의견을 내지 않는 태풍 속의 저 나무들처럼, 혹은 부과된 정체성과 제 이름을 벗겨버린 제 몸처럼 중립, 중간의 장소입니다. 저는 문학이란 이 텅 빈 사막, 저 맹렬하고도 무관심한 중립성이 자신에게 다가오던 순간의 체험을 형상화한 것이라고 생각합니다. 그럼에도 이것을 계속 쓰는 것이 오히려 죽음의 능력을 상실시키는 것이라고 생각합니다.

죽음이란 우리가 삶 속에서 무한히 겪어나가야 하는 것이고, 무한히 물리쳐야 하는 것이고, 살면서 앓는 것입니다. 제 삶과 완벽하게 들어맞는 모래로서의 삶과 붙어 있는 채 말입니다. 이 삶을 앓는 것을 통해 시는 인간 존재를 다른 곳으로, 더 나은 곳으로 이끕니다. 이 시들은 육친의 병과 죽음이라는 렌즈를 통해 전 세계에 미만한 죽음을 바라보고, 그 하나하나의 죽음에 얼마나 큰 비탄들이 숨어 있는지, 이 비탄을 짊어진 지구가 과연 어디로 향하고 있는지, 우리의 생명들과 시간들과 날들이 모래처럼 망각의 사막에서 무얼 하고 있는지를 바라본 시들이라고 말해보고 싶습니다. 말하자면 삶과 시간의 복수를 받아들여 다시 근원으로 향하는 자의 비명들이랄까요. 죽는 날까지 헤매도록 운명 지워진 근원을 범한 자의 호소랄까요.

그래서 『죽음의 자서전』을 거쳐 『날개 환상통』 『지구가 죽으면 달은 누굴 돌지?』에 이르는 죽음 3부작이 되었습니다.

황 시인이 말씀하신 「도솔가」는 저를 키운 외할머니의 죽음 이후를 적은 것입니다. 제 꿈속에 외할머니가 나타나서 자꾸만 자기 소지품을 챙겨달라 했거든요. 이 시에서 어머니는 외할머니지요. 엄마가 돌아가신 후에야 외할머니를 외할머니라 불렀거든요. 제가 초등학생이었을 때 저의 어머닌 외할머니였지요. 그러고 보니 등단할 때부터 '죽음' 주위를 맴돌면서 시를 썼나 보네요.

황인찬   무한한 무의미의 영역인 죽음을 밝히는 일이면서 동시에 그와 맞서는 일이 문학이라는 뜻으로 선생님의 말씀을 이해했습니다. 죽음보다 개인적이면서 사적인 사건은 없을 테지만, 그렇기에 우리는 스스로의 죽음을 사유하며 타인의 삶을 가까스로 이해할 수 있을 것입니다.

저는 그런 의미에서 선생님께 조금 더 개인적인 영역에 대해 질문을 던지고 싶습니다. 선생님의 시에서 등장하는 어머니의 이미지는 어떤 낡은 시들이 고수해온 '모성' 이미지와는 다른 층위에 있습니다. 어쩌면 이는 선생님이 갖고 계신 개인적인 어머니 이미지와도 관련이 있지 않을까 합니다. 선생님께서 기억하시는 어머니란 어떤 분이었는지요.

김혜순 저의 엄마는 초등학교 선생님을 오래 하셨습니다. 그래서 첫아이인 저를 외갓집에 맡겼지요. 외할머니와 외할버지에겐 우리 엄마가 유일한 자식이었으니 외손인 저를 기를 준비가 되어 있었지요. 그래서 외할머니가 저의 양육자가 되었지요. 저는 엄마가 늘 그리웠습니다. 제 옆에서 잠들어 있는 외할머니와 외할아버지를 미워하는 눈길로 쳐다본 기억이 아주 많이 남아 있습니다. 그렇게 티 나지 않게 마음속으로 그리워하다가 엄마가 자신의 친정을 방문해서, 제 이름을 부르면 저는 그만 기절해버렸다고 외할머니로부터 들어왔습니다. 그때부터 저의 기절이 시작된 거지요.

제가 부모님과 동생들과 온전히 모여 살게 되었을 때, 엄마는 제 친구처럼 되었습니다. 엄마에게 큰딸이 도착한 것이 아니라 친구가 도착한 것이지요. 엄마는 험한 말을 하거나 화를 낸 적이 한 번도 없었지요. 모성이데올로기를 충실히 따르느라 그렇게 온순했다기보다는 감리교인으로서, 하나님의 귀한 어린 딸이라고 자신을 생각해서 언제나 소녀 같은 면이 있었습니다. 그래서 점점 친구같이 되었지요. 저는 때때로 '우리 엄마는 친엄마가 아닐 거야, 다른 엄마들하고 달라'라고 생각했습니다. 그러다가 아버지가 돌아가신 다음부터 엄마는 제 딸이 되었습니다. 완전히 역할이 바뀌었지요. 우리 엄마는 미션스쿨인 고등학교를 다니셨는데, 그때 키가 커서 배구선수가 되었다 했습니다. 엄마는 늘 텔레비전 스포츠채널만 보셨지요. 종목을 가리지 않고요. 올림픽이나 국제경기를 좋아하고, 할머니가 되어서도 축구 경기를 직관하러 근처 종합대학의 축구장에 가는 것도 좋아했습니다. 축구선수들의 욕설과 신음, 고함이 운동장에서 관중석으로 올라오는 것을 즐겼습니다. 제가 텔레비전을 보는 엄마 옆에 앉으면 경기규칙이나 선수들의 이름과 특기, 신체 조건들을 알려주었지요. 하지만 저는 운동에는 젬병이었지요. 그리고 병약한 아이여서 늘 체육 시간엔 동급생들이 운동하는 걸 지켜보는 계단이 저의 자리였습니다. 엄마는 제 생애 처음엔 그리운 애인이었다가, 친구가 되었다가, 아이가 되었지요. 제가 엄마를 시로 쓸 때 엄마를 판타지로 쓰지는 않았습니다. 비유로도 상징으로도 쓰지 않았습니다. 그냥 '엄마'였습니다. 모성이라는 제도 안의 엄마라기보다 친밀하고 불쌍한 존재, 저의 과거였다가 이제 저의 미래가 된 존재, 죽음이라는 장소가 있다면 함께 그 바깥까지 나가보고 싶은 존재로 여겼습니다.

황인찬　『지구가 죽으면 달은 누굴 돌지?』에 수록된 「빈집의 아보카도」는 어머니의 죽음 이후에 남은 것들에 대해 감각하고, 그 죽음을 다시 경험하는 시입니다. 이 시는 죽음이란 무無로 돌아가는 일이지만, 죽음 이후에도 물건은 여전히 세상에 남는다는 것, 그러나 죽음과 함께 어떤 물건들은 함께 죽기도 한다는 점을 보여주고 있습니다. 시집의 제목 가운데 "달은 누굴 돌지?"는 그렇게 남겨져버린, 죽지도 살지도 않은 어떤 사물의 곤경을 보여주는 것이 아닌가 싶기도 합니다. 죽음 이후에 대하여, 죽음 이후에 남는 것들에 대하여 선생님께 생각하시는 바가 있지 않을까 합니다. 이에 대해 여쭙고 싶습니다.

김혜순　「빈집의 아보카도」에서는 '만짐'이라는 감각이 시를 이끌고 가지요. 이 시의 화자 '너'는 죽은 사람입니다. 그 죽은 사람이 자신의 집에 오랜만에 돌아와 폐기되기 전, 혹은 폐기되는 순간 자신의 가물家物인 사물들을 만져보는 기록이지요. 만짐이라는 촉각적 체험은 '봄'이라는 시각적 체험보다 육체적이고 에로틱합니다. 만져지는 사물이 만지는 사람의 몸에 붙는 것 같은 야릇한 경험이 일어날 때도 있지요. 이 시에서 죽은 사람은 자신의 집에서 사물성과 감각성의 교류를 시도합니다. 만지는 행위와 만져지는 사물을 겹치지요. 일평생 마지막으로 애틋하게 만지는 것이지요. 사물들은 아무도 기다리지 않았다고 말할 수도 있을 것입니다. 하지만 이 사물들은 죽은 사람이 산 사람이었을 적에 그 사람을 세우고, 앉히고, 눕힌 것들입니다. 그러나 죽은 사람이 만지는 순간, 이 사물들은 다른, 살아 있는 사람들에 의해 폐기됩니다. 이미 사용한 물건이므로 쓰레기가 됩니다(오! 전 세계의 쓰레기여 단결하라!). 이 집의 사물은 단순한 사물이 아니지요. 몇십 년 동안 죽은 사람의 봄과 만짐에 의해 심지어 사물성을 탈각한, 저 스스로 살아 있는, 저 스스로의 '떨림'을 간직한, 심지어는 온갖 형태로 변주될 수 있는 사물들이었지요. 이 집은 지금 죽은 사람의 방문을 받고, 오랜만에 전체적으로 떨고 있습니다. 사물은 몸을 단단하게 웅크렸다가, 죽은 사람의 손길이 닿을 때마다 밖으로 퍼져나가는 최대한의 원심력으로 떨림을 방출합니다. 흐르고, 퍼지고, 떨면서 흐느낍니다. 심지어 녹음기는 스스로 켜져서 죽은 사람의 목소리를 대방출하지요. 하지만 곧 유품 정리사들이 도착합니다. 그들은 죽은 사람과 사물의 촉각적인 에로티시즘을 여지없이 파괴하면서 그 사물의 용도에 따른 분류를 건조하게 진행합니다. 시는 이렇듯 사물의 떨림, 그 미궁을 이미지와 에너지로 표현하는 장르입니다. 시인의 감각으로 말입니다. 이 시는 곧 죽게 될 사물들의 살과 죽은 사람의 손길을 따라가지만, 이들의 마지막 만남, 그 뒤에는 '정리'

라는 포식자가 흉포하게 뒤따라오지요.

이 시는 제 경험을 그대로 쓴 것이지요. 저는 엄마의 집에 가서 엄마의 가물들을 정리했어요. 엄마의 물건들은 모두 용처에 따라 분류되었지요. 엄마의 사물들은 전부 엄마의 감각을 지닌 채 제 손길 아래서 떨었습니다. 제 몸이 엄마의 사물들 속으로, 사물들이 엄마의 떨림을 간직한 채 제 속으로 파고들었습니다. 우리는 거대한 가촉성可觸性이라는 우주 안에서 마구 떨며 헤어졌습니다. 그날 이후 정말 오랫동안 아팠습니다. 엄마의 몸이 그 사물들 속으로 옮겨 가더니 제 손길을 타고 사라져버렸습니다. 엄마의 사물들은 '보임'조차 없는 존재가 되어버렸습니다. 시를 인용하면 다음과 같습니다.

유품 정리사들이 오기 전에 한 번 더 가봐야겠다. 1년간 한 번도 열리지 않던 네 집이 긴장한다. 너의 집은 이제 밖에서만 열리는 집이 되었다. 너는 네 수의를 만져본다. 바자회 사람들이 오기 전에 너는 네 그릇들을 쓰다듬는다. '화분만 가져갈 거야. 꽃은 안 가져가' 꽃집 사람들이 말하기 전에, '화분의 꽃은 다 뽑아서 쓰레기봉투에 넣어' 그들이 말하기 전에. 너는 네 이불을 쓰다듬는다. 너는 네 옷장 속을 훑는다. 유품 정리사들의 봉투가 벌어지기 전에. 너는 네 속옷, 브래지어, 코르셋, 스타킹, 팬티스타킹, 거들, 잠옷을 만진다. 재활용 센터가 오기 전에, '사진은 찢고, 액자는 재활용'이라고 말하기 전에. 너는 사진 액자를 더듬는다. 너는 난간에 손을 얹고 계단을 내려간다. 계단을 내려가자 계단이 사라진다. 네가 기르던 것인데. 네가 좋아하던 것인데. 네가 아끼던 것인데. 네가 만든 것인데. 테이프를 카세트에 꽂자 네 목소리가 나온다. 네 마지막 수업이다. 너는 날씨부터 시작한다. 오늘 구름 높고 하늘 밝다고 한다. 너는 창밖을 내다본다. 구름 높고 하늘 밝다. 네가 말한 그날이다. 그 다음 네 목소리가 냄비 뚜껑처럼 뒤집힌다. 너는 처음 듣는 요괴어로 말한다. 목소리가 소용돌이처럼 나선을 그린다. 네가 네 말을 알아듣지 못한다. 조금 있다가 방문을 열고 환자복을 입은 할머니 한 분이 나온다. 사람이 아니라는 생각이 든다. 그 할머니의 손목 밴드에 네 이름이 적혀 있다. 세탁기 문을 열자 갑자기 큰 해일이 닥친다. 구슬이 달린 검은 옷들이 쏟아진다. 거대한 장례식이 시작된다. 벽에서 물이 새고 문상객들의 구두들이 다 떠오른다. 유품 정리사가 그 구두들을 자루에 넣는다. 네가 50년 묵은 간장이라고 하자 그들이 간장을 병에 따른다. 값이 나가겠어, 버리지 않는다. 하지만 화분의 흙을 버리듯 네 동작들을 버린다. 네 웃음들을 버린다. 눈물 젖은 강을 들어낸다. 눈물 젖은 바다를 들어낸다. 네가 버리지 못한 너를 마저 버린다. 버린다. 버린다. 버린다. 버린다. 베개를 버린다. 베개에 든 황금 열쇠를 버린다. 냄비를 버린다. 솥을 버린다. 숟가락을 버린다. 칼을 버린다. 다리미를 버린다. 너는 네 손수건을 찾아 눈물을 닦는다. 싱크대 밸브를 돌리면 네 손가락이 쏟아진다. 세숲이 굴러다니는 것도 아닌데, 단지 죽었을 뿐인데 이렇게 하다니. 화분에서 너를 쑥 뽑아서 쓰레기통에 넣는다. '오르간은 어떻게 할까요? 재봉틀은?' 네 교직 생활은 박물관에 가게 된다. 오르간이 멱살 잡혀 나가다가 너를 돌아본다. 그들이 갑자기 너에게 명령한다. '어서 녹음기 꺼요.' 네 여름 치마가 네 얼굴에 휙 달라붙는다. 그들이 너를 분류한다. 생활사박물관에 갈 너와 재활용 센터에 갈 너. 바자회에 나갈 너. 쓰레기가 될 너. 개수대에 쏟아버릴 너. 태울 너. 찢을 너. 빼앗을 너. 파묻을 너. 줄 너. 지울 너. 버릴 너. 의자들처럼 포개진 너. 침실 네 개 거실 하나 부엌 하나 화장실 두 개 쉰여섯 개의 모서리. 걸레를 쥔 네 손이 다 닿은 쉰여섯 개의 모서리. 침묵하는 모서리. 궁금해하는 모서리. 입을 삐죽하는 모서리. 부끄러워하는 모서리. 너에게 어디 가? 하고 묻던 모서리. 너는 이제 네 집의 쉰여섯 개의 모서리를 눈 감고 다 짚어야 잠을 잘 수 있다. 너는 네 침대를 짚는다. 냉장고를 짚는다. 식탁을 짚는다. 너는 이 집을 다 짚어야 잠을 잘 수 있다. 너는 이 집의 가구 중독자다. 큰 네모 안에 작은 네모 일곱 개. 작은 네모 안에 몇 획의 울음소리. 필라멘트처럼 가녀리게 떠는 속눈썹, 평화를! 평화를! 기도 소리. 죽을 때에도 꽁꽁 싸매놓고 간 비밀 편지인데, 그들에게 밟히는 몇 장의 종이. 어서 여기서 떠나! 종이배를 타고 북극으로 떠나! 그들이 네 혀를 보따리에 싼다. 길고 긴 소매를 네 몸에서 뜯어내 둘둘 감아 버린다. 그들은 이제 너의 분리수거를 마쳤다. 그들이 네 녹음기를 들고 간다. 너는 이제 책가방처럼 네 집을 어깨에 메고 다니는 사람이 되었다. 뛰어가면 책가방이 아래위로 춤을 춘다. 집에 가, 매일매일

가. 다른 덴 절대 안 가. 너는 가방에서 꺼낸 쉰여섯 개의 모서리를
차례로 손가락으로 짚는다.

　　　　　　－「빈집의 아보카도」 전문, 『지구가 죽으면 달은 누굴 돌지?』

황인찬　　아마 선생님께서는 어머니가 남긴 것들을 많이 헤아려보
　　　　고 또 살피셨으리라 짐작되는데요. 시를 남길 정도로 마
　　　　음을 많이 담는 일이었던 만큼, 어머니가 남긴 것들을 헤
　　　　아리며 느끼셨던 점들을 여쭙고 싶기도 합니다.

김혜순　　그때의 제 마음은 이 시의 마지막 몇 행에 있지요.

너는 이제 책가방처럼 네 집을 어깨에 메고 다니는 사람이 되었다.
뛰어가면 책가방이 아래위로 춤을 춘다. 집에 가, 매일매일 가. 다
른 덴 절대 안 가. 너는 가방에서 꺼낸 쉰여섯 개의 모서리를 차례
로 손가락으로 짚는다.

저는 이제 사라진 엄마의 집을 가방처럼 등에 짊어지고
다니면서, 그 집의 모서리들을 매일 더듬는 사람이 되었
다고나 할까요. 제게는 모든 사물을 잃은 사람의 헛된 감
각의 손길만이 남았지요. 그 집을 다 정리하고 몇 개월 후
제 동생이 제 딸과 저를 그 집에 다시 데려갔는데, 우리는
차마 그 집 문 앞에 다가가지 못했어요. 이제 쉰여섯 개의

모서리밖에 남아 있지 않을 테니까요. 우리는 자동차에서 내리지도 못하고 통곡했지요. 우리 엄마와 사라진 사물들이 너무 불쌍했어요.

"여자에서 여자로 이어지는 족보는 참으로 서럽고,
소박한 노동으로 점철되어 있지요"

황인찬   그렇다면 선생님께서는 스스로 어떤 딸이었다고 생각하고 계신지도 여쭙고 싶습니다. 그와 더불어 선생님 삶의 적지 않은 부분을 어머니로서의 삶이 차지하고 있으리라고 짐작됩니다. 어쩌면 어머니로서의 삶을 살아가는 동안 어머니에 대한 이해가 새로워졌으리라는 생각 또한 드는데요.

김혜순   제가 어떤 딸이었는지는 잘 모르지요. 그렇지만 우리 엄마는 저에게 많이 의지했던 것 같아요. 돌아가시기 전에 의식을 잃었을 때도 모든 목소리를 알아듣지 못했지만, 끝까지 제 목소리에만은 대답을 했지요. 그리고 살아 계시는 동안 저를 항상 기다렸어요. 전화를, 학교에서 돌아오기를, 휴가를 내서 함께해주기를, 그리고 외국에 갔다가 얼른 돌아오기를, 아마 돌아가신 지금도 제가 빨리 곁에 오기를 기다리고 있을 것 같아요. 저는 지금도 신기한 것을 보면 '엄마, 얼른 와서 이것 좀 봐' 하고 속으로 외쳐요. 많은 사람이 부모가 돌아가시면 후회한다고 하지만 저는 후회가 없었어요. 다만 보고 싶고 그리운 감정은 점점 커졌지요.

또 질문하신 것처럼 제가 어떤 엄마인지 저로서는 알 수 없지요. 아마도 저는 원초적인 모습의 엄마일 것 같아요. 제 욕망을 숨기지 않고, 희생하겠다는 의지를 내보이지도 않고, 저의 인간적인 면모를 숨기지도 않는 엄마라고 제 딸은 말할 것 같아요. 처음에 저는 엄마 노릇이 참 부담스러웠어요. 이 노릇을 계속할 수 있을까 스스로에게 물어보는 날이 많았지요. 엄마가 되어선 이 나라가 '나'에게 여자가 되라는 건가 말라는 건가, 궁금증이 생겼지요. 이제 '아줌마'라는 무성無性 집단의 일원이 된 건가 하고요. 아줌마라는 사람도 개인의 자율성을 가질 수 있나 하는 의문도 생겼지요. 그 의문 때문에 실망감이 생기고 거칠어지는 건 아닌가, 또 그 때문에 억울하니까 가부장제를 공고히 하는 자식 교육에 매진하는 건 아닌가 생각해보게도 되었지요.

딸을 낳았을 때 저는 대학 강사 노릇도 하고 있었는데, 그때는 아이 돌봄 시설이 지금처럼 없었어요. 그래서 아이 돌보는 사람들에게 아이를 맡겼는데, 이 사람들에게는 직업의식이란 게 없었어요. 저는 학교에 가야 하는데 제시간에 아기를 보러 오지도 않았지요. 그래서 제가 아기를 안고 학교에 가서 조교에게 통사정하고, 바구니에 눕혀놓고 수업을 했어요. 그런데 수업 중에 조교가 문을 두드려요. 아기가 울음을 그치지 않는다고요. 참 고생이 많았지요. 아기를 안은 채 최루탄을 뚫고 학교 교문을 들어가서 학과사무실로 달려가던 시간들이 있었지요. 이후에는 제 딸이 미국에서 오래 공부하고, 또 활동했기 때문에 서로 그리워한 시간이 길었어요. 그래서 딸이 돌아온 다음에는 둘이서 여행을 자주 하고 있어요. 제가 외국에 일이 생기거나 제 딸이 외국에 일이 생겨도 그 일에 같이 참석하는 식으로 여행을 하지요.

아버지가 돌아가신 뒤 엄마가 저희 집에 오시면 제 딸은 외할머니를 작업실에 모시고 갔어요. 제가 강의하러 가면 외할머니가 빈집에서 심심하실까 하고요. 그러면 제가 강의를 끝내고 엄마를 모시러 갔지요. 작업실 문을 열면 한 사람은 미술 작업에, 한 사람은 퀼트 작업에 빠져 제가 들어온 줄도 모르고 있었어요. 구석에는 두 사람이 작업에 빠져 점심을 함께, 짧은 시간에 해치운 흔적이 있었지요. 참 아름다운 광경이었어요. 그리고 잘 걷지 못하는 엄마를 모시고, 셋이서 작업실과 제일 가까운 성북우동에 가서 우동을 먹었어요. 그 광경이 천국보다 아름다웠다고, 지금은 생각하지요. 성북우동이 사라진 날, 저는 그 가게 앞에 한참 서 있었어요. 여자에서 여자로 이어지는 족보는 참으로 서럽고, 소박한 노동으로 점철되어 있지요.

황인찬　선생님께서 말씀하시는 그 모녀 삼대의 순간이 저에게는 아름답게 느껴집니다. 서로가 서로를 돌보는 것이 어머니와 딸이라는 관계 아닌가 싶어지기도 하는데요. 한편으로는 한국 사회에서 여성성이라는 것을 어떤 방식으로 착취해왔는지 선생님의 말씀에서 확인할 수 있습니다. 더불어 한국문학이 오래도록 착취해온 '모성' 이미지에 대해서도 함께 이야기하지 않을 수 없습니다.

김혜순　저는 '모성'이라는 단어를 좋아하지 않아요. 모성이 이데올로기가 되다니요? 심지어 모성은 본능적인 것이고, 신화적인 것이고, '신이 모든 곳에 있을 수 없어서 어머니를 만들었다'라고, 어머니는 신 다음이라고 하지 않습니까? 어떻게 신 다음이 산후우울증에 걸린단 말입니까? 사실 서구에서 모성이데올로기가 생겨난 것은 18세기부터라고 합니다. 여자를 가정에 두고, 아이 돌보는 일을 전적으로 맡기는 역할을 시킴으로써 사회를 안정적으로 유지하기가 좋았기 때문이죠. 여자 말고, 어머니를 신화적인 인물인 양 높여주는 척하면서 집 안에 가두는 것이지요. 남녀의 생물학적 차이를 자의적으로 사용한, 공고한 사회적 차별이 가부장제를 당연한 것으로 보장해준 것이지요.

텔레비전을 볼 때 늘 놀라는 장면이 있는데 출연자들이 자신의 어머니 얘기를 꺼내면서 불에 덴 듯 운다는 것입니다. 그들이 살아 있는 어머니를 가졌건, 돌아가신 어머니를 가졌건 말입니다. 아마 저도 그 상황에 처하면 그럴지 모르겠습니다. 저는 그런 현상이 모성이데올로기 때문이 아닌가 생각하기도 합니다. 엄마와 자식 양쪽 다 죄의식 때문에 그렇게 울게 되지요. 부모는 완벽한 모성을 발휘하지 못한 죄의식, 자식은 모성성을 유감없이, 목숨을 바치도록 발휘해서 희생한 자신의 엄마에 대한 죄의식 때문에 말입니다. 모성은 사회적 구성물입니다. 이 구성물 때문에 여자들은 여자처럼 살아야 하고, 자라서는 어머니 노릇을 해야 하고, 주부가 되어야 하고, 자신의 안녕과 쾌락을 구할 땐 죄의식에 사로잡혀야 합니다. 이 사회의 모성이데올로기가 여자들에게 영원히 다른 방식으로 어머니되기 프로젝트를 가동 중이니까요. 이때 어머니 스스로가 우울하건 불안하건 자신을 미완성으로 느끼건 소용없지요. 저는 이 모성이라는 말을 바꿔야 할 때가 왔다고 생각합니다. 물론 잉태하고 출산하는 것은 여자겠지만, 안아주고 길러주고 돌봐주는 것을 '어머니성'이라고 부르지 말아야 하는 건 아닐까 생각해보기도 합니다. 누구나 돌보고 보살필 줄 아는 능력을 길러야 합니다. 남자건 여자

건 말입니다.

우리나라 남성 시인들이 쓴 '어머니'에 대한 시들을 일별
해본 적이 있습니다. '밥해주는, 온 정성을 다한, 희생한,
이제 늙어버린, 그러다가 죽어버린' 어머니들이지요. 혹은
전능의 판타지를 장착한 어머니들이지요. 그들은 환상 속
에서만 어머니를 위치시킬 수 있을 뿐, 실재의 어머니는
보지 않으려 하지요. 그 남성 시인들은 여성성을 잃어버
리거나 숨긴, '새벽 별을 이고 30년을 하루같이' 자식들에
게 둥근 밥상을 대령한 어머니의 피폐한 노동을 왜 그토
록 찬양하는 것일까요? 시마저 가부장 이데올로기를 듬뿍
품고, 모성이데올로기를 재생산하게 만드는지요?

그러나 여성 시인들이 '어머니'를 쓴 시들은 다르지요. 여
성 시인들은 어머니의 자궁을 기쁨의 잠재성으로 노래하
기도 하고, 반면에 피폐한 죽음의 공간, 훼손하여 버려야
하는 기관으로 노래하기도 하지요. 자궁을 자연과 연결
된 공간으로 이해하기도 하고, 그 크기를 오대양 육대주
로 넓히기도 하지요. 그래서 어머니를 욕망을 가진, 슬프
고 참담한, 절대로 모방하거나 답습할 수 없는, 낯설고 무
기력한 존재로 보지요. 그리고 절대로 어머니를 닮지 않
겠다는 각오도 하지요. 혹은 이분법적 성의 구별과 차별
에 넌더리가 나서 양성적 존재의 구현을 어머니의 모습에
서 찾으려 하고요. 저는 모성 또한 우리의 성정체성처럼

개인마다 다른 수천만 가지의 모습이므로, 이데올로기가 되어선 안 된다고 생각합니다.

황인찬   결국 모성이데올로기가 강요하는 거대한 희생의 메커니즘이 우리 삶 전체를 크게 지배하고 있는 것이 아닌가 싶기도 한데요. 선생님의 시가 예민하게 반응하고, 또 대응하는 대목이 바로 그 희생의 메커니즘 아니었을까 합니다. 선생님의 말씀에서 한국 여성시의 계보를 언뜻 읽어낼 수 있습니다. 자연과 연결되기도 하고, 상징화된 기관을 다시 신체로 환원하여 적나라하게 그것을 전시하기도 하던 그 순간이 한국 여성시가 약진하던 순간으로 이해하고 있습니다. 선생님의 시는 그러한 계보와 깊게 관련되어 있으면서, 또 독자적인 자리를 창출해가고 있지 않은가 합니다. 선생님 시에서 어머니는 많은 경우 어머니-딸이라는 관계를 통해 사유되고 있습니다. 선생님의 초기 작품 「엄마」(『아버지가 세운 허수아비』)에서 어머니란 누대에 걸친 억압의 계승자이면서, 동시에 억압자로서의 어머니-되기를 딸에게 물려주는 자이기도 했습니다. "엄마 나는 O에 빠져 있어요"라고 고백하는 「O」(『한 잔의 붉은 거울』)과 같은 시에서는 이 억압 안에서 주체의 자리를 잃어버린 사람의 모습이 비치기도 합니다. 어머니와 딸의 관계란 선생님께 무엇일까요.

김혜순   『여성이 글을 쓴다는 것은』에서 저는 그 시인이 여성이든 남성이든 간에 시인은 어머니라고 쓴 적이 있습니다. 한 편의 시는 자신 안의 어머니를 찾는 과정 안에 있고, 그 '어머니하기'를 실현하는 것이 시인의 역할이라고 말했습니다. 그렇게 말한 것은 시의 내밀성이라는 것이 자신 안의 어머니를 만나는 과정이라 생각했기 때문입니다.

어머니는 우리 각자인 '내'가 태어날 때 '나'에게 몸을 주었고, 그다음 '내' 안에서 죽었습니다. '내' 몸에서 사라졌습니다. 그러나 '내' 안에는 '나'의 몸이 된 이미 죽은 어머니가 있습니다. 어머니는 지금도 그 첫 죽음으로서 '내' 몸 안에 살아 있습니다. 어머니는 '내' 안의 먼 곳에 자리 잡고 앉아 '나'에게 밖으로 나가라고, 어서 타자를 만나라고, 타자가 되어보라고 독려합니다. 만약 '내'가 이미 죽은 어머니가 없는 존재라면, '나'는 이 가상의 세계를 알아보지 못할 것입니다. 시라는 것을 '해보지' 못할 것입니다. 시인인 '나'는 '나'를 태어나게 함으로써 '나'에게서 이미 죽은 어머니가 생명의 본질은 이렇게 타자의 몸에서 죽음으로 살아가는 것이라고 알려주었으므로, 타인에게 '내' 몸을 주고 싶어 안달하는 사랑이란 것을 하려고 하고, 시라는 것을 쓰는 것입니다. '나'에게 생명을 준 것은 '나'에게 지금 남아 있으면서 이미 떠난 어머니의 죽은 몸이었습니다.

저는 시집을 출간한 후엔 시 낭독회 때 외에 제 시집을 들여다보지 않습니다. 너무 부끄러워서이기도 하고, 또 다른 것을 생각하느라 그것들을 들여다볼 겨를이 없기도 합니다. 그래서 누군가 질문을 하거나 누군가의 비평을 읽을 때 제 시가 예로 등장하면 당황하지요. 하지만 그 시들을 다시 읽거나 듣게 되면, 그 시를 쓴 시기의 생각이나 사건, 저의 감각과 행동들이 선명히 떠오릅니다. 아마도 「엄마」라는 시는 어린 엄마였던 제가 모성이데올로기를 비난해본 시일 것 같습니다. 그 시를 쓸 때는 여성운동 단체, '또 하나의 문화' 동인 활동에 참여하고 있었거든요. 그때의 저는 여성운동에의 참여와 활동 때문에 전투의지가 높고 시니컬했지요. 「O」이란 시는 제게서 시학으로서의 여성주의가 자라나는 과정 속에 나온 시인 것 같습니다. '나'의 손과 '너'의 손을 구부려 만든 'O'이라는 숫자, 그 텅 빈 사이 공간에 대해 물어볼 사람은 저를 낳으면서 저에게서 '죽은' 엄마밖에 없다고 생각한 것 같습니다.

"여자들은 늘 쫓기는 꿈을 꿉니다"

황인찬   시인이란 본디 자신 안에 있는 타자성을 예민하게 감각하는 존재이며, 나아가 그것을 통해 다시 타자에게 자신을 전하는 것이 시 쓰기라는 말씀이군요. 앞서 말씀하셨던 시를 통해 타자와 관계 맺는 과정을 생각나게 하는 한편, 그것이 '어머니'라는 형식을 얻음으로써 더욱 강렬한 힘을 얻게 되는 것 같습니다. 어머니란 결국 최초의 타자일 수밖에 없다는 말씀일 것으로 짐작됩니다.

또 여성주의가 자라나는 과정에 있었다는 말씀이 참 인상적입니다. 아마 그것은 선생님의 몸 안에서 점차 누적되어가며 몸의 변화를, 그리고 시의 변화를 촉진하는 과정이 아니었을까 싶기도 한데요. 그 누적과 변화의 과정을 자각한 것은 언제였으며 또 무엇이 계기였는지, 물론 그것이 삶의 누적 속에 서서히 일어나는 일일 수밖에 없다는 것을 알면서도 여쭙고 싶습니다.

김혜순   여성에게 부과된 여성적 정체성에 反하는, 스스로 여성주의를 키우게 된 계기와 그 시기를 질문하는 것은 조심스러울 수 있습니다. 자신의 성정체성의 모습이 어떻든 간에 그에 대한 대답은 몇몇 헤테로 남성만이 씩씩하게 대답할 수 있을 것 같습니다. 그 외의 성정체성을 가진, 혹은 부과된 성정체성에 반해 몸부림치는, 그것을 몸으로 키우게 된 사람들에게는 조금 어려운 대답이 될 수도 있습니다. 왜냐하면 그 계기들은 상처와 흉터와 억울함으로 몸속에 묻어버린 것들일 수 있기 때문입니다. 이 대답은 고백하고 난 다음에도 고백이 남는 대답일 수밖에 없습니다.

여성 시인들이 고백적 어투를 즐겨 쓰고, 누군가에게 고백하는 것처럼 시를 쓰는 것은 오히려 가릴 것이 많기 때문이기도 합니다. 이번엔 꼭 고백하겠다고 결심하고 고백하지만, 또 고백할 것을 숨기게 되는 고백의 연쇄가 계속되는 것이지요. 또 고백하고 나면, 고백이라는 제도가 그 내용을 먹어버려, 그다음엔 자신을 무대에 세우는 고백을 하게 되는 경우가 뒤따르기도 하지요.

여성 시인의 고백시는 오히려 고백을 가장 적게 한 시일 수도 있습니다. 저 또한 그렇습니다. 이 나이인 데도 공론의 장에서 저의 여성주의가 자라게 된 계기를 스스럼없이 다 말할 수는 없지요. 사회적으로 이슈가 된 것들 말고 개인적인 것들은 더욱 그렇습니다. 고백하고 난 후 오랜 세월 더 괴롭지요. 그리고 그 자각과 계기들은 너무 많아 다 기록할 수도 없지요. 지금도 버스에서, 길거리에서, 병원 로비에서, 신경정신과 의사 앞에서 매일 경험하고 있지요. 제가 대학생일 때 심한 스토킹을 당했는데, 그때는 스토킹이라는 용어가 없었지요. 저는 원래 강원대학교 국어교육과에 입학했는데 스토킹 사건 때문에 건국대학교 국어국문학과로 편입하게 되었습니다. 우리 아버지 말씀이 다른 대학에선 편입생에게 돈을 요구해서, 돈을 내지 않고 시험으로 들어갈 수 있는 대학이 건국대학교밖에 없다고 했습니다. 제가 대학에 들어갈 무렵에는 지방의 국립대학교가 경쟁률이 높고 들어가기 힘들었지요. 왜냐하면 등록금이 훨씬 적었기 때문이지요. 우리 외할머니가 저에게 지방 국립대학교를 나와서 중고등학교의 선생님이 되어 제 동생들의 학비를 벌고, 부모님을 도우라고 권유했습니다. 저는 그것을 따랐지요. 하지만 제가 춘천의 그 대학교에 입학하고 시를 쓰기 시작하면서부터 스토킹이 있었습니다. 제가 대학교 1학년 때 교내 백일장에서 최우수상을 받고 주목을 받게 되었거든요. 그 스토킹을 겪으면서 저는 이 사회가 부과한 여자라는 성적 정체성이 저에게 있다는 걸 알게 되었습니다. 그 사건으로 우리 엄마와 제가 참 마음을 많이 다쳤지요. 이런 스토킹이 제가 교수로 있을 때에도 있었습니다. 그 스토킹 학생이 제 딸의 고등학교까지 찾아갔었지요. 이런 얘기를 여자들과 나누다 보면 스토킹 경험이 여자들에게 한두 번씩 있다는 것에 놀라게 됩니다. 많은 여자가 야비한, 더러운, 힘센 이에게 쫓기는 경험을 모두 몸속에 간직하고 있다니요. 그래서일까요? 여자들은 늘 쫓기는 꿈을 꿉니다.

저는 대학을 졸업하고 대학원에 가기 전 몇 년간 출판사에 다녔습니다. 그때 조그만 방에 세 들어 살고 있었는데, 제 방과 벽을 맞댄 옆집엔 어느 신문사의 기자와 아내, 어린 아들, 그리고 기자의 어머니가 살고 있었습니다. 그런데 그 기자는 늘 밤 12시가 넘어서 술이 잔뜩 취해 집으로 들어왔습니다. 그러곤 아내를 때리기 시작했습니다. 그 소리에 언제나 저는 잠에서 깨어났습니다. 벌벌 떨며 그 시간이 지나가기를 기다렸지요. 아기는 계속 울어댔지요. 그 소리를 듣는 그의 어머니 심정은 어땠을까요? 다음 날 복도에 나가보면 그 우울한 아내가 멍든 얼굴로 아이를 업고 망연히 서 있었습니다. 어느 날 밤 저는 달려 나가 문을 두드렸습니다. 제발 조용히 하라고, 그렇지 않으면 신고한다고. 그랬더니 그 기자가 무슨 무기를 들고 달려 나왔습니다. 그래서 제가 경찰에 신고를 했지요. 하지만 그 집의 소란은 사라지지 않았습니다. 제가 못 견디고 이사를 나와야 했지요. 이 경험이 제 남편과 결혼하는 데에 많은 영향을 줬다고 생각합니다. 왜냐하면 제 남편은 어렸을 때 소아마비를 앓은 사람이라 만약 저를 때리려 한다면 제가 더 빨리 도망갈 수 있을 테니까요, 하하. 제가 결혼하고 딸을 낳고 한 10년쯤 지났을 때 우리 시아버님이 제 남편을 불러 물었습니다. "왜 쟤가 더 아이를 낳지 않느냐?" 그러자 제 남편이 "낳기 싫답니다" 그렇게 대답했습니다. 저는 부엌에서 그 얘기를 듣고 있었습니다. 그러자 시아버님이 남편에게 말했습니다. "다른 여자에게서 아들을 낳아 와라." 그러자 제 남편이 대답했습니다. "돈 주세요. 그런 일을 벌이려면 돈이 필요합니다." 그러자 시아버님이 말했습니다. "얼마면 되겠느냐?" 저는 떡국을 푸다 말고 정말 눈물이 터져 나올 정도로 웃었지만, 제가 가부장제 내부에 말단으로 있는 사람이란 걸 알게 되었지요.

제가 여성주의를 담론적 실천으로 키우게 된 것은 '또 하나의 문화'에서 동인 활동을 하면서입니다. 저는 이 모임에 고정희 시인의 권유로 참여하게 되었지요. 이 모임은 개개인의 경험을 바탕으로 자본주의사회, 가부장제 사회에 질문을 던지고, 그것을 재구성해보는 작업을 하는 여성주의 모임이었습니다. 저는 방학 중에 초등학생, 중고등학생들을 데리고 하는 여성주의 캠프에 참여하기도 했고, 이 모임에서의 대화들을 통해 여성해방의 언어를 경험하기도 했지요. '또 하나의 문화'에는 관심 분야에 따라 소모임이 많았는데, 저는 '문화 권력 모임'이라는 소모임에 참여했었지요. 조한혜정, 김영민, 이영자, 김성례, 최윤, 이소희, 박일형, 김찬호, 이상화 등이 있었습니다. 문화인류학, 사회학, 영문학, 국문학, 종교학, 철학, 여성학 등 전공은 달랐지만 우리는 당대를 이해하기 위해 책을 읽고 토론을 했지요. 다른 전공 분야의 책 읽기는 그 분야의 전문가를 모셔서 들었어요. 당시 프랑스 철학자들과 사회학자의 책을 많이 읽었던 기억이 납니다. 그러나 해가 바뀌고, 시간이 갈수록 소위 시인인 제가 다가갈 수 없는 사회학적 논의들에 진력이 나고, 문학과 관련 없는 독서에 파묻혀 허우적거렸지요. 최윤과 박일형과 저는 점점 그 모임에 소홀해지다가 그만두게 되었습니다. 그 후 최윤과 심진경, 박일형, 저는 〈파라21〉을 창간했지요. 돌이켜 생각해보면 그 모임을 하는 몇 년 동안이 제가 여성수의 담론을 저 나름대로 소화하는 시간이었지요.

황인찬   선생님께서 말씀하신 것처럼 그 시간들에 대한 이야기 모두가 충분한 고백이면서 도무지 충분할 수 없을 고백이라는 생각이 듭니다. 여성 시인의 고백시란 오히려 가장 적게 고백한 시일 수 있다는 선생님의 말씀이 참 의미 깊다는 생각 또한 드는데요. 그런 의미에서 더욱 여쭙고 싶어지기도 합니다. 고백을 가리고 싶어서 고백을 한다는 그 역설을 어떻게 이해하면 좋을까요. 말해야 할 것이 너무나 많지만, 그렇기에 가능한 한 적게 말하는 형식을 취하는 그것이 어쩌면 시가 아닐까 싶기도 합니다.

김혜순   그렇습니다. 가장 적게 말하는 것이 시이지요. 끝끝내 '입 다무는 것'에 이르려고 하는 말들이 시이지요. 어쩌면 내용은 증발하게 하고, 목소리만 남게 하려는 게 시가 하는 일일 수도 있겠다 생각해왔습니다. 시를 쓰면서 이것을 왜 땅에 묻지 않고, 세상에 내놓고 있나 하는 회의감이 저를 괴롭히는 죄책감 중 하나이기도 하지요. 여성들은 자신이 상처를 받은 경험에 대해 언어화보다는 침묵을 택하는 경우가 많아요. 경험을 얘기하는 것은 엄청난 용기가 필요한 일이고, 고백하고 난 후의 비난과 폭풍도 상당하기 때문이지요. 상처받은 경험을 기록하는 것도 재경험의 과정이 되니까 또 피하게 되는 것이고요. 상처의 경험을 부정하려는 마음과 그것을 백일하에 내놓아야 한다는 의지 사이의 갈등이 엄청나지요. 저의 경우에도 상처의 경험이 평소에 생각조차 나지 않다가 누군가의 고백을 들을 때 또는 제가 다른 고백을 할 때 그 경험의 편린이 도드라지는 것을 느낍니다.

입학시험을 보러 온 학생들을 면접할 때 "너는 어떤 시가 좋은 시라고 생각하느냐?" 하고 저도 모르는 것을 질문할 때가 있습니다. 그러면 많은 학생이 "솔직한 시"라고 대답합니다. 그러면 저는 '솔직함에 극심한 공포를 느낀다' 했던 보들레르의 말이 제일 먼저 떠오르지요. 그다음 저는 "그 시인이 솔직한지 아닌지 어떻게 알았느냐? 왜 솔직한 것을 시로 써야만 하느냐?"라고 되묻지요. 어쩌면 학생들은 고백시를 좋은 시라 생각한다고 대답하려던 것이 아니었을까, 저 스스로 생각하기도 합니다. 그만큼 고백시는 파급력이 있지요. 미국에서 고백시가 여성 시인들을 중심으로 발생한 이래 우리나라에서도 여성 시인들이 좋아하는 언술 형태가 되었습니다. 그러나 우리나라 여성시가 1980년대 이후 고백이라는 언술 형태를 가지는 것에 대한 연구는 제가 문외한이어서 그런지는 모르겠지만, 진지하게 연구된 경우가 그렇게 많지 않다고 생각합니다.

사실 '고백'이라는 글쓰기는 리얼리즘적 인식론의 소산으로 탄생하는 것입니다. 자신에게 자아라는 것이 있고, 자신이 자아의 실체이며, 그 실체인 시적 주체가 언어를 통제하고 있다고 생각해야 가능한 것입니다. 연이어 진실이라는 것이 실재하고, 언어가 그릇이 되어준다고 생각해야 고백은 시작됩니다.

그런데 고백시라는 것은 고백이라는 언술 형태와 필연적으로 다를 수밖에 없습니다. 일단 시인이라면 언어라는 그릇을 믿지 않을 것입니다. 저는 자신이 시적 주체라는 것, 진실이 고정된 실체로 실재한다는 것을 믿지 않는 존재들이 시인이라고 생각합니다. 무엇이든 의심하는 존재들 말입니다. 시를 쓰고 있는 자신마저도 의심하는 존재들 말입니다. 그러니 시인은 고백시를 쓰면서도 고백적 진술이라는 글쓰기 형태를 믿지 않는 겁니다. 그러니 구체적 증거를 위해 이미지를 시에 들여놓게 되고, 그 때문에 고백이라는 진술을 하는 데도 애매성이 증대하게 됩니다. 고백을 쓰면서도 고백을 실종시키게 됩니다. 시인은 일단 고백을 시작하지만 고백의 불가능성에 당도하게 되지요. 고백시는 고백이라는 진술을 실종시키려 하는 글쓰기 형태일지도 모르겠습니다. 고백을 하면서도 고백을 배반하는 자기 전복, 이것이 고백시가 당도하는 곳이지요. 저는 제가 고백을 할 때보다 다른 사람의 고백을 읽을 때, 오히려 공감이 됩니다. 저는 늘 고백적 진술로 시를 시작하지만 결국 고백에 당도하지 못합니다.

황인찬   어쩌면 선생님의 이번 시집은 어머니를 불러 함께 앓는다는 점에서 일종의 어머니와의 협업이라고 이해할 수 있지 않을까, 잠시 그런 생각을 해보기도 했습니다. 한편 선생님께서는 따님이신 이피 작가님과 몇 번의 협업을 하셨죠. 선생님의 시산문집 『않아는 이렇게 말했다』에서는 이피 작가님의 작품들이 선생님의 작품과 나란히 놓여 있었고 『죽음의 자서전』 해외 출간본에서도 표지에 이피 작가님의 그림이 사용되었습니다. 따님과의 협업이 어떠셨는지에 대해서도 조금 더 듣고 싶습니다.

김혜순   '어머니와의 협업'이라는 말이 제 가슴을 탁 칩니다. 그렇습니다. 병든 어머니와 사라진 어머니와의 협업이 『지구가 죽으면 달은 누굴 돌지?』의 시들입니다. 저는 시의 비유나 상징, 이런 용어들을 좋아하지 않습니다. 그것은 오래된 남자 시인들의 것이고, 20세기의 것이지요. 저는 시가 무엇에 대해 말하지 않는, 무엇에 관해 말하지 않는 장르라고 생각합니다. 써나가는 것 자체가 '생성'인 장르라고 생각합니다.

말하자면 저는 이 시집에서 사라진 엄마를 생성해간 것이지요. 가끔 이 시들을 문예지에 발표하기도 했습니다만, 시집으로 출간하기까지는 망설임이 있었습니다. 그런데 2022년의 어느 날 저의 이 작업들은 성공이나 실패라는 단어로 말할 수 없는 거라는 생각이 들었습니다. 제가 시를 잘 썼다고도 못 썼다고도 말할 수 없을 것 같았습니다. 제가 시라는 글쓰기로 이행해 간 것이니까요. 그래서 이 시집을 출간할 용기를 스스로 만들었습니다.

제 딸의 이름 이피는 본명이 아닙니다. 본명은 어떤 개그맨이 차용해버렸습니다. 제자들에게 듣기로는, 확실한 사실인지는 모르겠지만, 그 개그맨의 매니저였던 이가 제 수업을 들은 문예창작과 학생이었는데, 그가 제 딸의 이름으로 개그맨의 활동명을 지어준 것이라 들었습니다. 그래서 제 딸이 고등학교에 다닐 때 체육 선생님이 제 딸을 불러 세워놓고, 이름이 같은 그 개그맨의 흉내를 내라고 했습니다. 제 딸이 본 적 없어 흉내를 낼 수 없다고 하자 그는 제 딸을 심하게 구타했습니다. 제가 수업이 없는 날 집에 있는데, 알아볼 수 없을 정도로 얼굴이 부어오른 제 딸이 수업 중간에 조퇴를 하고 집으로 돌아왔습니다. 정말 이름 때문에 모진 수모를 겪었지요. 이피는 초등학교 때부터 그림을 그려왔는데 고등학교 1학년 때, 우리 집에

2019년 캐나다 그리핀 시 문학상 인터내셔널 부문을 수상한
『죽음의 자서전』 영문판 표지

놀러 온 황지우 시인이 이것은 그냥 내버려두면 안 된다, 개인전을 열어야 한다, 해서 지금은 없어진 바탕골갤러리에서 개인전을 열기도 했습니다. 그때는 아주 많은 매체에서 그 아이를 취재했었지요. 미국 대학에서는 동급생들이 제 딸의 이름을 줄여서 우리말 발음 '휘'를 '피'라고 불렀습니다. 그래서 '피'가 되었고, 서울로 돌아와서는 이피가 되었습니다. 하지만 외국에서 전시할 때는 본명을 그대로 씁니다. 외국에서는 그 개그맨의 이름을 모르니까요. 『않아는 이렇게 말했다』나 책 표지 작업이 처음부터 협업이었던 것은 아닙니다. 이피는 우리가 언어로 일기를 쓰듯 자신의 하루를 드로잉으로 마감하는데, 그 드로잉이 아주 많습니다. 그래서 제 글들에 어울릴 만한 드로잉을 골라 넣어준 것에 불과하지요. 책 표지 그림도 자신의 드로잉들 중 제목에 어울릴 만한 것을 뽑아주었습니다. 드로잉 사용료를 주지 않아도 되니까 제가 자주 부탁합니다.

이피는 그동안 제 시집을 거의 읽지 않았습니다. 제가 외국의 시 페스티벌 같은 데에 가면, 외국어로 제 시를 듣는 게 전부였지요. "poetry torture(시 고문)"라고 하면서, 하루에 그렇게 많은 시가 낭독되는 것을 지겨워했습니다. 하지만 언젠가 이피가 혼자 외국에 갈 때 비행기 안에서 한번 읽어보려고 『날개 환상통』을 들고 갔는데, 비행기 안에서 내내 울었다고 했습니다. 왜냐하면 그 시들이 탄생하게 된 제 경험적 배경을 알고 있었기 때문이지요. 그리고 『지구가 죽으면 달은 누굴 돌지?』가 집에 도착한 날에는 첫 페이지를 펼쳐보더니 울기 시작했습니다. 이 시집의 배경이 되는 경험적 사건들을 저와 공유했으니까요. 그러곤 역시 엄마의 시집은 자신에게 읽을 것이 못 된다고 했습니다.

2000년대 초 최승자 시인과 함께

하기, 은유를 넘어

"시를 쓴다는 것은 상상적 공간,
문학적 공간에서 일어나는 '움직임'입니다"

황인찬   비유와 상징은 시에서 오래도록 사용되어온 표현 체계인
데, 그것을 오래된 남자 시인들의 것이라고 말씀하시는
연유를 조금 더 여쭙고 싶습니다. 자기 정체성(시적 주체)
의 훼손되지 않음(혹은 그러하다는 믿음)과 관련이 깊은 것
이라 이해하면 좋을까요?

김혜순   1979년에 〈문학과지성〉으로 등단한 시인은 박남철, 최승
자, 그리고 저입니다. 엄혹한 시대였는데 이 계간지는 직
접적으로 저항을 말하는 시들 대신에 이 세 사람을 시인
으로 선택했습니다. 직접 저항의 목소리를 내는 것도 아
니고, 비유로 시를 쓰는 전통적인 시인들과도 다른, 부정

성을 그대로 노출하는 시들이었습니다. 지금 생각해보니 이들의 시는 미학의 정치성을 새롭게 들여다봐줘야 하는 시들이었다고 생각됩니다. 이 세 명의 시인들은 1979년에 등단하여 1980년대부터 시를 발표하기 시작했습니다. 물론 그때는 문예지의 숫자가 지나치게 적고, 다른 진영의 시를 자기 진영의 문예지에 싣는 것을 선호하지 않았기 때문에 발표 기회가 적었지만, 아무튼 그랬습니다. 그런데 저는 그때 나의 여성 시인 선배는 없다, 그렇게 생각했었습니다. 특히 그 시대의 평론가들이 왜 내용인지 주제인지 하는 것에만 매달려 슬로건, 잠언 같은 시들만을 소위 저항시로 보는지 의문스러웠습니다. 어느 유명한 운동권 평론가는 저의 시집을 읽고 질문하기도 했습니다. 그분은 일찍 세상을 떠났지만, 지금도 존경받는 평론가이지요. 그는 나에게 "이걸 시라고 쓰고 앉아 있었냐"면서 "혹시 〈문학과지성〉 선생님 한 분과 애인 사이가 아니냐? 그렇지 않고서는 이 시집을 왜 출간해줬냐?" 그렇게 물었습니다. 그는 늘 운동권 문학 회고담 속에서 거룩한 존재로 등장하는데, 여성 문인들에게만은 무지막지한 차별적 언사들을 내뱉었지요. 엄혹한 시대의 운동권 내부에서도 여성은 문학을 하기에는 참 모자란 혹은 거추장스럽고 허드렛일이나 시키기 좋은, 낮은 존재들로 인식되었습니다. 이런 일이 최근에도 있었지요. 제가 『피어라 돼지』로 5·18문학상 본상 수상자로 지목되었을 때, 물론 사양했습니다만, 그때 지방 신문의 기사를 읽었는데 제가 심사위원 중 한 분이신 황현산 선생님과 '사적인 관계를 맺고' 있어서 수상자로 지목되었다고 쓰여 있었습니다. 선생님과 〈포에지〉 잡지를 같이 만들고, 심사를 여러 차례 함께한 것, 그리고 문혜원 평론가 등과 김소월, 한용운부터 김수영까지 한국 현대시를 읽고 토론하는 모임을 지속한 것이 사적인 관계를 만든 건가요? 참으로 어이없는 기사였지요. 황현산 선생님도 어디서 들으셨는지, 나중에 뵈었을 때 많이 웃으셨습니다. 여하튼 저는 그때 제 시를 새로운 말하기 방법으로 읽어주기를 바랐지만 그런 일은 한동안 없었습니다.

여성들의 시는 겉으로는 혼자 횡설수설하는 것처럼 보이고, 혼자 중얼거리며 헤매는 것처럼 보이지만 이것은 환유적으로 범람하는, 자신의 욕망을 감추지 않는, 은유적으로는 작게 응축하여 표현하는 것입니다.

제가 데뷔할 당시 남성 시인들이 좋아하는 비유는 진리로서 굳어진 것, 개념으로 굳어진 것, 당연시되는 것, 자명한 것들이었습니다. 은유는 아무리 그 시가 저항을 목적으로 하더라도 내려다보는 단독자의 시선을 필요로 합니다. 마치 성경에 등장하는 신의 비유들처럼 말입니다. 은유를 즐겨 하는 남성들의 뒤에는 추상적인 것, 개념적인 것, 성적인 것, 상징의 영역이 숨어 있습니다. 그들에게는 황 시인의 말대로 그들 자신의 부동의 정체성이 있겠지요. 그들에게는 자기를 타자보다 높은 곳에 두는 시선의 우위가 있고, 다수보다는 단독자를, 비동일적인 것보다는 동일적인 것을 강조하는 위계가 있지요. 그런 은유 체계가 거들떠보지 않는 하위개념들, 부재하는 것들을 여성 시인들이 주워서 그것들의 인접성을 다른 감각으로 드러내는 것이지요. 요즘도 첫 시집을 내는 여성 시인들에게서 그런 것들이 읽히지요. 그런 것들은 작은 것, 변방에서 모아온 것, 형태적인 것보다는 질료적인 것, 감정적인 것, 새로 태어나는 것, 엄마로부터 비롯된 것, 경험적인 것이지요. 저는 이것이 재현의 의지를 가진 남성 시인의 은유와는 다른, 여성 시인의 환유 또는 시인으로서의 '행함'이라고 생각해왔습니다. 여성시의 환유를 읽어내주는 것이 여성시가 여성 주체를 어떻게 생성해왔는가를 밝히는 것이 된다고도 생각해왔습니다.

저는 남성적 재현 체계에 대응하는 시 쓰기의 모습을 '시하다'라고도 했습니다. 저는 '시하다'에 이어서 '새하다' '짐승하다' '죽음하다'까지 '하다'를 붙여봤는데 그것은 저에 의해 서술되는 화자에게 목적어 없이 그/그것 자체의 언어와 행동을 하게 하기 위해서였습니다. 시 텍스트 속에서 그/그것의 목소리가 발음되게 하기 위해서였다고도 말할 수 있습니다. 저는 이것이 아버지의 법을 위반하는 엄마와의 생성 같은 '하기'라고 생각했습니다. 저는 시 안에서 타자와의 용해, 자/타의 구분이 사라진 고정 주체를 흐릿하게 하기 같은 것이 이 '시하기'를 통해서 가능하지 않을까 생각한 것 같습니다.

이미지의 연쇄와 끝없는 시간, 공간적인 인접성의 환기, 그로 인한 현실의 변형과 굴절, 그것들을 굴러가게 하는 리듬이 '나'의 결핍 그 자체를 소환할 수 있다고 생각했습니다. 이원 대립 항 속에서 하나의 개념을 채택하는 은유의 동일자 의식을 버리기 위해서 말입니다. 은유는 근원에 대한 형이상학적 욕망을 바탕으로 갖고 있기에 그런 것을 갖춘 '그'의 시선을 받는 자리에 선 사물/여자는 몸서리를 치게 되지요. 간혹 시를 읽다가 그런 시인의 은유를 만나면 저는 '시인'이라는 이름을 가진 자의, 대상에게서 생명을 빼앗고 '의미'를 준 생산자의 얼굴을 마주한 듯한 무서운 기분이 들기도 하지요.

'시하다'는 너와 나 사이, 주관과 객관 사이, 이것과 저것 사이의 공간에서 일어납니다. 시를 쓴다는 것은 상상적 공간, 문학적 공간에서 일어나는 '움직임'입니다. 이 움직임 안에서 어떤 '공간'은 새로운 모습으로 개방될 것이고, 새로운 작용의 장소가 될 것입니다. 그러니 발 디딜 데가 없는 여성 화자가 개방한 '사이의 공간'에서의 움직임은

딸 이피와 함께

은유나 상징이 될 수 없다는 것입니다. 어떤 의미화 작용을 거치지도 않고 그것을 거부한다는 것입니다. 이런 시 쓰기가 저를 비롯한 여성 시인들이 동일성을 피하고, 남성적 중심을 피하는 방법이라고 말할 수 있습니다. 우리가 있는 곳이 여기가 아니고 저기이기 때문에 오히려 은유나 상징보다는 문학의 공간을 더 멀리 개방할 수도 있겠지요.

황인찬   이피 작가님과의 작업은 서로 멀찌감치 서 있기에 가능한 협업의 방식이라는 생각도 듭니다. 서로의 이해를 기반하는 협업도 멋진 방식이지만, 한편으로는 서로가 각자의 영역에서 자신다운 일을 하며 마주치는 것도 멋진 협업일 수 있지 않을까 합니다. 그것은 어머니와의 협업 또한 마찬가지였으리라 헤아려봅니다. 그렇다면 이피 작가님과는 평소에 자주 이야기를 나누시는지요. 평소에는 어떤 이야기를 나누시나요? 작업에 대한 의견을 교류하는 경우도 있는지 궁금합니다.

김혜순   이피는 저의 크리틱을 거부합니다. 직접적인 협업도 거부합니다. 그래서 저는 이피의 작업실에 가서 소파에 누워 있거나, 미술 잡지들을 보거나 할 뿐입니다. 말하고 싶지만 계속 참다 보니, 이제는 아무 말도 안 하게 되었습니다.

그러나 이피의 전시장엔 갑니다. 그리고 "짱"이라고 속삭입니다. 그것뿐이지요. 우리는 생활에 관한, 텔레비전 프로그램에 관한, 영화에 관한, 세상사에 관한, 아픔에 관한, 여행에 관한 이야기를 나눕니다. 그러다가 같이 미술작품 관람을 하게 되면 그 미술작가의 작품에 관해 격렬하게 토론을 하기도 합니다. 이피가 미술에 대해 어떤 생각을 하는지는 도록에 쓰여진 글을 통해 짐작할 뿐입니다. 그리고 모든 어머니처럼 딸의 책상에 펼쳐져 있는 작품 콘셉트에 대한 글을 슬쩍 훔쳐 읽는 정도이지요. 그것을 읽은 후 제 생각을 피력하지는 않습니다. 제가 그런 글들을 읽어온 바에 의하면 이피는 문학과 달리 미술이 손 그리고 육체의 움직임, 그 과정이라는 것, 그것 자체를 작품과 연결하고, 그것을 중요하게 생각하는 것 같습니다. 이미 고등학생 시절에 "나는 손으로 생각한다"라고 적은 것을 읽기도 했으니까요. 결국 시 작가인 저와 미술작가인 이피는 자신들의 작품을 할 때 가족이 아닙니다. 그때는 자신 스스로조차 알아보지 못하는 '어떤 한 명'이지요.

황인찬　어떤 의미에서는 그 '손으로 생각한다'는 것이 선생님께서 말씀하신 '시하다'와 맥을 같이하는 것일 수도 있겠다는 생각이 듭니다. 선생님께서 말씀하신 '시하다' 또한 그처럼 위계를 벗어난 육체의 언어를 발견하는 과정으로 여겨질 수 있을 테니까요. 이런 질문도 드리고 싶습니다. 제 경우, 저는 아버지가 목회자라는 사실이 저의 문학에 참 큰 영향을 끼쳤습니다. 사실 저를 제외하고 아버지, 어머니 그리고 제 동생까지 가족 전부가 같은 학교의 기독교학부 동문이기도 한데요. 어쩌면 제가 시인이 된 것은 저 혼자 신앙을 제대로 갖지 못했다는 사실과 관련이 깊을 수도 있겠다고, 자주 생각하곤 합니다.

그런 의미에서 선생님 문학의 시작 또한 어머니 그리고 가족과 맞닿는 부분이 있지 않을까 합니다. 어떠셨는지요.

김혜순 이 세상에는 목회자를 아버지로 둔 자식들이라는 카스트 caste가 있지요. 식구들 외에 하나님이라는 보이지 않는 가족을 둔 카스트 말이에요. 보통 사람들은 짐작할 수 없는 가족의 모습이 목회자 집안마다 있겠지요. 제 엄마도 무엇을 저에게 강요한 적이 없는데, 주일에 예배하는 것만을 강요했습니다. 예배 시간에 교회에 있지 않고, 집에 있는지 늘 확인했지요. 그리고 집에 있으면 그 실망감이 어마어마했습니다. 나중엔 권사가 되라 했지요. 하지만 엄마가 돌아가신 후에야 저는 더 자주 예배하러 갑니다. 맨 뒷자리에 앉아 있으면 엄마가 찬송가 부르는 소리가 들리지요. 아주 청아하게 잘 부르셨거든요. 저는 세상의 수많은 단어 중 순결이니 정상이니 하는 단어들을 제일 싫어하지요. 순결이란 애초에 없는 것에 이름을 붙인 말이고, 정상 또한 그렇지요. 사람을 억압하기 위해서 만들어진 말이에요.

이 세상에 정상적인 가정이 어디 있고 정상적인 사랑이 어디 있겠어요? 있지도 않은 정상에 맞추느라 다 죽을 지경이지요. 어느 집안이든 어느 관계이든 그들이 어느 카스트에 속해 있건 말입니다.

저는 독재정권 시절에 대학을 다니고 시인이 되었습니다. 독재의 엄혹함이 시인이 되고 싶은 사람의 언어를 옥죄었지요. 독재는 국민의 언어를 제일 먼저 억압합니다. 러시아가 우크라이나를 침공하면서 '전쟁'이란 단어를 금하고 대신 '특별 군사작전'이란 단어를 쓰는 것처럼 말이에요. 온갖 금지어가 난무하던 때였어요. 〈동아일보〉를 받으면 검게 칠해진 치아처럼 금지어들이 사라진 채 신문이 그대로 배달되었어요. 그런 시절에 저는 시인이 되고 싶은 마음을 가족들에게 내비치지 않았습니다. 조금 부끄러워했던 것 같아요. 제 형제들은 모두 이과를 전공했고 저만 문과입니다. 그들은 제가 시 쓰는 것을 지금도 이해하지 못하지요. 제가 아이를 낳았을 때, 제 아이에게 "너도 시나 쓸래?" 하면서 아이를 어르는 것을 보고, 제 가족이 제가 시 쓰는 것을 얼마나 우습게 생각하는지 알 수 있었어요. 저는 형제자매들 때문에 시 쓰는 일이, 문학을 하는 일이 그 밖의 일을 하는 사람들에게 어떻게 비치는지 잘 압니다. 그들은 시를 쓰는 것을 참으로 한가하고 쓸모없는 일로 여기지요. 그들은 병을 고치고 비행기를 조종하고 음식을 만들고 다른 이의 아이들을 돌보고, 뭔가 사회에 실질적으로 도움이 되는 일을 하고 있으니까요.

제가 시를 쓰면서 대학을 졸업하고, 출판사를 다니고 강사 일을 할 때도 여전히 독재정권의 지배하에 있었습니다. 학교는 하루도 편한 날이 없었어요. 매일 최루탄이 날아들었고, 학교 앞 보도블록은 깔자마자 깨졌습니다. 정치 서클에 가입해 있지 않더라도 데모는 일상이었고, 강사 시절엔 수업에 들어가면 학생이 한 명도 들어오지 않는 날이 비일비재했습니다. 모두 독재 타도를 하러 간 것이지요. 그때 교수와 강사 들이 학생들 사이에 앉아 학교에 상주하는 사복경찰들 몰래 '광주 비디오'를 비밀리에 관람하던 강의실이 떠오릅니다. 5·18민주화운동이 일어난 지 7, 8년이나 지난 후의 일이지요. 그때까지도 성당이나 대학 밖의 사람들은 아무도 광주에서 무슨 일이 일어났는지 알지 못했지요. 저는 유신시대에 대학을 졸업하고 출판사에 다녔습니다. 갓 등단한 무색무취무미의 사원이었지요. 인쇄소와 검열 기관, 저자들을 방문하는 심부름이 편집 업무보다 더 많았습니다. 컴퓨터도 없고 휴대전화도 없어서 모든 게 손으로 이루어지던 시절이었어요. 그런 시절에도 시를 쓰고 있었어요. 그때 시가 저에게 무엇이었을까요? 억압된 단어를 피해 끝끝내 저의 '목소리'를 꺼내고 유지하는 것이었을까요? 그것이 저의 조그만 자아를 보존하는 것이었을까요?

어느 날 일찍 출근해 책상을 정리하고 있었습니다. 제가 다니던 출판사에는 가끔 오는 형사가 있었는데 그 형사가 웬일인지 편집실로 슥 들어왔습니다. 그는 언제나 영업부에 앉아 직원들과 시시덕거리다 사라지는 사람이었는데 말입니다. 그러곤 제가 교정보던 책의 번역자 전화번호를 아는지, 그의 거주지를 아는지, 어디서 만나는지를 물었어요. 그래서 저는 그런 것은 모르고, 다만 걸려오는 전화를 받을 뿐이라고 했지요. 당시엔 상대방이 어디서 어떤 번호를 사용하는지 알 수 없었으니까요. 그러자 형사가 저에게 마포경찰서로 몇 시까지 오라 하고 사라졌습니다. 찾아가자마자 그는 "이게 까불어?" 하면서 제게 쌍욕을 하고 뺨을 때리기 시작했어요. 일곱 대를 맞았는데 제 얼굴 주변에 별이 그렇게 많이 도는 걸 처음 봤지요. 그는 저를 가만두지 않겠다 하고는 어디론가 가버렸습니다. 제 뺨은 순식간에 두 배로 부풀어 올랐습니다. 저는 한참 그 방에서 있다가 아무도 저를 거들떠보지 않기에 이화여자대학교 앞의 하숙집으로 줄행랑을 쳤지요. 거기 엎드려서 뺨한 대에 한 편씩 시를 적었습니다. 일곱 번째 시는 그자의 욕설을 그대로 옮겨 적었습니다.

그곳, 불이 환한

그림자조차 데리고 들어갈 수 없는

눈을 감고 있어도 환한

잠 속에서도 제 두개골 펄떡거리는 것이

보이는, 환한

그곳, 세계 제일의 창작소

끝없이 에피소드들이 한 두릅 썩은 조기처럼

엮어져 대못에 걸리는

그곳,

두 뺨에 두 눈에 두 허벅지에

마구 떨어지는 말 발길처럼

스토리와 테마 들이 만들어져 떨어지는

그곳,

밖에선 모두 칠흑처럼 불 끄고 숨죽였는데

나만 홀로

불 컨 조그만 상자처럼

환한

그곳,

-「그곳 1」전문, 『어느 별의 지옥』

며칠을 결근했지요. 그리고 출판사에 나갔더니 그자가 또 와 있었습니다. 영업부 사원들과 시시덕거리면서요. 마치 그런 일이 없었던 것처럼 행동했습니다. 누군가로부터 그 번역자의 주소를 알아냈겠지요. 왜냐하면 얼마 후 그 번역자의 이름을 신문에서 보았으니까요. 그녀는 명동 YWCA빌딩 안에 있었습니다. 우리 출판사의 편집장이 나중에 저에게 말해주었습니다. 그가 다짜고짜 때린 것은 저를 감방에 가두지 않고 곧장 풀어주기 위해서 그런 거라고. 옆의 형사 동료들에게 보여주기 위해서 그런 거라고. 국가의 하수인은 자신이 국가인 양, 더러운 국가 그 자체인 양 저를 마음대로 했습니다. 고문을 당하고 감옥에 간 문인들과는 비교도 할 수 없을 만큼 작은 사건이었지만 저는 그 시를 나중에 『어느 별의 지옥』에 실었습니다. 1970년대 말에 쓴 시를 1980년대에 발표한 것이지요. 그 사건들 전후로 제 시가 점점 짧아지고 말도 없어지고, 위악적이고 관념적으로 변해간 기간이 있었습니다. 문예지에서 청탁을 받으면 한 번에 휘리릭 써서 퇴고도 없이 보내곤 했지요. 그 사건이 있고 나서 '문장'이라는 이름의 출판사로 옮겼습니다. 문장은 조그만 출판사이고, 문인들의 책을 주로 출판해서 정치와는 무관한 곳이었지요.

황인찬　　선생님의 말씀에서 개인적이며 역사적인 여러 조건이 시인으로서의 선생님을 만들었고 또한 외롭게 했음을 짐작할 수 있습니다. 언어란 억압의 가장 강력하고 충실한 종복이기도 하고, 동시에 시는 그 언어를 통해 억압으로부터의 탈출을 도모하는 일이기도 할 것입니다. 그 폭력의 시절에, 선생님께 시가 어떤 것이었는지 조금 더 말씀을 부탁드리고 싶습니다.

김혜순 저는 독재정권 시절에 시를 쓰기 시작하고 결혼도 했습니다. 전에도 말씀드린 것처럼 저의 첫 직장인 출판사, 그 험한 시절에 마르크스 전기를 내던 곳에서 문학 시리즈도 출간했었지요. 시집 시리즈도 있었습니다. 저는 말단 편집자로서 저자들을 만나고, 교정도 보고, 조태일 시인이 운영하던 인쇄소도 다니고 하였지요. 남자 직원과 똑같은 일을 했지만 월급은 더 적었습니다.

그런데 희곡집 담당이었을 때 훗날 제 남편이 될 이강백을 만났어요. 그의 희곡집 『개뿔』은 시청의 검열실에서 글자란 글자는 몽땅 지워졌지요. 이미 그의 희곡들은 거의 공연 금지 처분을 받은 상태였어요. 저는 그에게 다 지워진 희곡집을 가져다주었지요. 그는 크리스천아카데미에서 근무하고 있었는데, 저는 그날 그의 사무실로 갔지요. 콜타르로 지워진 그 숯덩이를 직접 갖다주어야 한다는 생각이 들었거든요. 그런데 그가 세실극장에서 그 지워진 희곡을 공연한다고 보러 오라더군요. '다 금지되었는데 무슨 공연?' 하고 극장에 갔지요. 그랬더니 대사를 지운 무언극을 해요. 대사가 잘렸으니 배우들이 모두 말없이 무대에 서 있었어요. 연출가는 이왕 그렇게 된 김에 1960년대에 공연된 로버트 윌슨의 〈귀머거리 소년의 응시Deafman Glance〉 같은 연극을 시도한다고 했어요. 극장에서의 침묵 체험이 오히려 언어를 뛰어넘는 소통이 되기를 바란다고 했지요. 그런 의미에선 일견 성공한 연극이 되었어요. 제가 그때 많이 울었으니까요. 관객들을 울렸으니까요. 극장이 장례식장 같았어요. 저는 교정을 봤으니까 지워진 대사를 알고 있었지요. 그리고 그 작가와 평생 후회할 결혼이란 제도 안으로 스스로 걸어 들어가게 되었지요. 그런 일들을 겪으면서 제 시에는 여성적 위치에서 겪으며 알게 된 여성성의 발견과 함께 히스테릭하고 그로테스크한 이미지들이 생기기 시작한 것 같아요.

그때 저한테 제 시는 남루하고 작은 이미지들의 연쇄였지요. 조그만 과자 상자에 인형 옷을 모아두는 아이처럼 흘러가는 일상의 그림자들과 땅에 떨어져 밟히는 언어들을 시에 모아두려고 했던 것 같아요. 대학교 1학년 교양국어 시간에 시는 기억과 상상이라고 배웠지요. 저는 그 시간에 이제부터 시인이 될 거야, 기억하기 위해서 상상하고 상상하기 위해서 기억할 거야, 라고 생각했습니다. 그리고 조그만 노트를 처음 마련했어요. 거기에 새로 읽은, 처음 보는 시 구절을 옮겨 적어보았던 것 같아요. 하지만 유신시대였고 위수령이 내려져 어떤 학교 교정에는 탱크가 서 있었지요. 학교에도 사복경찰이 가득했지요. 그런데도 저는 흐린 날만 계속되는 것 같은 나날 속에서 저만의 환하고 작은 오아시스처럼 독재하의 제 이미지들을 조그만 상자 같은, 하나의 노트에 모아두었습니다. 월식하는 밤이 오면 그 인형들이 가장행렬을 하는 것을 지켜봤지요. 핀셋으로 그 작은 등장인물들을 집어 올려봤지요. 저의 바깥, 지금의 생각으로 다시 말해본다면, 『지구가 죽으면 달은 누굴 돌지?』 3부에 들어 있는 모형으로 변용된 생물들이 가득 찬 저만의 사막을 상실하지 않으려고 그렇게 했던 것 같아요.

제가 채집하고 기록한 것들은 이성적이고 정상적인 이미지가 아니었어요. 저의 시에 밀고 들어오는 죽임을 내쫓으려고 그랬을까요? 저는 시에서 위악을 떨었지요. 견딜 수 없는 이미지들과 발설할 수 없는 이미지들, 그러나 끝끝내 말할 수 없는 것이 늘 남는 이미지들. 물속에서 갑자기 떠오르는 억울한 시체 같은 이미지들이었고, 모스부호 같은 시들이었어요. 소통의 가능성이나 의미 전달은 생각하지도 않았어요. 여성에 대한 착각과 판단이 늘수록 커지는 히스테리와 독재정권에 대한 분노가 가득 차 있었어요. 제 앞뒤에 그가 억압하는 인물이건, 그 억압에 저항하는 인물이건 간에 담론 주체인, 언어를 틀어쥔 아저씨들이 버티고 있었어요. 그러니 히스테리 환자처럼 저에겐 담론의 주체가 될 장소가 없었고, 담론의 주체가 되기를 원하지도 않았어요. 무언가 저에게 선택되어 배치된 언어의 벌어진 틈을 봉합하려고도 하지 않았던 것 같아요. 그래서 분열된 자아를 가진 여자의 환유적 이미지가 오히려 점차 가능해지지 않았나 하는 생각이 지금 들지요.

"비평도 하나의 작품으로 읽을 수 있으면 좋겠어요"

황인찬   선생님의 문학은 말씀하신 것처럼 위계에 대한 육체의 투쟁이 아니었을까, 그런 생각이 들기도 합니다. 시니컬하고 위악적인 시를 쓰던 시절이 있었노라 말씀하시기도 하셨는데요. 그 위악들이란 결국 불화의 상태, 분열의 상태를 뜻할 뿐이었겠죠.
선생님의 말씀을 들으면서는 당대의 문학비평이 이 억압과 분열의 언어를 제대로 읽어내지 못했다는 생각도 드는데요. 어떠셨나요. 선생님 시에는 오해가 많았으리라 생각합니다.

김혜순   이런 질문을 받으니 갑자기 1997년의 어느 날이 떠오릅니다. 제가 김수영문학상을 받게 되었다는 통보를 받은 날이었지요. 그때는 김수영문학상이 지금처럼 응모 형식이 아니라 그해에 출간된 시집을 심사해 수여하는 상이었지요. 그날 우연히 황지우 시인과 최승자 시인을 인사동에서 만나 오랜만에 수다를 떨고 있었어요. 그런데 제가 아침에 집에서 수상 통보를 받고 나왔다고 하자 두 시인이 '아 이제 여자에게도 상을 주는구나' 하면서 놀라워하던 일이 생각나요. 그만큼 여자들의 시를 제대로 읽어주는 사람이 극히 드물었어요. 그 이후 미당문학상을 받았을 때도, 대산문학상을 받았을 때도 제가 여자로서는 처음 그 상을 받았다, 그런 보도가 뒤따랐지요. 그만큼 여자에게는 비평도, 수상도 인색한 시대였어요. 저는 비평가들에게서 이해를 바란다기보다 아무짝에도 쓸모없는 비하나 근거 없는 비방을 하지 말았으면 좋겠다는 게 바람이었지요. 그 당시 제 시집에 대해 글을 쓴 비평은 대부분 제 시가 가정주부로서의 생활에서 나온 시라고 전제했던 것 같아요. 그래서 언젠가는 '살림하고 연탄 가는 여자가' 같은 구절이 비평 글 속에 있어서 사석에서 그 비평가를 만나 저는 아파트에 살아서 연탄을 갈지 않아요, 하고 말한 적도 있었지요. 특히 제가 시론 같은 것을 쓰니까, 제 글에서 문장을 인용해 그 내용과 제 시가 일치하지 않는다고도 했지요. 그런 식의 비평이 많았어요. 시인의 에세이는 시 장르에 대한 자신의 견해 내지 시학을 쓴 것인데, 제 시에 대해 일일이 저의 시론을 적용해서 서로 맞지 않다고 판단하고는, 질타하는 것은 문제가 있지요. 그것은 마치 제가 시론을 먼저 정립해놓고 그에 맞춰서 시를 쓰는 사람이라는 뜻이잖아요. 김춘수론이나 김수영론도 읽어보면 그런 적용을 받을 때가 많지요. 하지만 옥타비오 파스의 시론을 통해 옥타비오의 시를 읽을 수는 없는 거잖아요. 저는 제 시에 대한 다른 이의 비평을 읽고 나서 제 시에 대한 저의 생각을 변화시키거나 아니면 그 비평과 제 시가 함께 간다는 생각을 거의 해보지 않은 것 같아요. 예를 들면 어떤 평론가 한 분은 마치 형사처럼 제 시의 어떤 구절이 어떤 책의 어떤 구절에서 온 것이라 설명해주려 분투하기도 했지요. 나중에 그분은 다른 시인의 시에서도 그런 걸 찾고 있더라고요. 이를테면 제 시에서 '부재자의 인질' 같은 구절이 있었는데 이것은 실비 제르맹 같은, 프랑스의 작가들이 흔히 쓰는 표현이지만, 제가 어떤 책에서 무단 인용하고 모방한 것처럼 이야기하더군요. 그분이 저의 유명한 시라고 분석한 시도 전혀 유명하지 않은 시였지요. 독자들이 많이 인용하는 시는 그 시가 아니었는데 말이에요. 가끔 생각한 것이지만, 유명한 시인의 시를 유명한 비평가가 단정하고 귀하게 여겨주는 비평이 항상 좋을까요? 저는 오히려 비평은 그 반대의 행함이 있어야 하는 장르라고 생각합니다.

제가 등단할 무렵에는 자기 진영의 시인들에게만 평론가들의 관심이 쏠려 있었지요. 그래서 시 세계가 정립된, 조금 나이 든 시인들에 대한 비평이 더 많았어요. 자신들의 진영이라 함은 무슨 세계관이나 인식이 같은 방향이라기보다 자신들이 속한 출판사 문예지에서 등단한 시인이나 시집을 낸 시인을 그렇게 여겼지요. 하지만 이런 현상들은 상업적으로 성공한 소설가들이 여러 출판사에서 책을 고루 출간하면서 완전히 사라졌어요. 이제 출판사 간의 이념 논쟁은 그 출판사가 출간한 책을 가지고 진행할 수 없게 되었지요. 그리고 비평가와 시인이 오랜 기간 서로를 바라보는 관계는 사실상 우리나라에서는 없다고 봐야지요. 시집을 새로 출간할 때마다 같은 평론가가 그 시집에 대한 논평을 하고, 변화의 조짐을 읽어내고, 서로의 문학이 고양되는 일은 없으니까요. 저는 그냥 비평을 읽어보고 말지요. 외국의 이론에 근거해 제 시를 아무렇게나 절단한 비평을 읽을 때는 제 시가 그의 이론 수입의 당위를 마련해주는 것만 같아 씁쓸해집니다. 이를테면 어떤 비평가는 황인찬 시인 전문이야, 이렇게 말할 수 있는 경우가 우리나라에도 생겨났으면 좋겠어요. 비평도 하나의 작품으로 읽을 수 있으면 좋겠어요.

황인찬　문학이란 결국 그처럼 분열과 고통의 언어를 끌어안고 살아가는 일일 테고, 일종의 항시 투쟁에 놓이는 일일 것입니다. 비단 문학만은 아니겠죠. 모든 예술이 그러할 텐데요. 시인이 되겠다고 했을 때 혹시 어머님께서는 어떻게 말씀하셨던가요? 다른 건 몰라도 자식이 시인이 되겠노라 말하면 부모님은 가슴이 철렁하지 않을까 싶습니다. 제 경우에는 "네가 알아서 하되, 일단 영어 공부는 꼭 해라"라는 어머님의 말씀이 있었습니다(그때 그 말씀을 들었어야 했다고 지금은 크게 후회하고 있습니다). 한편 예술가이자 어머니로서, 이피 작가님이 미술을 하겠노라 이야기했던 때는 또 어떻게 말씀하셨는지 여쭙고 싶습니다.

김혜순　시인으로 등단하게 되었다고 엄마에게 전화를 걸었을 때, 엄마는 제게 말했습니다. "현대시라는 건 어렵다. 옛날 시와는 다르다. 그 어려운 걸 어떻게 계속할래?" 저는 그 말을 듣고 '엄마가 어떻게 이런 말을 하지?' 생각했지만 당시에는 물어보지 않았습니다. 그러다가 오랜 세월이 흐른 후, 그때 그렇게 말한 이유를 물어보았죠. 그랬더니 엄마는 놀랍게도 시집을 여러 권 사서 읽어봤다고 했습니다. 시인 이름들을 죽 말해서 놀랐지요. 공책에 적어놓은 시 구절들도 보여주었습니다. 제 형제들하고는 딴판이었지요. 제가 엄마의 기질을 닮았나 봅니다.

저는 제 딸이 평생 미술을 할 줄 알았습니다. 연필을 잡을 수 있을 때부터 언제나 그렸으니까요. 제가 학교에서 돌아오면 식탁을 덮은 흰 식탁보에 그림이 가득 그려져 있었고, 제 친구가 같은 아파트로 이사를 와서 우리가 방문을 간 적이 있는데, 아이가 조용해서 방문을 여니 흰 벽 가득 의자를 오르내리며 그림을 그려놓은 적도 있었습니다. 또 우리가 사는 아파트가 새로 칠을 했는데 그 위에 큰 그림을 크레용으로 그려놓아서 가슴이 철렁한 적도 있지요. 제가 '또 하나의 문화'에서 강의하는 날, 뒤쪽 어른들 사이에 앉아 커다란 그림을 그린 적도 있었는데, 그쪽 사람들이 제 강의는 안 듣고 그 애가 그리는 그림만 들여다보고 있어서 제가 그만 그리라고 한 적도 있었지요. 그래서 아이가 컸을 때 아무래도 미대에 가는 것이 좋겠다 싶어 우리나라 미대에서 요구하는 데생이나 정물화 그리는 것을 배우게도 해봤는데, 그런 것보다는 책 읽는 것을 좋아하고 자신의 고유한 그림을 그리는 것을 더 좋아했습니다. 그래서 우리나라 대학에선 안 되겠구나 생각했지요. 고등학교를 졸업하고는 미국의 대학으로 진학했습니다. 지원을 위해 쓴 자기소개서를 봤었는데 첫 줄이 "우리 부모는 바빴다. 부모가 없는 텅 빈 집에서 그림을 그렸다"라고 쓰여 있더라고요. 제가 '또 하나의 문화'에서 활동할 때 윤석남, 정정엽, 박영숙 같은 화가들과 사진작가들하고 가까웠고 그들과 함께 작업하면서 전시도 했었는데, 언제나 저는 어린 딸을 데리고 그들과 만났습니다. 어디 맡길 데가 없었으니까요. 사진작가의 스튜디오에서 우리가 얘기하고 있을 때 제 딸은 거기서 그림을 그렸습니다. 요새 어떤 미술 담당 기자가 제 딸에게 언제 여성주의 의식이 생겼느냐고 질문하니까, 자신은 "모태 페미니스트다. 선택의 여지가 없었다. 태어나니까 주위에 페미니스트밖에 없었다" 그렇게 답했더라고요.

황인찬   삼대에 걸쳐 모계가 모두 예술과 밀접했다는 것이 참 흥미롭습니다. 선생님께서 말씀하셨듯 다른 형제들이 모두 이과였다는 점을 생각하면 그것이 참 더 재미있기도 한데요. 이번에는 아버지에 대한 이야기를 조금 이어가보겠습니다. 선생님의 작품과 관련하여 꼭 여쭙고 싶었던 것을 이참에 여쭙습니다. 「아버지가 세운 허수아비」(『아버지가 세운 허수아비』)는 선생님의 초기 작품 가운데 제가 가장 좋아하는 시인데요. 모든 부분이 날카롭고 영리하게 번뜩이는 시이지만, 가장 놀랍고 경이로운 부분은 시의 마지막 대목입니다. "그 뒤편에 전쟁보다 더 무서운/ 입 다물고 귀 막은/ 적막강산이 호올로 큰 눈 뜨고 있다". 아버지라는 대타자를 무너뜨리고서도 여전히 그 뒤에 이해할 수 없는 거대한 무의식의 세계가 도사리고 있음을 드러내며 시는 끝을 맺습니다. 이 무의식의 영역은 이후로도 선생님의 시에서 자주 발견되며, 또 일정한 영향력을 발휘한다고 생각합니다. 이 시의 마지막 대목을 어떻게 쓰셨는지 혹시 기억하고 계신지요. 이 아버지(대타자) 너머의 거대한 적막의 세계라는 것에 대해서도 선생님께 말씀을 청하고 싶습니다.

김혜순 그 시를 쓸 때가 1980년대 초반, 우리나라는 여전히 군사독재 정권하에 있었습니다. 그때도 고구려, 백제, 신라, 삼국시대에 사는 것처럼 북한과 경상도, 전라도는 으르렁거리고 있었지요. 군사정권은 백제의 광주를 치러 갔지요. 저는 그 시를 쓸 때 아직도 삼국시대를 끝내지 못한, 긴 세월의 이 국경, 보이지 않는 경계, 그리고 원한, 대치, 이 끈질긴 금 긋기, 나누기, 허수아비 세우기를 생각했던 것 같습니다. 그러면서 그 경계 때문에 죽어간 수많은 사람을 생각했습니다. 그들이 죽은 눈으로 바라보고 있는 이 한반도를 생각했어요. 긴 세월 엄청난 폭력과 학살을 겪으면서 죽어간 무수한 사람을요. 얼마나 많은 사람이 애도받지 못한 채 죽어갔을까요?

우리나라의 오래된 노래들에는 그 귀기가 서려 있고, 설움과 울화가 서려 있지요. 원귀들의 목소리로 노래를 부르며 몰려오는 새 떼를 향해 아버지들은 허수아비를 매번 다시 세우지요. 저는 2천 년이 넘는 세월을 그렇게 삼국으로 나뉜 채 이 조그만 땅 위에서 서로 죽이며 살아온 우리나라 사람들을 지켜보는 산천山川의 눈동자들을 생각해봤습니다. 무의식이란 건 우리 내부에 들어 있는 산천의 눈동자들이 본 것, 그런 것이 아닐까요? 혹은 유령의 밀도가 높은 허공 같은 것과의 접속의 순간이랄까요? 시인이란 그런 자연의 가면을 쓰고, 적막의 복화술을 익힌 자들이지요. 원래 그 시집의 제목은 '아버지가 허수아비를 세우신다'였는데 김병익, 김현 선생님들이 책 제목에 '~다'로 끝나는 문장을 쓰는 건 안 된다 하셔서 그렇게 바꾼 것이지요. 그때는 책 제목이 문장인 것은 안 된다, 명사로 끝내야 한다는 암묵적인 약속이 있었던가 봅니다. 저는 그런 방식을 의아하게 생각했고, 반항도 했지만, 어쨌든 선생님들의 의견에 따르게 되었습니다. 그래서 나중엔 시집 제목에 과감하게 물음표까지 넣어봤습니다.

황인찬 어떤 의미에서는 선생님-아버지로 이어지는 어떤 상징체계에 대한 일종의 반항이 아닐까 싶기도 한데요. 선생님께서 기억하고 계시는 아버지의 모습에 대해서도 조금 더 여쭙고 싶습니다. 아버지는 어떤 분이셨는지요. 아버지에 대한 가장 선명한 혹은 강렬한 기억은 어떤 것이었는지요.

김혜순   아버지 얘기를 해본 적은 거의 없는 것 같아요. 왜 없다고 생각하는가, 지금에 와서 돌이켜보니 아버지와 제가 대화다운 대화를 나눈 적이 없어서일 거라는 생각이 들어요. 하지만 아버지와 감정은 나눴지요. 좋은 감정, 나쁜 감정. 제 아버지는 키가 아주 크신 분이었어요. 손가락도 길고 발가락도 길었지요. 식사 예절이나 옷 입으시는 것, 말하시는 것, 이런 것이 모두 귀족 같다고 아버지의 외손녀인 제 딸이 늘 말했지요. 아버지는 제 딸과 다정했지만, 저에게는 다정함을 내주지 않았어요. 덤덤히 계셨지요. 아버지는 아주 부유한 어린 시절과 청년 시절을 보냈지요. 제가 어렸을 때 경주 본가에 가면 그 집이 어마어마했어요. 수학을 전공하셨고, 교회의 장로님이셨고, 중고등학교 교장선생님을 오래 하셨고, 여성에 대한 이해가 없으셨지요. 제가 결혼할 거라 했더니 반대하신다는 편지를 보내셨는데, 그게 아버지한테서 받은 처음이자 마지막 편지였지요. 참으로 명문장들이었어요. 그런데 제가 그 편지를 그 자리에서 버리고 시집을 갔지요. '허락하지 않아도 간다. 나의 소명이다. 어쩌구저쩌구' 하면서 말이에요. 지금은 그때 아버지 말을 들을걸, 하고 생각합니다. 돌아가시기 얼마 전에 많이 편찮으신데도 커다란 장갑을 끼고 거실에 앉아 성경책을 읽으시던 모습이 떠올라요. 하지만 말년엔 엄마 없이 지내지 못하셨지요. 어린아이처럼 엄마만 없으면 화를 냈어요. 엄마의 아기가 되었지요.

산을 내려온

아님과 함께 산다는 것

너를 만든 사람과 같이 잔다는 것

너를 먹여서 키워준답시고

자기가 만든 세상을 벌거벗겨놓은

사람과 한 상에서 밥을 먹는다는 것

설거지하는 엄마의 등짝을 내리치고

엄마의 뇌 지도를 구기며 문밖의 세상을

비밀로 잠궈놓고 열쇠를 버린 그와 함께 산다는 것

밥값 하라고 소리치는

아님과 함께 잠든다는 것

너는 나 혼자 태어났어

당신하고는 상관없어

늘 속으로 외쳐보지만

동생은 그 앞에서 밥도 못 먹었어

토하고 울면서 음악의 물결만 생각했어

그 물결 자락들로 몸을 감싸고

실어증에 걸려서 꺼이꺼이

고슴도치처럼 침대를 뛰어다녔어

아님께서 아님을 아니하시고 아님에 아니하고 아니하시니 아님
이 아니하온지라

아님을 아니하고 아니하여 아니하대

아님이 아닌 아님은 아님이 아니나니 아님이 아님의 아님이요

아닌 아님은 아님이 아니나니 아님이 아님을 아니할 아님이요

아닌 아님은 아님이 아니나니 아님이 아님을 아님으로 아닐 아님
이요

아님에 아님하고 아님 아닌 아님은 아님이 아니나니 아님이 아닐
아님이요

아니하게 아니한 아님은 아님이 아니나니 아님이 아니하게 아님
을 아니할 아니함이요

아님이 아니한 아님은 아님이 아니나니 아님이 아님을 아니할 아
님이요

아니하게 아니하는 아님은 아님이 아니니 아님이 아님의 아님이
라 아님을 아니할 아님이요

아님을 아니하여 아님을 아니한 아님은 아님이 아니나니 아님이
아님의 아님이라

아님을 아니하여 아님을 아니하고 아니하니 아님으로 아님을 아
니하여 아니고 아닌 아님을 아니할 아님에는 아님에게 아님이 아니
하나니

아니하고 아니하라 아님에서 아님의 아님이 아님이라 아닌 아님
에 아니하던 아님을 아님같이 아니하였느니라

아님과 함께 산다는 것

아들의 이름으로 기도를 마쳐야 한다는

법을 만드는 그와 함께 산다는 것

악어 같은 눈초리로

오히려 뱀 같은 친구를 조심하라고

따귀를 갈기는 아님과 함께 평생 산다는 것

네게 늘 벗으면

부끄럽지 않니 하고

묻는 벌거벗은 빛과 함께 산다는 것

-「아님」전문,『죽음의 자서전』

이 시는 하나님 혹은 아버지를 '아님'이라 지칭한 시이지요. 명사형어미 'ㅁ'이 붙은 '님'을 존칭 '님'으로 치환했지요. 우리 인간들에게는 늘 아버지가 있어왔습니다. 그분은 신이기도 했고 국가와 민족, 종교이기도 했지요. 남성 시인들이 '나라'를 잃거나 고관대작의 자리에서 쫓겨나 부르는 '님'은 아버지의 아들이어서 가능했겠지요. 하나님도 아버지이지 어머니가 아니라 합니다. 차라리 '엄빠'라면 더 좋지 않았을까요? 저는 기도할 때 성이 없는, 혹은 어머니 하나님에게 기도합니다. 저는 시를 써오면서 분열된 정체성을 가진, 흩어져버린 채 중얼거리며 돌아다니는 제 앞에 남성적 주체성을 가진 가부장제가 서 있다고 생각했지요. 남성적 가치들인 소유나 생산, 질서의 대변자가 말이에요. 그리고 거대 담론의 주체, 소비자인 그를 어디서나 목격했지요.

그러면서도 시에서는 가여운 인물로 그렸어요. 하지만 우리 아버지가 돌아가시고 난 후 『날개 환상통』에서 저는 아버지를 생전엔 한 번도 불러본 적 없는 명칭, '아빠'로 부르고 '너'라고 불렀어요. 우리나라에선 아버지를 이인칭으로 부르지 않잖아요? 저는 돌아가신 아버지와 '죽음 안에서' 비로소 평평하고 평등한 관계가 되었다고 생각했어요. 죽음의 세계에선 누구나 평등하겠지요? 독재자나 아버지나 오빠나 누구나 말입니다. 말하자면 저는 가부장제를 '너'라고 부른 것이지요. 아버지가 돌아가시기 전날 꿈을 꿨는데 우리 집 창밖으로 새가 두 명 날아갔어요. 한 명의 새는 아버지의 목을 가지고 있었지요. 저는 그 꿈을 꾸고 나서 이제 집중치료실에 누워 계신 아버지가 돌아가시겠구나 짐작했었지요. 『날개 환상통』을 쓰면서 저는 '애도', 그중에 능동적이고 자발적인 애도를 생각했던 것 같아요. 죽은 아버지와 함께 끊임없이 '새하다'를 꿈꿨지요. 상징체계와 이별하는 애도 말이에요. 저는 아버지를 '아빠' '너'라고 부름으로써, 상징체계와 '나'라는 주체 사이를 메꾸기 위한 상상적 봉합을 시도한 것이 아니라 '나'라는 한 여자를 그리고 '아빠' '너'를 상징체계 밖으로 끌어

내려 했던 건 아닌가, 뒤늦게 생각해봅니다.

"가족이란 지금 혹은 항상 함께 있지만,
항상 떠나야 하는, 결국 다 흩어지게 되는,
작별의 공동체이지요"

황인찬 　가족에 대한 이야기를 이 질문으로 정리해보면 어떨까 합
　　　　니다. 선생님의 작업은 어떤 의미에서는 가족이라는 낡고
　　　　오래된 제도가 구축한 거대한 제국에서 벗어나는 작업이
　　　　아니었을까 싶기도 합니다. 모성으로부터의 탈주, 아버지
　　　　로 표상되는 상징계에 대한 저항을 비롯하여, 가족의 제
　　　　국이 표상하는 그 권위적인 폭력의 세계를 몸으로 감각하
　　　　고, 다시 몸으로 저항하며, 나아가 몸으로 다시 받아들이
　　　　는 과정이라 표현할 수 있지 않을까 싶어요.
　　　　선생님께 이 가족이란 관념에 대한 말씀을 조금 더 여쭙
　　　　고 싶습니다. 문학적으로, 그리고 개인적으로 비슷하면서
　　　　도 다른 방향성을 가지고 있지 않을까 싶어요.

김혜순 　오! 어쩌면 저는 황 시인이 '가족'이라는 단어를 발설하지
　　　　않기를 바랐는지도 모릅니다. 어쩌면 간절히 바라고 있었
　　　　는지도요. 이 질문에 대한 답은 제가 그동안 써온 시들로
　　　　해야 할 것 같아요. 제게는 정말 이 대답을 위한 수많은

시가 존재합니다.

황 시인의 말대로 저는 '가족의 제국'을 거부하는 것에 관심을 가졌습니다. 가족이야말로 이 세상에서 가장 오래된, 견고한 제국이지요. 저는 부모님이 돌아가신 후, 어린아이들과 그 부모가 즐거운 모습으로 함께 걸어가는 모습을 보면 '저들도 언젠가 헤어질 작별의 공동체일 터인데, 참 안타깝다' 그런 생각을 합니다. 가족은 이 세계에서 가장 작은 단위의 공동체이고, 가장 작은 단위의 사회이며, 사회화를 연습하고 배우는 공동체로 알려져왔습니다.

우리나라에서는 특히 혈연으로 얽힌 관계를 정상 가족으로 보는 일종의 '가족주의'를 '가족'이라는 이름과 혼동하고 있습니다. 가족을 가족주의로 추락시키고 있는 거지요. 가족주의는 여성주의와도 대치하고, 일인가족과도 대치하며, 혈연과 부모 자식을 벗어난 다양한 가족 형태와도 대치합니다. 자식이 있어야 가족입니까? 늘 묻고 싶었습니다. 국가주의는 가족주의의 정상성을 강조함으로써 유지되는 정당성과 당위성을 가지려고 합니다. 가족주의는 국가사업입니다. 가족주의야말로 민족주의와 국가주의의 초석입니다. 자본주의의 최전선에서 일하는 노동자들은 가족의 품 안에서 쉬어야 하고, 그 체제를 유지하느라 수고하는 자본주의의 일꾼은 가족의 위계질서 안에서 상위를 차지하게 되지요. 이 국가사업 안의 일개 소단위인 가족

안에서 아버지는 어머니와 자식들 위에 있고, 자식은 부모의 권력 안에 위치하게 됩니다. 가족은 힘의 논리에 의한 위계 안에서 작동하게 되어 있지요. 그러다 보니 가족이라는 것이 온갖 대립의 축소판이 되어버렸지요. 제가 시 안에서 발버둥 치는 것은 일종의 이 힘의 구조라는 그물망 안에서 그물망을 끊어보고 싶은 몸부림인지도 모르지요. 가족 이데올로기를 고수하고자 하는 데에는 남녀와 부모의 구분이 없습니다. 이 이데올로기의 공고함은 '성가족'이라는 신화를 만들어내기도 하고, 가족구성원 모두가 '정상성'이라는 것에 목을 매달게 하거나, 정상 가족이 되지 못하면 커다란 죄책감에 빠지게 하거나 심리적 파탄이 생기게 하지요. 정신분석가들은 비정상 가족이라는 죄의식과 상처에 빠진 일원들을 손님으로 맞아 생계를 유지하고요.

쌍비읍 징그러워 못 살아. 아빠오빠 징그러워 못 살아. 꾹 짜서 꿀 받아먹어라, 아빠가 보내주신 선물, 벌집 뚜껑을 여니 육각형 구멍마다 들어찬 벌의 유충들 굼실굼실, 아아아아 쌍비읍 구멍마다 들어찬 아빠오빠 유충들 보이는 것 같아. 갓 결혼한 제자 둘이 남편들을 데리고 나타나서는 한 사람은 제 남편을 오빠라 하고, 한 사람은 제 남편을 아빠라 부르니, 나는 그만 징그러워. 애들아 촌수 시끄러워 나 먼저 간다, 할 수밖에 없었어. 나는 쌍비읍 무서워서 기뻐 예뻐도 말하기 싫어. 그저 기분이 좋아요! 좋아요! 손뼉은 치지 않지만 허공은 깨물어. 나는 아마 날마다 웃음을 매달고 살아야 왕국이 평안한 실없는 공준가 봐. 나는 쌍비읍 싫어서 빨래도 싫어. 세탁기는 윙윙 돌아가고, 방망이는 옷 위로 철퍼덕철퍼덕 떨어지고, 엄마의 비명이 세탁기 속으로 빨려 들어가고, 엄마가 세탁기 속에서 이쁜 아가들을 끄집어내어 바닥에 팽개치는 꿈. 그 꿈꿀 때마다 나는 그만 젖은 빨래 같은 아기를 배고 있는 기분이야. 한참 있다가 이쁜 오빠랑 이혼한 제자가 찾아와서는 선생님 이혼하고 정신병원 갔다 왔어요. 오빠가 자꾸 때려서 이혼했는데, 이혼하고 나니까 분열증 생겨서 이번엔 幻視의 오빠한테 맞느라 하루 24시간 비명을 질렀어요. 잠도 안 자고 먹지도 않고 맞기만 했어요. 나 쌍비읍 너무 싫어. 아빠오빠 부를 때마다 마치 벽이 다 부서져 바닥에 가득 쌓인 앙코르 와트 폐허 앞에 서 있는 것처럼 숨이 가빠. 화상 입은 상처에 검은 깨 뿌린 것보다 더 징그러운 쌍비읍. 내 두 눈동자를 넣고 다물어버린 입속처럼 깜깜한 쌍비읍. 아빠나빠오빠가빠, 뽀뽀보다 더 숨 막히는 쌍비읍.

내 창문 앞에는 환하게 불 켠 아파트 나무 한 그루

밤이면 아파트 계단으로 세탁기 속 빨래처럼 빨려 들어가는 사람들

아파트나무에는 수천 개의 입술이 달렸네

그 입술마다 냄새나는 이빨이 몇십 개씩 숨어 있네

아파트나무 사시나무처럼 떨며 노래하네

아파트나무에는 수천 개의 귓바퀴가 달렸네

귓바퀴 속에는 냄새나는 모음으로 만든 비명들 가득 곪아 있네

저 아파트나무의 마개를 빼지 마세요

마개를 빼면 불 켠 방마다 눈물에 젖어 돌아가던 빨래들 사시나무 낙엽처럼

쏟아져 내리면 어떡해요

　　　　　　　　　－「쌍비읍 징그러워」 전문, 『당신의 첫』

저는 '가족 같아'나 '가족이니까' 같은 말들을 참으로 싫어합니다. 그렇게 함으로써 '가족'이라 불리는 상대방은 '가족주의'의 품 안으로, 가족 위계질서의 하위 자리로 들어가게 됩니다. 그렇게 부르는 사람의 하수인이 되는 거지요. 여자들이 나이 많은 남자나 남편을 오빠나 아빠로 부르는 것도 좋지 않아 보입니다. 여자들 스스로 자신을 상대방과 같은, 평등한 위치에 두지 않는 것 같아서 보기 좋지 않습니다. 사회를 가족화하려는 것 같아서요. 부부가 되었으면 나이는 따지지 말아야 되는 거 아니에요? 평등한 호칭을 사용해야 합니다. 의사가 여성 환자인 저를 어머니라 부르는 것도, 식당에서 일하는 나이 든 여자를 언니, 이모라 부르는 것도 좋지 않아 보입니다.

또한 우리가 시를 써오면서 즐겨 탐색하는, 혹은 우리도 모르는 새 줄줄 새는 잠재의식적이고 환상적인 영역이라

는 것도 알고 보면 집단적인 의식의 소산이니, 이 잠재의
식이라는 것도 사실 우리의 제도를 분석함으로써 그 연원
에 들어가볼 수 있을 것입니다. 그러니 당연히 시를 쓰는
우리에게 닥쳐오는 상상의 영역도 이 제도라는 힘의 영역
에서 파생되는 거겠지요. 그러나 '힘'은 단지 제도의 것이
나 기관의 것이라기보다 그 제도나 기관 내외부에서 기거
하는 인간의 관계에서 나오는 것입니다. 이 관계의 밀접
성이라는 것이 폭발하는 곳이 '가족관계'이니 당연히 가
족 개개인은 서로 상처를 주고받을 수밖에 없습니다.

저는 꿈을 꾸면 이상하게도 지금 제가 몸담은 이 가족보
다는 제가 거쳐온, 저의 작별의 공동체가 된 가족, 이미
40여 년 전에 떠나온 가족의 꿈을 더 많이 꿉니다. 지금의
가족은 저에게 힘의 선분들을 뻗치지 않는가 봅니다. 이
들은 도대체 저에게 관심이 없으니 말입니다. 제가 헤어
스타일을 바꿔도, 옷을 새로 사 입어도, 잠을 며칠 자지 못
해도 도무지 알아채지 못합니다. 제가 불교, 기독교, 무교
를 건너다녀도 간섭하지 않습니다. 다만 며칠 동안 먹을
것이 없으면 저의 부재를 실감하지요. 하지만 제가 떠나
온, 어머니와 아버지와 함께 살던 그 가족은 저에게 지금
까지 힘의 선분들을 뻗치고, 그것들이 엉키게 하고, 저를
우울하게 하는가 봅니다. 그들은 이제 제 몸으로부터 멀
리 있지만 마치 어떤 제도나 관계의 원형처럼 저에게 잠

재의식으로 남아 있습니다.

어두운 상자다
6개의 면을 단번에 제거해도 여전히 어두운 상자다
이 상자에 손을 넣을 수는 없다

차라리 뱀이라도 괜찮겠다
차라리 변기라도 괜찮겠다

엄마의 벗은 몸은 안 되겠다
정신과 약 타 먹는 모녀는 안 되겠다

우리 식구만 아니면 괜찮겠다
그들의 성기 유방 입술 눈빛 항문만 아니면 괜찮겠다

내 손가락 아래 당신들

차라리 독충 바퀴벌레 지렁이라도 괜찮겠다
아빠만 아니면 괜찮겠다
숨이 끊어져서 난생처음 분을 바른 아빠
아빠가 제일 싫어하는 헤어스타일을 하게 된 아빠
따뜻한 재가 되어 여전히 숨 쉬는 아빠

나는 재가 든 상자를 안고
우리는 생전 처음 검은 리무진 타고 간다
나는 재를 잉태한 여자

그러나 내 손은 들어간다
(네 구멍에 손을 넣지 말라는 엄마의 말씀)
비집고 들어간다
(내 손이 들어가면 나쁜 일이 생긴다는 엄마의 말씀)
방공호 속으로
(몸의 구멍들은 다 깨끗이 해야 한다는 엄마의 말씀)
방공호에서 터지는 동생의 조그만 입속으로
(그 손모가지를 분질러버리겠다는 말씀)

식구들의 영혼이 갇혀서 우거진 새의 숲으로
새끼 새를 쫓는 개처럼 들어가는 내 손톱

새의 성기
새의 항문
새의 눈알
새가슴

새가슴에 빨간 잉크로 칙칙 그은 것 같은 빨간 핏줄

손톱보다 작은 북을 손톱보다 작은 동생이 콩닥콩닥 두드리는 새
가슴
백골이 진토된 할머니의 다정하게 구겨진 영혼

핸드백에서 아래턱을 꺼내듯
갈비뼈 조롱에서 위턱을 꺼내듯
새장에서 새를 꺼내놓고
나란히 앉아 있는
공원의 할아버지들
날개 잘린 영혼들은 할아버지 무릎 위에서 나란히 졸고
그중에 어느 할아버지가 내 아빠인가 나는 새를 뒤적인다

즐비 즐비 즐비 즐비 즐비 즐비 즐비 즐비 즐비
즐비 즐비 즐비 즐비 즐비 즐비 즐비 즐비 즐비

포장도로 양옆으로 늘어선 상자들을 뒤적인다

그렇다고 들어가면 손이 굳는 상자는 아니다
손톱 끝에 피가 맺히는 상자는 아니다
다만 피 냄새가 유전하는 손가락
엄마의 자궁 속에는 다섯 형제자매가 부둥켜안은 채
양파 껍질처럼 흐린 피 냄새

징그러워 징그러워
손을 넣으면 자꾸만 얇은 얼굴들이 벗겨지는

물개와 물범처럼 우울에 젖은
내 벌거벗은 몸은 이름이 없고

그러나 우리는 다 죽음이라는 라스트 네임이 같고

아빠와 엄마의 형상을 본떠서 만들어진 것들

밀대와 칼로
심장과 살을

밀어라
썰어라

미친 새들로 가득 찬 상자 속으로 이 손을
숨이 막혀 죽을 것 같아 이 손을
헐벗은 걸까? 이 손!

도와줘 도와줘
여기서 좀 꺼내줘

내 목구멍 깊이 상처 속으로

잠들어서도 히죽히죽 웃는 시큼한 부리 속으로
(흐느낌을 참는 내 더러운 옥타브는
피뢰침 끝까지 올라가다가 응급실로 달려가고)

엄마는 이제 제발 그 구멍 좀 닫으라고
나는 이제 제발 그 얼굴 좀 치우라고
　　　—「이 상자에 손을 넣을 수는 없다」 전문, 『날개 환상통』

저는 시를 쓰면서 저의 원형 가족을 쪼갭니다. 그 힘의 선
분들 사이로 스며 들어갑니다. 가족은 끝없이 쪼개집니다.
'가족주의'는 '가족분자화주의'를 신봉하는 저의 시에 의
해 끝없이 '모래'처럼 부서져야 합니다. 민족주의나 국가
주의도 마찬가지입니다. 가족주의는 독신자들, 일인가구
에 의해 죽습니다. 저는 아버지 남자와 어머니 여자, 동생
남자와 나 여자가 사는 가족이 아니라, 여자도 남자도 아
닌 분열된 가족구성원으로 함께 모인 가족이 최고의 가족
이라 생각합니다. 저는 아버지가 죽은 다음, 다음 세대의
새 아버지가 나타나고, 어머니가 죽은 다음 세대의 새 어
머니가 나타나는 가족의 연대기가 아니라 끝없이 비정상
적인 가족이 나타나는 세상을 꿈꿉니다. 식물과 함께 사

는 가족, 동물과 함께 사는 가족, 친구와, 고아와, 입양아
와, 동성과, 외국인과 함께 사는 가족이 주류가 되는 세상
말입니다. 가족주의가 들어올 수 없는 가족을 꿈꿉니다.

나무들은 그대로인데
숲은 추락합니다
글자들은 그대로인데
사전은 추락합니다

글자네 집에서 글자의 아기가
입술을 다물었다 펴면서
글자 엄마를 데려왔습니다
입술을 더 세게 밀착시켜선
글자 아빠를 데려왔습니다
이번엔 입술을 파열시켜서
글자 아파를 데려왔습니다

옛날에 옛날에 숲속 작은 집
변기 두 개가 사는 집
똑똑똑 방문이 열리는 소리
아파의 발목을 움켜쥐는 손갈퀴
그 집의 침대는 형틀이고

그 집의 테이블은 사실
환상통에 걸렸다는 소문

가구는 그대로인데
집은 직선으로 추락합니다

엄마는 여자의 목소리는 집 밖으로 나가면 안 된다 하고

비명을 지르는 검은 수풀이 쏟아지는 수도꼭지
물속에는 엄마아빠가 들어올 수 없으니
아파는 아파를 욕조에 가둡니다
욕조에서 나올 때마다 녹이 스는 아파

바람은 가만히 있는데
욕조는 달아납니다

엄마죽고 아빠죽고
새아기새엄마새아빠 그 집에
새새아기새새엄마새새아빠 그 집에
납땜처럼 다시 사는데

완두콩 집에는 완두콩 같은 식구

땅콩 집에는 땅콩 같은 식구

아파는 계속 남아
변기처럼 계속 남아
건너편 창문을 내다보는 습관

상상 속의 딸에게 중얼거리는 습관
태어나지 않았으니 얼마나 다행이야

잉크의 검은 물은 가만히 있는데
모욕치욕굴욕 펜을 잡은 손에서 나는 냄새

흰 종이에 숨은
내 시에서 나는 냄새
　　　―「아파의 가계」 전문, 『지구가 죽으면 달은 누굴 돌지?』

제 시가 만약 서양 사람들이 쓴 시집에 대한 리뷰들처럼
'저항' 담론이라면 이 가족주의 이미지들의 연속성 안에
서 표출되지 않았을까 생각해본 적이 있습니다. 시가 '마
음으로 쓰이는 어떤 것'이라면, 그것은 가족인, 제 심장 속
의 무의식적 지옥이나 그 지옥이 일으킨 상처의 형상을
하고 있을지 모릅니다. 가족은 반복적인 환대와 책임과

의무와 사랑의 대상이지만, 어느 땐 상처를 주는, 내 속에
자리 잡은, 새겨진 발톱 자국입니다. 이 지옥이 무한 반복
으로 제게 다가오고, 저는 이 반복적인 리듬으로 닥쳐오
는 지옥의 호흡에 저의 시 리듬이 저항의 리듬이 되도록
변용해보고자 했습니다. 그것이 제 시일지도 모른다고 생
각했습니다. 이 저항의 리듬은 제 시 안에서 겨우 존재하
는 여성 화자의 유령적 존재의 목소리 속에 있으리라 생
각했습니다. 불안정함이 그대로 드러나는, 늘 잠재성만 가
지고 있는 시행들이지만 말입니다. 가족이란 지금 혹은
항상 함께 있지만, 항상 떠나야 하는, 결국 다 흩어지게 되
는, 작별의 공동체이지요.

『지구가 죽으면 달은 누굴 돌지?』 표지

어쩌면 좋아요 / 고래 뱃
속에서 아기를 낳고야
말았어요 / 나는 아직 태
어나지도 못했는데 / 사
41ᵉ 랑을 하고야 말았
Poetry 어요 // 어쩌면
International 좋아
Festival 요 / 당신은
Rotterdam 나를 아
직 다 그리지도 못했는
데 / 그림 속의 내가 두

Rotterdamse Schouwburg
11 - 18 juni 2010

www.poetry.nl EXTREE:

2010년 로테르담 국제시축제에서

문학이라는 학교

황인찬 　선생님의 어린 시절에 대한 말씀을 들으니, 선생님의 학
　　　　창 시절이 어땠는지도 궁금해집니다. 중고등학교 시절, 선
　　　　생님은 어떤 학생이었나요? 사실 저는 고등학교를 다니면
　　　　서도 문학을 하리라는 생각을 해본 적이 없었고, 시인이
　　　　되기는커녕 교과서에 나오는 사람들 외에 시인이 살아 있
　　　　다는 사실조차 인지하지 못하고 지냈습니다. 선생님은 어
　　　　떠셨나요.

김혜순 　저는 중고등학교 시절부터 미래에 '문학하기'를 원했습니
　　　　다. 저는 그때 막연히 국문과를 나와야 문학을 하게 되는
　　　　줄 알았습니다. 그래서 국문과에 가기를 원했습니다. 나중
　　　　에 서라벌예술대학(지금의 중앙대학교)과 서울예대에 '문
　　　　예창작과'라는 것이 있음을 알고 놀랐습니다. 그런 전공
　　　　에 대한 정보가 그 시절의 저에겐 없었으니까요. 그런데

국문과에 진학했더니 학생들에게 '문학'이 아닌 조상들이 쓴 '국문학'만 하게 했습니다. 저는 국문과에서 〈용비어천가〉나 훈민정음, 『두시언해』같은 중세국어를 공부하는 시간이 제일 즐거웠습니다. 그 외에는 관심 없었지요.

저는 원주여자고등학교 보통과 학생이었는데, 보통과는 당시 대학을 가려는, 성적이 우수한 학생들을 모아놓은, 지금으로 말하면 특수반이었습니다. 다른 과 학생들에게 위화감을 주지 않기 위해 보통과라고 불렀지요. 저는 무색무취무미의 학생이었습니다. 조용했지요.

제가 그 당시에 좋아한 일은 제 친구 명희(지금은 명희의 성이 기억나지 않습니다)의 집에 가서 책을 빌려 와 읽는 일이었습니다. 명희의 언니가 국문과에 진학했기 때문에 명희의 아버지가 정음사 세계문학 전집, 을유문화사 세계문학 전집 같은 책들을 가득 구비해줬습니다. 그러나 명희의 언니는 그 책을 읽지 않았습니다. 제가 그 책을 읽기 시작했지요. 『일리아스』 『오디세이』부터 『죄와 벌』 『카라마조프가의 형제들』 등 전집의 모든 소설을 차례대로 읽었습니다. 그리고 플라톤의 『국가론』부터 에밀 뒤르켐의 『자살론』을 거쳐 사상 전집도 다 읽었습니다. 그러자 친구들과의 대화가 점점 시시해졌습니다. 외할머니가 불을 끄라고 하면 이불 속에서 플래시를 켜고 책을 읽었습니다. 그 책들은 세로 조판으로, 2단으로 나뉘어 촘촘히 글자들이 들어 있었습니다. 그때 제 눈을 버렸지요. 그리고 저는 생각했습니다. 명희네 집에 있는 저 책들은 아무도 그것들을 펼쳐보지 않는 명희네 것일까, 저 책들을 다 읽어서 몸에 저장한 나의 것일까. 아니면 저 책들을 쓴 저자들의 것일까. 또 아니면 저 책들을 팔아 이윤을 남긴 출판사의 것일까. 저는 명희네 마루 책장에 가득 쌓인 그 책들을 볼 때마다 '저 책들은 나의 것이야'라고 생각했습니다. 지금도 그런 생각을 해봅니다. 우리가 시를 쓴 후, 그 시는 우리의 것이 아니고 그 시들을 읽는 사람의 것이라고. 우리 손에서 떠나 활자화된 순간, 그때부터 우리 것이 아니라고 말입니다. 그러니 제가 시집을 출간한 후 그 시집을 되돌아보지 않는 것인지도 모르겠습니다, 하하. 보다 못한 우리 아버지는 제가 명희네 책을 다 읽은 후에야 세계문학 전집을 사 주셨지요.

그런데 오랜 세월이 지난 후에 부모님 집에 있는 그 책들을 꺼내보았더니 그 세로로 촘촘히 진열된 한글들은 한국말이 아니었습니다. 한국말도 시간이 지남에 따라 변화해가니까요. 저는 그 번역 투의 책들을 읽고 나서, 큰 감동의 소용돌이를 건너다녔다니 믿기지 않았어요. 당시의 제 사진들을 보면 외모에는 조금도 관심이 없는 작은 여학생이 눈을 잔뜩 찌푸리고 정면을 노려보고 있는 것들뿐입니다. 아마 동창들은 저를 기억조차 하지 못할 것입니다. 저도 그들의 이름과 얼굴을 거의 다 잊었습니다. 저는 교실 한구석에서 친구에게 친밀한 말도 건넬 줄 모르면서 책이나 읽고 있었으니까요. 언젠가 고속버스터미널에서 우연히 만난 동창의 말에 의하면 첫 시간 수업 중에 창문 밖을 보면 제가 교문으로 들어서는 모습이 늘 보였다고 했습니다. 제가 결석은 하지 않았는데 지각을 참 많이 했거든요. 집이 학교 바로 앞에 있었는데도 말입니다. 책을 읽느라 늦게 잠들어서 그랬지요. 그래서 담임선생님이 선생님 책상 위에 꿇어앉아 있으라 한 적도 있었어요. "왜 지각했니?" 물으면 매번 "늦게 일어났습니다" 했거든요.

황인찬 　선생님의 말씀에서 일종의 시차를 크게 느끼기도 합니다. 저의 어린 시절에 문학이란 그렇게까지 가까운 것은 아니었고, 사람들이 책과 적극적으로 멀어지는 시절이기도 했습니다. '책을 읽읍시다' 운운하는 예능프로그램이 등장한 것도 그런 까닭이었을 것입니다.
한편으로는 책을 읽느라 아침에 늦잠을 자는 선생님의 말씀도 참 재미있습니다. 사실 요즘은 문학을 전공하는 학생들마저 책을 잘 읽지 않는 시대이지요.

김혜순 　제가 서울예대에서 처음 교수가 되었을 때는 학생들에게 시집, 소설집, 다른 분야의 '책 얘기'를 많이 했습니다. 소설집이나 시집 외에도 장르를 막론하고 얘기했지요. 영화 얘기도 많이 했습니다. 몇 주 전 도쿄의 쿠온 출판사 대표인 김승복을 만났는데 그때 제 수업 얘기를 들려주더군요. 시 말고 선생님이 곁다리로 나가서 헤매는, 다른 장르 얘기들이 기억에 남아 좋았다고요. 그때 제가 그런 얘기를 하다가 주인공 이름이나 작은 에피소드 같은 것이 생각이 나지 않아서 더듬거리면 강의실의 학생 중 한 명은 꼭 그것을 저에게 가르쳐줬습니다. 그만큼 그들도 많이 읽고, 보고 있었지요. 그런데 최근 몇 년 동안엔 제가 책 얘기를 해도, 영화 얘기를 해도 아무도 그 책이나 영화를 읽거나 보지 않았다는 걸 느꼈습니다. 제가 잊은 것을 가르쳐주는 학생도 다 사라졌습니다. 휴대전화와 인터넷이 생긴 뒤부터지요. 그래서 제가 수업 시간에 곁다리를 짚는 시간이 점점 줄어갔지요.

'문학하기'는 읽은 만큼 할 수 있을지도 모르지요. 읽은 것이 상상하기를 자극하니까요. 상상의 근육과 장소를 키워주니까요.

"검열이 다른 미학 쪽으로 한국어를 옮겨 가게 하는
아이로니컬한 현상이 있었던 것 같아요"

황인찬   더불어 선생님께서 기억하시는 문학에 대한 강렬한 첫 체

험은 어떤 것이었는지요. 처음으로 읽고 가슴 설렜던 시는
또 무엇이었는지요.

김혜순   전에는 생각해본 적이 없다가 황 시인의 질문을 받고 생
각해보니, 문학에 대한 강렬한 첫 체험은 아마도 귄터 그
라스의 『양철북』이 아니었나 생각이 듭니다. 고등학교 때
명희네 전집 읽기의 마지막쯤에 읽었던 것 같습니다. 가
족의 얘기로 국가주의를 조롱한 소설이었습니다. 기형과
욕망, 마법으로 점철된 문학적 자유로 조롱하는 권력들,
이데올로기들, 그 소설적 술수들이 유쾌했습니다. 저는
대학생이 되어서도 소설을 많이 읽었습니다. 종로서적이
나 교보문고의 소설 코너에 가면 제가 읽지 않은 소설들
을 금방 찾아낼 수 있었지요. 신간을 금방 알아보았습니
다. 교수가 되고부터는 시간이 모자라 소설을 그렇게 많
이 읽지 못했어요. 소설이 점점 시시해지는 느낌이 있어,
읽고 난 다음 기뻐하는 횟수가 줄어들었지요. 방금 황 시
인은 질문하면서 문학에는 '체험'이라는 단어를 쓰고, 시
에는 '가슴 설레는'이라는 표현을 사용했습니다. 맞습니
다. 좋은 시는 시를 쓰는 저 같은 사람을 설레게 하지요.
저는 그때, 시는 우리나라 시인들을 즐겨 읽었는데, 가슴
을 설레게 한 첫 경험은 기억나지 않아요. 이승훈을 비롯
한 '현대시' 동인들의 시, 정현종, 강은교의 시를 즐겨 읽

었어요. 특히 삼애사라는 시집 출판사에서 나온 시집들을 좋아했는데, 거기 이승훈의 첫 시집 『사물 A』가 있었지요. 책꽂이를 뒤져보니 이승훈의 『환상의 다리』는 있는데 『사물 A』는 어디론가 사라지고 말았습니다. 지금 제 책꽂이에는 고등학교 시절에 구입한 김윤희의 『겨울 방직』, 김선영의 『허무의 신발 가게』, 강은교의 『허무집』 같은 시집들만 남아 있어요. 세로로 조판된 한글 시집인데 지금 읽어도 하나도 이상하지 않고, 시가 좋아요. 번역소설들하고는 문장이 다르지요. 지금 시인들이 읽어도 감탄할 문장들이 빼곡하지요. 저는 5·18민주화운동이 일어나기 전 1970년 대가 우리나라 시의 르네상스였다고 생각해요. 검열에 지레 겁을 먹은 바도 없진 않았지만, 스스로의 검열이 다른 미학 쪽으로 한국어를 옮겨 가게 하는 아이로니컬한 현상이 있었던 것 같아요. 이를테면 이승훈의 「암호」는 "환상이란 이름의 역은 동해안에 있습니다. 눈 내리는 겨울 바다—거기 하나의 암호처럼 서 있습니다. 아무도 가본 사람은 없습니다. 당신이 거기 닿을 때, 그 역은 총에 맞아 경련합니다. 경련 오오 존재. 커다란 하나의 돌이 파묻힐 때, 물들은 몸부림칩니다. 물들의 연소 속에서 당신도 당신의 몸부림을 봅니다. 존재는 끝끝내 몸부림 속에 있습니다. 아무도 가본 사람은 없습니다. 푸른 파편처럼, 바람 부는 밤에 환상이란 이름의 역이 보입니다"라고 되어 있는데, 저는 강원도 동해안에 실제로 있는 '망상역'을 떠올렸지요. 그 역이 총에 맞아 경련하는 장면, 그 아래 바다가 흔들리는 장면을 쓰는 시인의 상상력을 생각해봤지요. 그 언어 사용의 무한한 자유가 좋아 보였습니다. 특히 『사물 A』에 들어 있는 「위독」 연작을 좋아했는데 무엇을 말하겠다는 의지도 의미도 목적도 없이 자기파괴로 흩어진 몸들이 들어 있는, 미장센만 있는 시들을 좋아했던 것 같아요. 강은교의 『허무집』도 고등학교 시절에 사 본 시집이에요. "아주 뒷날 부는 바람을/ 나는 알고 있어요./ 아주 뒷날 눈비가/ 어느 집 창틀을 넘나드는지도./ 늦도록 잠이 안 와/ 살[肉] 밖으로 나가 앉는 날이면/ 어쩌면 그렇게도 어김없이/ 울며 떠나는 당신들이 보여요./ 누런 베수건 거머쥐고/ 닦아도 닦아도 지지 않는 피[血]를 닦으며/ 아, 하루나 이틀/ 해 저문 하늘을 우러르다 가네요./ 알 수 있어요, 우린/ 땅속에 다시 눕지 않아도"(「풀잎」) 같은 시는 그 리듬을 참 좋아했어요. 제가 〈파라21〉에 「여성시와 유령 화자」(후에 『여성, 시하다』에 수록)라는 시론 글을 쓰려고 그 시집을 다시 꺼내보았더니 "살 밖으로 나가 앉는 날이면" 같은 문구에 줄을 쳐놓았더라고요. 그 외에도 밑줄을 많이 그어놓았어요. 제가 교복 입은 여학생일 때의 일이어서, 그때 이 구절이 왜 좋았을까 한참 들여다봤지요.

황인찬 말씀하신 소설과 시의 두 사례가 선생님 시의 축을 이루는 것 같습니다.『양철북』은 선생님 시에서 발견되는 체계에 대한 저항의 뿌리에 위치하는 것일 테고, 말씀하신 시편들에서 발견되는 의미를 벗어나 존재하려는 경향의 언어는 선생님 시의 몸체를 이루는 것 아닌가 싶습니다.
시인이 되리라는 결심은 언제 어떻게 생겼는지요. 제 경우에는 갑자기 소설가가 되고 싶어 문예창작과에 진학했다가, 거기서 시라는 것을 처음 접하고 제가 하고 싶은 것이 소설이 아니라 시였다는 것을 알았습니다.

김혜순 시인이 되겠다는 결심은 하지 않았어요. 읽는 것을 좋아하다 보니 저절로 그렇게 된 것 같아요. 제가 대학교 1학년 때 교내 백일장을 한다는 공고를 보았지요. 상금을 준다고 하길래 급히 시를 세 편 썼어요. 그런데 엉겁결에 장원을 하게 되었지요. 그때 처음 동시 아닌 시를 써보았던 것 같아요. 소설을 써볼까 했었는데, 제가 읽은 책들에 짓눌려 있었던지 유쾌하게 써지지 않았던 것 같아요. 당시에는 〈현대시학〉〈시문학〉〈심상〉 같은 시 잡지와 〈창작과비평〉〈문학과지성〉 같은 계간지가 막 출간되어 있었지요. 그런데 〈시문학〉인지 잘 기억이 나지 않지만, 그 시 잡지에서 대학생 문학상인가 하는 것을 모집했어요. 그래서 전국의 대학에서 이미 유명해진 문학청년들이 있었는데, 그들이 거의 그 상에 응모를 했지요. 그런데 거기서 엄원태라는 시인과 제가 공동 장원을 했어요. 상을 받자 유명 인사가 되었어요. 입선한 이들의 이름도 게재되었는데, 지금도 시작이나 비평을 하고 있는 문인들의 이름이 다수 들어 있었어요. 많은 팬레터가 전국의 대학에서 쏟아졌어요. SNS가 없었으니까요. 나중에 황지우 시인이 그러는데 자신도 제게 엽서를 보내서 학림다방 베토벤 데스마스크 아래서 만나자고 했는데, 제가 나오지 않았다고 그러더라고요. 저도 확실히 기억나는 게 제 동급생 친구가 이 엽서는 문장력도 있고, 아주 적극적이고, 대학도 좋으니 자기가 대신 나가겠다 그랬어요. 그런데 나갔는지 안 나갔는지, 그다음은 기억나지 않아요.

저는 먼저 〈동아일보〉 신춘문예에 평론가로 입선했어요. 대학생일 때였지요. 제가 읽은 책들이 저로 하여금 글을 쓰게 한 것 같아요. 제가 읽은 책들처럼 원고지에 세로로 자칭 평론이란 것을 처음 써봤지요. 그런데 당선 통고를 받은 다음 날, 심사위원 중의 한 분이 저에게 전화를 걸어 여의도에 있는 자신의 아파트로 오라고 했어요. 저는 신춘문예 당선 절차가 그런 줄 알고 그의 집으로 갔지요. 그는 저에게 대뜸 자기가 부르는 한자를 종이에 써보라고 했어요. 제가 다 받아썼더니 미술 사조에 대해서 물어봐요. 한참 구술과 필기로 시험을 치르게 하더니 집에 가라고 해요. 저는 그가 요구하는 걸 다 해냈지요. 그는 처음부터 저를 범죄자처럼 다루었어요. 참 모욕적인 행동이었어요. 그때나 지금이나 평론가 등단은 대개 대학의 교수나 박사가 하는데, 뽑아놓고 보니 어린 여자 대학생인 거죠. 그래서 테스트를 해본 거예요. 누가 대신 써준 것일까 하고 말이에요. 그러고는 당선의 격에 제가 어울리지 않아 입선으로 강등했다고, 다른 심사위원에게서 나중에 들었어요. 그 평론은 〈신동아〉라는 잡지에 게재되었는데, 교정보는 사람들이 불어로 쓴 단어를 영어 독음으로 바꾸고 교정도 엉망이어서 제가 깜짝 놀랐던 기억이 나네요. 지금 시대와는 맞지 않는 옛날 방식의 비평 글이었어요. 저는 그다음부터 심사위원이었던 그 평론가를 여러 자리에서 만났지만 한 번도 인사를 하지 않았어요. 평생 모욕을 기억하고 잊지 않았어요. 그 어투나 행동이 지금도 생각나네요. 그다음 해에 〈문학과지성〉이라는 잡지를 읽게 되었는데, '나는 이 잡지로 시인 등단할 거다' 하고 생각했어요. 그래서 타이프라이터를 하나 사서 노트에 써놓은 시들을 타이핑해 응모했지요. 일주일도 안 돼서 김병익 선생님이 전화하여 등단 소식을 전해주셨어요. 문학과지성사에 갔더니 비평가 선생님들이 죽 앉아 계셨지요. 그분들은 당시 삼십대였는데, 저에게는 너무나 나이가 많은, 다가가기 힘든 분들로 보였지요. 그중에 김현 선생님이

'평론을 쓰지 말고 시만 써라. 평론과 병행하면 시가 망가진다' 하셔서 평론은 점차 줄이고 시만 쓰기로 마음먹었지요.

황인찬 선생님의 말씀에서 한국 문단이 쌓아 올린 부당함과 불합리의 역사가 고스란히 전해집니다. 동시에 말씀하신 그 장면들로부터 선생님의 시가 태동하기 시작했다고도 말할 수 있지 않을까 합니다. 한편으로는 선생님께 시란 그토록 자연스럽게 몸에 익은 것이었구나, 생각하기도 했습니다. 시인들에게 등단을 위해 노력하던 습작의 시간, 습작하며 몸에 익힌 시에 대한 앎 같은 것을 자주 듣게 되는데, 선생님께는 그 습작의 시간이 적은 편이었군요.
그렇다면 선생님께서 마음속에 품은 문학적 스승이라는 존재가 누구였는지 궁금해지기도 합니다. 직접 스승을 만나 배움을 얻는 경우도 있지만, 홀로 누군가의 책을 읽으며 그를 스승으로 삼아 자신의 문학을 그려볼 수도 있을 것입니다. 선생님께서 마음속에 품은 문학의 스승과도 같은 존재는 누구였는지요?

김혜순 제겐 스승도, 친구도 없었습니다. 제가 혼자 글을 쓰는 걸 알아챈 그 누구도 없었습니다. 저 이전에 우리나라에서 시집을 출간하고, 소설책을 출간한 여성 문인들도 많았는

데, 그런 책들에서도 같은 여자의 자리에서 제가 동의하
거나 혹은 제가 다른 책들에서 읽고 느낀 바를 공유하거
나 감동할 수 없었습니다. 저는 스승도 친구도 없는 것을
당연하게 여겼습니다. 모두 그렇게 하는 줄 알았습니다.
저는 번역된 외국 문학에 푹 빠져 있는 여학생일 뿐이었
습니다. 만약 스승이 계셨다면 제 시의 출발 혹은 시의 도
정이 그 정도는 아니었을 테지요. 스승과 동료를 가진 시
인들이 부러웠지요.

등단하고 나서 최승자와 친구가 되었지요. 저보다 나이가
세 살 위이지만 그런 건 문제가 되지 않았지요. 다만 제가
스물일곱 살일 때 최승자는 서른 살이 되었죠. 그러면 저
는 삼십대인 사람과 친구를 하지 않겠다고 놀렸어요. 또
제가 서른일곱 살이 되었을 땐 사십대인 사람과 친구를
하지 않겠다고, 그렇게 매번 장난을 쳤지요. 시로는 보들
레르를 즐겨 읽었던 것 같은데 한글 번역들이 맘에 안 들
어서 영어 번역본들과 한국어 번역본들을 책상 위에 모두
펼쳐놓고 제가 떠듬떠듬 다시 번역해본 일도 있었던 것
같습니다. 랭보는 보들레르와 달리 문장 자체가 난삽했고,
그게 기막히게 이미지적이었고, 착란의 투시자였으며, 저
에게 의미를 찾지 못하게 했어요. 추방되어 결핍된 자가
자신을 분열시키면서 시의 모순을 끌어안는, 에너지가 충
만한 모습이었다고나 할까요? 읽을 때마다 매번 기뻤던

기억이 납니다. 희망 같은, 희망적인 단어들을 믿지 않는 그의 태도와 무無를 향한 선언적 말투가 좋았지요. 니체의 아포리즘들도 그렇게 번역해본 기억이 있습니다. 지금도 영어 번역본 시집을 펼치면 제가 다시 그 옆에 번역을 해놓곤 합니다. 제 영어 실력이 출중해서 그런 것이 아니라 그 시가 '시로서' 단어와 어구 들이 앉히기를 바라는 맘이 생겨서 그렇게 재배열해보는 것입니다. 그들을 스승 같은 존재로 삼기보다는 이 사람은 이런 시를 쓰는구나, 그렇게 생각했던 것 같습니다. 부러움도 질시도 존경도 사랑도 하지 않았습니다. 다만 이상의 시를 읽을 때는 그가 그 시를 쓴 나이를 늘 찾아봤지요. 모두 26년 7개월 이하일 때의 나이들을요.

황인찬 이런 말씀을 여쭌 것은 한편으로 문학을 하는 일이란 스승을 배반하고 넘어서는 일이기도 하기 때문이겠습니다. 저에게 문학의 배움이란 좋은 스승들을 만나 그들에게 문학을 사유하는 법을 배우고, 다시 그들로부터 멀어지고자 애를 쓰는 일이었습니다. 존경하는 선생님이 저의 시를 못마땅하게 여기셨을 때, 그때 저는 제 시를 쓸 수 있겠다고 생각하기도 했습니다. 선생님께서는 그렇게 스승을(혹은 어떤 문학에 대한 관념을) 벗어나고자 했던 적이 있으신지도 여쭙고 싶습니다.

김혜순 | 황 시인에게 좋은 스승이 계셨다니, 그 스승의 모습을 상상할 수 있어 좋습니다. 제가 아는 시인의 얼굴이 떠오릅니다.

제가 서울예대에 재직할 때 동료 교수로 오규원 선생님이 계셨습니다. 선생님과는 서울예대 이전에도 인연이 있었습니다. 대표 한 명에 편집장 한 명, 경리부원 한 명, 영업부원 여러 명이 있는 출판사에서였습니다. 오규원 선생님은 오후 늦게 출근하셔서 청탁받은 시를 본인만의 원고지에 사인펜으로 칙칙칙 쓰셨습니다. 교정도 없었고, 첨삭도 없으셨지요. 그러면 경리가 그걸 선생님이 청탁받은 잡지사에 가져다주었습니다. 그렇게 쓰신 시들에서 저는 정경이 다 묘사되었는데, 이상하게도 '부재'가 번득이는 걸 읽었습니다. 사물을 있는 그대로 바라보는 그것을 '투명성'이라 부르고 싶었는데, 정작 시인 본인은 '날이미지'로 명명했습니다. 저는 주로 선생님이 안 계신 오전 시간에 제공책에 시를 썼습니다. 교정도 첨삭도 없이 원고지에 옮겨 우체국으로 가지고 갔습니다. 출판사의 대표나 편집장이나 시는 다 일필휘지로 써버렸지요. 당시에 저는 시인으로 등단했지만 시에 별 뜻이 없었습니다. 아마 제가 투고와 탈락의 반복이라는 그런 과정을 거치지 못했기 때문에 시에 대한 염결성이나 전적인 몰입, 글쓰기에 대한 사명감과 오체투지 같은 것이 없었던 것 같습니다. 출판사에는 동아방송에서 해직되신 김종삼 시인이 가끔 들러 오규원 선생님으로부터 맥주값 5천 원을 받아 가셨습니다. 선생님이 안 계실 땐 제가 드리고, 오규원 선생님께 돌려받았습니다. 군사정부가 〈문학과지성〉 폐간을 발표하던 날엔 술을 한 모금도 드시지 못하시는 김병익 선생님이 대낮에 맥주 몇 병을 검은 비닐봉지에 담아 들고 〈문학과지성〉 편집장과 함께 출판사에 오신 적도 있었습니다. 저는 그때 가수인 윤형주가 디제이를 맡은, 동아방송의 〈0시의 다이얼〉이란 라디오프로그램에서 책 소개하는 코너에 출연하고 있었는데, 잠시 후 그 방송사도 문을 닫고 말았습니다.

그 후 다시 오규원 선생님을 서울예대에서 뵙게 되었지요. 선생님은 간혹 제가 시를 문예지에 발표하면 그 감상을 종이에 적어 조교 편에 보내셨습니다. 저는 그게 그렇게 싫었습니다. 좋은 평이든 나쁜 평이든 시에 대한 생각이 저하고 달랐거든요. 답장은 한 번도 하지 않았습니다. 그러나 서울예대에 취업하면서, 학생들의 시를 봐주면서 저도 퇴고라는 걸 시작하게 되었습니다. 학생들에게 퇴고를 요구하면서 제가 그러지 않는다는 건 이상한 일이 되었지요. 그때부터 저에게서 남들이 쓴 시학이 아닌 저의 시학이랄까 하는 것이 자라기 시작했습니다.

황인찬   오규원 선생님과의 기억에 대해 말씀해주신 것이 참 재미
있습니다. 혹시 오규원 선생님과의 기억에 대한 이야기를
조금 더 여쭐 수 있을까요?

김혜순   제자들이 기억하는 오규원 선생님과 직장 동료로서 제가
기억하는 선생님은 많이 다르겠지요. 오만 가지 기억이
있지만 지금 무엇을 말할까 생각 중이지요. 선생님에겐
'바늘'이란 별명이 있었는데, 그만큼 몸이 가늘고 말로써
상대방 찌르기를 업으로 하신다는 의미가 담겨 있었어요.
그러나 제가 겪은 선생님은 다정하고 따뜻하고 웃는 것을
좋아하셨지요. 언제나 긍정적으로 생각하시는 분이셨어
요. 선생님은 제게 화투를 가르쳐주셨지요. 짝 맞추는 거,
화투의 그림들이 다 자신의 '달'을 가지고 있다는 거. 제
가 1989년에 서울예대 문예창작과 전임교수가 되었는데,
그때부터 약 10년간은 졸업 여행이라는 제도가 전국의 대
학마다 있었어요. 그래서 가을이면 졸업생들과 함께 제주
도로 여행을 갔지요. 밤에는 심심하시니까 최인훈 선생님,
오규원 선생님 모두 빙 둘러앉으셔서 저와 박기동 선생님
께 화투를 가르치셨어요. 물론 최인훈 선생님은 늘 전적
만 궁금해하셨지 우리의 대전에는 참여하지 않으셨어요.
오규원 선생님은 화투를 가르치신 다음 우리 여행 자금을
전부 따 가셨지요. 오규원 선생님은 그때도 몸이 좋지 않

아 비스듬히 앉으셔서 짧고 힘을 들이지 않는 손동작으로 화투를 치셨어요.

오규원 선생님과 최인훈 선생님의 대화는 참 이상했지요. 최인훈 선생님이 관념적이고 추상적 단어를 선택해서 이야기를 하시면 오규원 선생님은 아주 간략하고 묘사적이고 구체적인 단어로 그 말을 받아쳤지요. 소설가와 시인이 어쩌면 서로에게 어울리지 않는 반대 영역의 언어를 구사했지요. 우리 선생님들끼리는 제주도에 하도 많이 가다 보니 비밀의 장소들을 군데군데 만들어놓았어요. 학생들이 폭포 구경을 하고 있으면 우리는 그 옆의 낭떠러지 위 숲에서 학생들을 내려다보면서 담소를 나눈다든지 하는 그런 장소들 말이에요. 항상 최인훈 선생님이 웃으시면서 "우리는 비밀의 장소로 갑시다" 하셨지요.

이제는 저와 졸업 여행을 갔던 선생님들이 아무도 세상에 계시지 않고 저만 남았어요. 오규원 선생님이 위독해지셔서 병원 중환자실에 계실 때 저와 이광호 선생님은 입시 면접 중이라 문병을 못 했어요. 면접 중간에 가끔 강영숙 소설가와 통화를 하고, 걱정을 가득 안고 또 면접에 들어가고 그랬지요. 면접을 끝내고 이제 병원에 가야지, 하고 학교를 나오는데 2월의 달이 낮게 떠서 고가도로에 닿아 있었어요. 그때 저의 자동차 안에 전화벨 소리가 가득 차는데, 저는 벌써 알았어요. 선생님이 먼 길 떠나셨다는 걸

말이에요. 전화를 받은 저를 보름달이 창에 붙어서 엿보고 있었지요. 그날 그 시각 보름달이 너무 컸어요.

"학생들의 시에는 저마다 다른 시론이 필요해요"

황인찬 　강의를 하면서 퇴고를 시작했다는 말이 아주 인상적입니다. 사실 지금까지 선생님과 문학의 배움을 주제로 나눈 이야기들을 되돌아보면, 시인이 되겠다는 결심을 따로 하지 않았고, 스승에게 시를 배우지도 않았으며, 어느새 시인이 되어 있었노라는 말씀으로 들리기도 하는데요. 천생 시인이라는 말씀을 드리고 싶어지기도 합니다.

그런데 강의를 하면서는 퇴고를 하게 되었다는 말씀도, 학생들에게 시에 대해 말하는 동시에 나의 시학이 생겨났다는 말씀도 아주 흥미로운데요. 가르치는 일을 통해 선생님의 문학에 변화가 있었다는 말씀이겠습니다. 그 변화에 대해 여쭙고 싶습니다.

김혜순 　처음 시를 쓰기 시작하는 사람들은 '시'라는 온갖 고정관념에 빠져 있지요. 그들에게는 갑옷을 벗고 말랑말랑한 살로 사물이나 사건과 마주하는 연습이 필요하지요. 거듭 실패하고 실패하면서도 고정관념을 벗어야 하지요. 그래야 깊이 내려갈 수 있고, 자신만의 글쓰기를 시작하게 되는 순간을 맞이하게 되지요. 사실 학생들의 작품은 곧장 발표 지면에 내놓기에는 뭔가 부족한 경우가 많아요. 항상 몇 퍼센트가 아쉬워요. 학생들은 아주 구체적이면서도 불투명한 언어로 시라는 것을 써 가지고 왔는데, 선생은 그것에 대해 아주 합리적이고 명증한 언어를 선택해 그 작품들의 문제들을 끌어내야 하고, 쓴 사람에게 그것에 대해 생각하게 하고, 퇴고하게 해야 하지요. 그러다 보니 저도 언젠가 써놓은 제 시를 보면서 제가 학생에게 말하듯 얼마 전의 저에게 뭔가를 주문하게 되었지요. 그래서 제 시에도 자연히 퇴고가 실행되었습니다. 맨 처음 떠오른 생각을 수정하는 것을 부끄럽게 여기거나 귀찮게 여기지 않게 되었지요. 그와 더불어서 학생들에게 강의하기 위해 준비한, 시어와는 다른 명증한 산문적 언어들이 시학이라는 산문을 쓰기 위한 연습이 될 수 있었어요. 그리고 시에 대한 정의는 시마다 다를 수 있다는 생각을, 저의 글쓰기로 달성하고 싶다는 욕망이 생겼지요.

그러나 학생들의 시에는 저마다 다른 시론이 필요해요. 이 학생에게는 시에서 설명하는 문장을 덜어내야겠다고 권하지만 다른 학생에게는 이번엔 설명 좀 해줘야겠다고 권하지요. 시에서 관찰자가 묘사를 하는데 시인이 나타나 설명을 시작하면 그 시는 산문이 됩니다. 그런데 위트를 장착하고 시를 전개하는 데는 설명이 필요하지요. 그래서 학생들과 함께 시를 읽을 때는 각기 다른, 시에 대한 정의와 시론을 가지고 들어가야 하지요. 사실 설명이라는 글쓰기 방법은 남성적인 것이라는 제 생각에는 변함이 없지만 말이에요.

황인찬   선생님 시학의 시작이 바로 강의에 있었던 것이군요. 가르치는 일만 한 공부가 없다는 뜻이기도 할 것입니다. 시론과 시학은 시와 아주 가까운 것이면서도 언제나 멀리 있는 것이기도 하겠습니다. 김춘수나 김수영의 시론은 그들의 시를 설명하는 것이면서, 그들의 시와 결코 겹치지 않는 것이 아니었을까 생각하기도 합니다.

그런 의미에서 저에게 선생님의 시론은 시에 한없이 육박해온다는 인상을 받을 때가 있기도 합니다. 어쩌면 시란 무엇인지 설명하기 위한 것이 아니라, 선생님이 시를 감각하는 방식을 정교하게 서술한 것이 선생님의 시론 아닌가 생각이 들 때도 있습니다.

김혜순   제 시론은 우리나라에서 비평가들이나 시론가들이 여성 시인들을 따로 떼내어서, 여성 시인들만의 시를 논하면서도 여성시에 대한 이해가 없었기 때문에, 제가 나서서 여성시에 대한 시론을 전개하게 된 결과물입니다. 처음엔 바리데기 신화에 기대어 여성시를 내쫓긴, 죽임에 처한 자리에서 시작되는 발화로서 그 자리가 오히려 여성 시인 혹은 남성 시인을 가리지 않고 시가 발화하는 자리임을 발견하는 시론이었습니다.

그다음엔 여성시의 화자가 남성 시인들과 달리 유령 화자임을 밝혀보았습니다. 강은교, 고정희, 김승희, 최승자, 김정란 같은 저와 동시대 시인들의 시를 통해 왜 여자들의 시에서는 화자가 귀신의 목소리를 내는지를 밝혀보았지요. 이것은 한용운, 김소월 등과 그 이전에서부터 임금이나 나라를 잃은 남성 시인들이 여성의 목소리를 전유하자 설 자리가 없어진 여성 화자들의 목소리였지요. 소수 문학을 하는 위치를 여성 시인들 스스로가 발견했는데 그 자리가 유령 화자의 자리였습니다. 제가 그 글을 쓴 이후 스스로 유령이라고 자신의 발화 자리를 밝히는 여성 시인들이 많이 생겨났지요.

더 나아가서는 여자의 몸으로서의 자리, 이름과 의미와 관념을 탈각한 자리인 '여자짐승 화자'로서의 몸의 목소리를 들었지요. 이것은 남성 시인들이나 비평가들이 문학의 종말 운운하면서 거대 담론 내부에서 문학의 자리를 찾을 때 제 시의 화자가 늘 몸의 자리에 서 있었던 걸 발견하면서 시작된 것이지요. 이 시론은 기이하게도 저의 아시아 여행으로부터 비롯되었습니다. 저는 티베트에 가서는 사원들의 벽화 속에서 '예티'의 모습을 찾아보았고, 인도의 쥐 사원에 갔다 와서는 '쥐'에 대해 생각하기 시작했는데, 이 예티(있으면서 없는, 혹은 없으면서 있는 존재)와 쥐(어디에서나 생육하고 번식하는 존재)를 통해 아시아성이라는 것을 추출하려 했고, 거기에서 '여자짐승'이라는 시적 화자를 발견하게 되었습니다. 저의 시론을 지금 이렇게 몇 문장으로 줄일 수 있다는 사실이 놀라운데, 이것은 제 시론을 읽은 다른 해설자들이 줄여놓은 것을 제가 읽은 적이 있었기 때문에, 그것을 반복하는 것이 가능하지 않았나 하는 생각이 들어 스스로 웃으면서 대답하고 있습니다.

지금도 생각을 하는 것은 바리공주가 자신의 탐색을 끝내고, 아버지의 나라를 팽개치고 이곳(이승)과 저곳(저승)을 연결해주는 역할을 맡는다는 부분과 연결되는 저의 시론 전개 부분입니다. 이곳은 질서의 세계라고 알려져 있습니다. 그러나 저곳은 죽음의 땅, 언어 바깥의 세계라고 합니다. 그러나 저곳 또한 지금이지요. 현재가 재빨리 과거가 되게 하는 지금 말입니다. 그래서 오히려 무無인 지금 말입니다. 두 곳을 연결하는 여성적 화자의 목소리에 대한 탐색은 지금까지 저를 떠나지 않는 어떤 '행함'의 일종입니다. 저곳을 탐색하는 것을 저는 '~하다'라고 하는 것입니다. 저곳엔 과연 무엇이 있습니까? 저곳의 언어는 어떠해야 합니까? 시를 쓸 때는 전혀 생각한 바도 없지만 시집을 내고 나중에 생각해보면 『피어라 돼지』에서는 돼지를, 『날개 환상통』에서는 새를, 『지구가 죽으면 달은 누굴 돌지?』에서는 사막을 지금이라는 시간을 가져다 재빨리 팽개치는 어떤 지점에 펼쳐두고 있지 않았나 생각하게 됩니다. 바리공주의 저곳은 결코 선악의 '바깥'이 아닙니다. 우리가 아는 중립지대, 중간 지대라는 장소입니다. 세월호의 방송처럼 '가만히 있으라'고 명령하는 무관심, 무대응, 무데뽀無鐵砲, 그곳은 그냥, 그런 장소입니다. 뻐꾸기가 자신의 알을 남의 둥우리에 탁란하듯 악랄하지만 자연스러운 곳일 수도 있습니다. 옛 시인들은 저곳을 지옥, 낮은 곳, 지하, 바닷속이라고 불렀을 겁니다. 바리공주는 이곳에서 저곳인 지금의 죽음을 왕복합니다. 너무 자주 죽습니다. 너무 자주 경계를 넘습니다. 바리공주처럼 그렇게 이곳과 저곳을 왕복하는 시 언어를 저는 아직도 계속 생각하고 있습니다.

황인찬　선생님께 시를 배운 이들, 선생님을 흠모하며 시를 쓰고자 한 이들 또한 매우 많습니다. 혹시 선생님의 제자들 가운데 유독 기억에 남는 분들이 있을까요? 저와 또래인 백은선 시인의 경우에는 항상 선생님의 큰 팬을 자처하고 있기도 합니다.

김혜순   저는 백은선의 리듬을 좋아합니다. 백은선은 학교 다닐 때, 휴학하고 온 다음에 시가 확연히 좋아졌지요. 그래서 그다음부턴 아무 조언도 하지 않았습니다. 이미 자신의 시를 구축했으니까요. 백은선은 '고백'을 주로 하는 시인 처럼 보이지만, 그 고백적 진술을 예술의 장에 던지는 주 관적 묘사들이 너무나 아름답습니다. 그 두 가지 언술 방 법이 어울려 작품이 되지요. 매일매일 자신의 시를 갱신 하려고 하는 자세도 보기 좋습니다. 그의 첫 번째 시집 『가능세계』의 제목은 '타자'를 향해, 실재하지 않지만 가 능한 세계를 드러내는 것이 문학이라는 들뢰즈의 용어를 차용했지만 두 번째 시집 『도움받는 기분』에서는 '어떤 치 료'를 스스로에게 명하는 것 같아 제가 괜히 기분이 좋아 졌습니다. 자기 고백을 하는 듯하지만 사실 타자를 향해 열려 있다는 것을 시집 제목을 통해 드러내는 것도 좋았 습니다. 이렇게 제가 말하는 것은 백은선의 시가 어느 사 건들 아래서 말하고 있고, 단어들 자체의 이미지와 사물 들의 이미지를 하나로 보고 문장을 만들고 있기 때문입니 다. 어느 심사 자리에서 제가 백은선의 시를 극찬하자 다 른 심사위원들이 도저히 알아들을 수 없는 시들이라고 일 갈해서서 놀란 적이 있습니다. 그때 저는 백은선도 '여자 의 말'을 하고 있구나, 하고 느꼈지요.

사실 기억나는 제자들이 너무도 많지요. 반면에 잊어버려서 어느 자리에서 자신이 누구고 몇 학번이라고 말해줘도 기억나지 않는 경우도 많습니다. 그래서 솔직하게 기억나지 않는다고 말하면 실망하거나 화를 내는 제자들도 많답니다. 졸업한 지 몇십 년 후에 '나는 누구다' 하면서 자신이 쓴 시 뭉텅이를 읽어달라고 하는 제자도 많습니다. 그것을 읽는 데만 사나흘이 걸리곤 했지요. 그런데 하나같이 '시가 이래서 저래서 좋다' 하면 좋아하고 '시가 이래서 저래서 아직 멀었다' 하면 화를 냅니다. 학교를 퇴직하고 나서 저의 시 읽어주기 애프터서비스도 스스로 졸업했습니다. 이제는 읽어주지 않겠다, 라고 선포했지요. 학교에 있을 때는 학생들의 시를 읽고, 학생들과 대화하기 위해, 학생들이 좋아하는 시인들의 시를 읽고 매일매일 시에 잠겨 살았습니다. 지금은 한가하게 다른 분야의 책을 읽고 싶어요.

제일 많이 기억나는 제자는 아무래도 나보다 먼저 죽은 제자들입니다.

A라는 제자가 있었습니다. A는 항상 영국 왕족 여자들이 쓰는 모자를 쓰고 수업에 들어왔습니다. 얼굴이 눈부시게 하얗고 조금 나이 들어 보였습니다. 자신이 5·18민주화운동 때 광주시청에서 근무했다고 말하곤 했습니다. 어느 날 최인훈 선생님, 오규원 선생님, 최창학 선생님, 박기동 선생님, 이광호 선생님 그리고 제가 사무실에 앉아 차

를 마시고 있었습니다. 그때 우리는 우리의 우편물을 일주일째 가져다주지 않는 조교를 장난스럽게 나무라기도 했습니다. 왜냐하면 우편함이 본관에 있고, 조교가 본관에 가지 않는 한 우리는 우편물을 받지 못했기 때문이었습니다. 그러자 조교가 일주일 치 우편물을 가져왔습니다. 그중에 박기동 선생님께 온 우편물이 이상했습니다. 선생님이 편지 봉투를 개봉하자마자 열쇠가 툭 떨어졌습니다. 선생님은 그 편지를 읽곤 놀라시는 듯했습니다. 편지의 내용은 자신이 죽을 터이니 선생님이 자신의 시신을 거둬달라는 내용이었습니다. 우리는 먼저 A의 학적부를 뒤져보았습니다. A가 쓴 학생부엔 가족 기록이 없었습니다. 언젠가 제가 신춘문예 심사를 하고 있는데 A가 신문사 복도를 왔다 갔다 하고 있었습니다. 제가 나가서 여긴 웬일이냐, 라고 물었지요. 그랬더니 자신이 응모한 소설이 5·18민주화운동에 관한 자신의 경험을 서술한 것인데, 이번에 꼭 당선이 되어야 한다고 했습니다. 그 결과를 알기 위해 자신은 이 복도에서 기다리고 있다고 말했지요. 그때 기자가 나서서 집에서 기다리면 결과를 알려준다고 설득해 집에 보낸 적도 있었지요. A는 항상 문학 강연이나 세미나에 와서 맨 앞자리에 앉아 있었습니다. 예의 그 모자를 쓰고 말입니다. 우편물을 일주일이나 늦게 배달한 조교는 자신이 책임을 지고 그 여학생의 집을 방문해서 나무라겠다고 했습니다. 개인적으로 박기동 선생님을 만나고 싶어서 벌인 일이라는 것이 조교의 주장이었지요. 그래서 조교와 한 남학생이 그 여학생의 집에 찾아갔고, 주검을 발견했지요. 우리 교수들은 밤중에 영안실에 모였습니다. 그녀의 장례 방식을 의논했지요. 가족이 없는 고아라고 했으니까요. 동급생들도 그리 알고 있었습니다. 남자 교수님들은 형사의 심문도 받았습니다. 그렇게 장례 절차를 진행하는 중에 A의 언니들과 어머니가 나타났습니다. 그녀의 가족들은 모두 당황하지 않았습니다. A의 정신 상태라면 충분히 일으킬 수 있는 사건이라 했습니다. 그들은 우리가 정한 장례 절차를 그대로 진행했습니다. 그리고 끝내 A가 광주시청에서 근무했는지는 밝혀주지 않았습니다. 그들은 A의 유골을 소설가 선생님들께 맡기고 떠났습니다. 우리는 A의 소설의 마지막 등장인물이 되었습니다. A가 완성하지 않은 소설을 우리가 마무리했지요. 제가 처음 본 B의 시는 그저 그랬습니다. B는 저에게 시한 뭉치를 가지고 왔습니다. 저는 B의 시를 읽은 다음 연구실에 있는, 오래전 시인들의 시들을 보여주었습니다. 그들의 시와 다른 점을 찾아보라고 했습니다. B는 불쾌해했습니다. 그리고 1년 후에 다시 나타났지요. 휴학을 하고 고시원에서 살았다고 했습니다. B급 영화를 많이 보고, B급 잡지와 책을 읽었다고도 했습니다. 이번에도 시를 한 뭉치 가지고 왔습니다. 저는 그 시들을 읽고 조금 놀랐습니다. 시가 완전히 달라져 있었습니다. 저는 많이 칭찬했습니다. 자신의 '목소리'를 발명했으니까요. 학교에서 진행하는 문학상 심사에서 이광호 선생님과 저는 B의 시를 장원으로 뽑았습니다. 다른 학생들과 다른 새로운 발성법이 있었습니다. 그다음 신춘문예 심사 중 본심에 B의 시가 올라왔습니다. 저와 함께 심사하던 심사위원은 B의 시에 커다란 가위표를 쳐 가지고 왔습니다. '엽기'라고 했습니다. 그다음 B는 자신의 시를 여러 문예지에 투고했지만 아무도 B를 선하지 않았습니다. 어느 날 B의 시는 제가 편집위원으로 있던 〈포에지〉에 투고되었습니다. 저는 제 자라는 것을 밝히고 최현식, 김진수, 권혁웅, 황현산 편집위원께 일독을 권했습니다. 황현산 선생님은 별말씀이 없으셨지만 다른 편집위원들은 B를 선하는 것을 주저하지 않았습니다. 다만 저의 시와 비슷한 몇 편을 제외시키자고 했을 뿐입니다. 그런데 며칠 후 발간인이 〈포에지〉의 폐간을 선언했습니다. 그래서 B의 등단은 없던 일이 되어버렸습니다. 그다음에 저는 최윤, 심진경, 박일형과 다시 〈파라21〉을 창간하게 되었습니다. 소설가이면서 이수 그룹의 회장님인 김준성이 발간인이었습니다. B는 거기 신인문학상에 다시 투고했습니다. 그때의 심사위원들은 B의 시를 극찬했습니다. 그러나 B를 등단시킨 후 〈파라21〉은

페미니즘 사상 및 성의 자유, 좌파 사상을 전파한다는 어느 문학 전공 교수의 집요한 투서로 폐간되고 말았습니다. 몇 해가 지난 후 B는 다시 시 뭉치를 들고 나타났습니다. 시집을 내고 싶어 했습니다. 그래서 저는 문학과지성사에 투고하라고 권유했습니다. 그러나 대답을 듣지 못했지요. 그러다가 문예중앙에서 시집을 출간하게 되었습니다. 저는 추천사로 "시는 영원히 미성년인 고아 소년, 이방 사람, 여장 남자, 이미 죽은 자가 그리는 '앨리스 맵'이다. 시의 화자들은 '진짜 장면, 사라진 나라, 사라진 이름'을 찾아 시의 언술 속을 떠돈다. 이들은 이미 죽음을 살아내었기에 고정된 길을 가는 시적 주체가 아니다. 끊임없이 변용하는 과정 중에 있는 고무찰흙 주체다. 이들의 떠돎 속에 한 사회가 변증법적 과정을 거쳐나가면서 폐기 처분한 것들, 죽어 나자빠진 어린것들이 부상한다. 불안정하고 분열된 주체들이 등장한다. 그들은 여성과 남성, 죽은 것과 산 것, 이미 떠난 자와 아직 떠나지 않은 자, 아버지와 아이, 말과 밥, 친구와 누나, 심지어 엄마와 나의 경계를 넘어 트랜스한다. 그들의 발화 속에서 가짜 지배 질서가 뭉개진다. 실재계와 상징계 사이의 거울이 뭉개져 수은으로 돌아간다. 우리가 지금까지 신봉하던 동일성의 시론이 폭발하고 서정시의 영토를 통치하던 서정적 절대 주체가 권좌에서 하야한다. 그 텅 빈 무대를 주변인의 방황과 유희와 드라마가 어질러대기 시작한다. 그러자 또 한 번, 우리 시단에 새로운 시의 지도가 그려지기 시작한다……"라고 썼지요. 저는 B의 시적 화자가 이제까지 우리 시와는 다른 복수성을 갖는 것, 다른 문화적 환경을 갖는 것, 다른 발성법, 그 방황과 유희가 좋았습니다. 한 편의 시 안에서 한 번은 주체가 말하는 듯하고 다른 한 번은 타자가 말하는 듯하게 하면서 기왕의 시의 화자 설정 방법과 반복의 방식을 훌쩍 넘어서는 차이의 목소리를 발명했습니다. 시의 언어를 시의 화자들이 단지 교환하는 것이 아니라 이중 화자, 삼중 화자를 통해 낯선 것을 더 낯설게 하는 전복적인 힘이 있었습니다. 그래서 존재의 익명적인 소음이 시에서 들끓게 되었지요. 그러나 시 속에 든 주체의 목소리 자체는 오히려 개인적이고 감상적이고 익숙한 것이었습니다. 그의 목소리, 내용적인 부분의 기시성을 주목한 비평 글은 아직 읽은 바 없지만, B의 시에 터무니없는, 엽기적인 고백이 들어 있는 것은 아니었습니다. 이를테면 「여장남자 시코쿠」라는 시를 예로 들어보아도 사실 시의 주된 목소리는 '앞으로 저 타자들을 향해 시를 잘 써보겠다'는 다짐을 서사적으로, 드라마틱하게 여장남자 가면을 쓴 화자가 말하고 있을 뿐입니다. 그러나 말하기 방식이 달랐지요. 저는 B의 시가 우리나라 시의 지형도를 어느 방향으로든 조금 넓힐 수 있으리라 생각했습니다. B는 시집이 출간된 날, 환한 대낮에 시집을 들고 저에게 나타났습니다. 시집 내지에 소박하고 주저하는 듯한 서체로 글을 써서 저에게 주었습니다. 거기에는 "좋은 시인이 되겠습니다"라는 다짐이 쓰여 있었습니다. 그는 『트랙과 들판의 별』에서 「문친킨」이라는 시를 저에게 주었는데, 그것은 아마도 『오즈의 마법사』에 나오는 '먼치킨munchkin'인 듯했습니다. 시집이 출간된 후 서울예대의 선생님들이 말하길, 학생들이 B의 시를 좋아하고 존경하니 선배인 B에게 시 과목을 맡겨보는 것이 어떻겠느냐고 저에게 의견을 물으셨습니다. 그래서 B는 강의를 시작했지만, 곧 강의에 자신이 없다고 하면서 스스로 그만두었습니다. 저의 연구실에 와서는 적은 보수를 주는 강사 시스템에 대해 슬퍼하기도 했습니다. 그리고 B에게 미투 사건이 일어났습니다. 저는 정말 화가 많이 났습니다. B는 자신의 시에서 드러낸 목소리와는 다른 폭력적인 행동을 한 것입니다. 학생들은 저에게 B의 선생으로서, B의 등단 심사위원으로서 B가 일으킨 사건을 막지 못한 것을 따졌습니다. 하지만 제가 B의 사생활을 알 수는 없었습니다. 두 번째 시집과 세 번째 시집에서 점점 곤두박질하는 화자를 목격했지만 말입니다. 나중에 제자들로부터 들은 바에 의하면 B는 제 앞에서는 절대로 술을 마시지 않았고, 취한 모습을 보이지도 않았다 했습니다. 청문회에 불려온 정치인들의 '모른다, 몰랐다' 같은 말을 제일 혐오했기에 학생들에게 '몰랐다'라고 말하기가 싫었습니다. 그래서 학생들의 항의를 듣고, 가만히 있었습니다. B는 저에게 가끔 '죄송하다'는 식의 문자를 보냈습니다. 그러나 저는 정말 실망하고 화가 나서 한 번도 답장하지 않았습니다. 그러다 어느 날 또 문자가 왔습니다. 정말 죄송하고, 다시 살고 싶고, 다시 쓰고 싶다고 하였습니다. 저는 그날 처음으로 "그래, 알았다"라고 답장했습니다. 그리고 3주 후에 B는 주검으로 발견되었지요. 저는 B의 장례를 치르고 안식처를 마련해주러 갔습니다. 제 답장이 너무 늦었지요.

"선생은 어쩔 수 없이 자신의 죽음을 학생들에게 보여야 하는 사람입니다"

황인찬   먼저 떠난 제자들에 대한 선생님의 말씀이 아주 무겁게 다가옵니다. 그 지난 시간들 속에서 선생님께서 느끼셨을 감정을 다 헤아리기는 어렵겠지만, 그럼에도 그것이 결코 쉽게 하나의 단어로 환원될 수는 없을 종류의 것이라는 것만은 짐작할 수 있습니다. 선생이란 학생들과 어떤 의미로든 일별하는 존재임을 깨달았습니다. 저도 학생들을 가르치는 일을 하고 있기는 합니다만, 문학을 가르친다는 것은 허망하게 느껴지기도 하고, 소용없는 일처럼 생각되기도 합니다. 제 경우에는 제가 고민하고 생각하는 것들을 성실하게 이야기하지만, 동시에 제 말을 반만 듣고 반은 의심해달라고 항상 부탁하곤 하는데요. 결코 제대로 가르칠 수 없으며 제대로 배울 수도 없다는 사실 때문입니다. 선생님은 어떠셨나요. 학생들을 가르치고, 시에 대해 말하는 일들이 선생님께는 어떤 일이었는지도 여쭙고 싶습니다.

김혜순   '선생先生'이라는 단어의 의미는 '먼저 산'입니다. 그러나 저는 '먼저 죽는' 혹은 '먼저 살다 간'이라고 생각합니다. 선생은 어쩔 수 없이 자신의 죽음을 학생들에게 보여야 하는 사람입니다. 여러 가지 의미에서 말입니다. 선생은 먼저 죽는 수치를 감당해야 하는 사람이지요. 선생은 이제까지 있어온 문화를 칠판에 적는 사람입니다. 이제까지 있어온 것을 말함으로써 그것을 듣는 학생들이 이제까지 없었던 것을 발명하고 발견하도록 장려하는 사람이지요. 그렇기에 세상에서 가장 부끄러운 짓을 하는 사람이 선생입니다.

저는 수업에 임할 때 참 부끄러웠습니다. 어떻게 해야 이들을 한 걸음이라도 어딘가로 내딛게 할 수 있을까, 아니면 이제까지 제가 한 말이 이들을 다른 방향으로 가게 할 수 있었나, 늘 생각했지요. 소문에 의하면 제가 무서운 선생이었고, 학생들에게 무서운 말을 했으며, 학생들의 작품을 찢기까지 했다는데 그것은 그들의 신화를 위한 소문일 뿐입니다. 혹은 제 학생이 아닌 사람들이 지어낸 말인 경우도 많습니다. 제가 했었다는 말을 전해 들어보면 그 말들은 제가 일평생 단 한 번도 사용하지 않은 용어들인 경우가 많지요. 저는 학생들의 작품을 접지도 않고 찢지도 않습니다. 어떤 학생이 속기사처럼 제가 한 학기 동안 한 말을 농담조차 빠트리지 않고 옮겨 적은 뒤 책으로 만들어 선물해준 적이 있었는데, 그것을 읽어보니 제가 무의식적으로라도 그런 말을 한 적은, 그런 행동을 한 적은 없었습니다. 그리고 막상 수업을 들은 학생들은 소문과 달리 제가 전혀 무섭지 않다고 했습니다.

다른 강의와 달리 시 창작 강의는 서로 얘기할 수 있는 게 있고, 서로 얘기할 수 없는 게 있습니다. 저는 학생과 제가 얘기할 수 있는 것만 얘기합니다. 저는 학생의 '고백'이나 '내용'에 대해 얘기할 수 없습니다. 하지만 그 나머지는 얼마든지 얘기할 수 있습니다. 이를테면 감각적 지각 형태를 어떻게 배열하는가에 따라 시가 달라지는 모습이라든지, 감각적 지각을 잠언적 해석으로 해본다든지, 그 반대로 해본다든지 하는 것은 얼마든지 가능합니다. 이 가능성으로 종당에는 학생이 '내용'을 구축할 수 있게도 합니다. 그만큼 언술의 방법적 변용의 힘은 굉장하지요. 그렇지만 학생들은 듣고 싶은 것만 듣습니다. 문예 창작을 하는 학생들이 아닙니까? 그 학생들의 '이야기 옮기기'는 굉장합니다. 예를 들어 한 학생이 '이 시인은 이래서 싫습니다'라고 하면, 제가 '그렇게 생각할 수도 있다, 그러나'로 반박했는데도 그 학생과 제 얘기는 전국적 문학판 자장 안에서 전파를 탑니다. 제가 그 시인을 폄훼했다고 말입니다. 종당엔 그 시인으로부터 항의를 받기까지 합니다. 또 학생들이 지난 시간에 교수님이 이렇게 말씀하시지 않았습니까? 하면 저는 그만 힘이 쑥 빠집니다. 이 곡해를 어찌할까, 하고요. 시 강의는 본래 아이러니와 위트로 가득 차 있을 수밖에 없는데 말입니다.

시에 관한 정의는 시마다 다릅니다. 이 시에서는 이렇게 말해줘야 하고, 다른 시에는 전에 말했던 것을 뒤집고 저렇게 말해줘야 합니다. 시는 살아 있는 생물이므로 다 다릅니다. 다 살아 있는 모습이 다릅니다. 그러니 그 정의도 시시때때로 다릅니다. 참 강의하기 힘든 과목이지요. 그래서 '왜'를 설명하다 보면 시 한 편을 가지고 하루해를 보내지요. 또 한 편의 시에 연계된 다른 예술적 장르라든지 다른 학문 분야가 얼마나 많이 있습니까? 말을 참아야 다음 작품으로 넘어갈 수 있지요. 처음 이 강의를 맡았을 땐 참을 줄 모르고 떠들었는데, 말을 참아야 평등하게 학생들에게 선생의 말을 나누어 줄 수 있다고 생각하게 되었지요. 그리고 제가 이 시를 왜 썼니? 하고 묻는 경우가 많았다고 졸업생들이 말하는 것을 들은 적이 있는데, 그건 그 학생이 숙제를 위한 숙제, 잠자고 일어나 밥 먹은 일 같은 거를 기계적으로 써 왔기 때문에 물을 수밖에 없는 질문 형태였습니다. 일기로 쓰거나, 수필로 쓰는 것이 더 나을 것 같아 그런 것이지요.

황인찬 문학이란 말씀하신 것처럼 쓰는 이에 따라, 그리고 읽는 이에 따라 전혀 다른 의미를 갖는 일이 되기도 하는 것 같습니다. 같은 말이 전혀 다른 뜻으로 받아들여지는 것은 어쩌면 당연한 일이기도 할 것 같습니다.

한편으로는 문학뿐 아니라 모든 가르침은(혹은 말하기는) 결국 먼 후일에 배달될 수밖에 없는 운명을 갖고 있다는 생각이 들기도 합니다. 제 경우, 학부생 시절 선생님께 들었던 어떤 말씀을 오래 마음에 품고 지내다 시인이 되고서야 그 말씀이 무슨 뜻이었는지 겨우 알아차리게 되는 경우들도 종종 있었습니다. 어쩌면 그 잘못 배달된 말들도 시간이 조금 지나면 또 다른 방식으로 새롭게 이해되지 않을까, 오랜 시간 학생의 마음 안에 뿌리를 내리다 먼 훗날 꽃을 피우지 않을까 생각하기도 합니다.

그런 점에서 혹시 학생들에게 문학에 대해 가르치며 기대하는 바가 있으신지에 대해 여쭙고 싶습니다. 그건 학생들에게 바라는 일이기도 할 테고, 아니면 문학에 바라는 일일 수도 있고, 어쩌면 선생님 자신에게 갖는 기대일 수도 있을 것입니다.

문학을 가르치는 일을 통해 어떤 것을 기대하셨나요. 혹은 어떤 것을 얻길 바라셨나요. 그 바람은 충족되었는지요.

김혜순   문학은 기술적 연마가 아니니 '어떤 달성'을 목표로 삼을 수 없고, 그것의 결과를 확인할 수도 없습니다. 문학하기도 일종의 인생의 선택인데, 이것은 낭비의 선택이고, 실패의 선택이고, 가난의 선택입니다. 황현산 선생님은 언젠가 "대학은 인생을 낭비하는 곳"이라고 말씀하셨는데, 인문학은 경제적 성취나 기술적 성취의 면에서 보면 낭비의 제도임이 틀림없습니다. 저는 학생들이 그들 앞에 늘 있었으나 이전에는 볼 수 없었던 '다른 문'을 열어보기를 바랐지요. 그 문은 다른 문을 닫아야 열기가 가능한 문이지요. 고독을 선택하고, 관계를 거절하고, 상투적 어법에 분노하고, 필멸을 마주한 자만이 닫을 수 있고 다시 열 수 있는 문입니다. 그 문밖에선 각자 다르게 간직한 원초적 장면이 보이고, 다른 모국어가 들리고, 다른 모국어 문법이 통용됩니다. 저는 학생들 마음 안에 뿌리를 내릴, 그런 귀한 말은 한 적도 없고, 그런 뿌리 내리는 말을 할까 봐 무서웠지요. 시는 늘 부정이니까요. 저는 학생들 한 사람

한 사람이 그 문 가까이 도착하는 걸 보기도 하고, 영원히 그 문을 발견하지 못하고 우회하기만 하는 것을 목격하기도 했어요. 그렇게 다 같이 다른 장면들을 켜 들고 모여 앉아 있는 곳이 우리의 강의실이었지요.

그러나 강의실에서 저는 내용에 대해 말하기보다 그들의 틀과 결에 대해 주로 말했습니다. 우리나라 문학 교육은 일천하기 그지없습니다. 대학에 합격하기 위한 수업 안에서 시가 유통, 소비되고 있지요. 저는 제 시가 수록된 대입 참고서의 문제를 풀지 못합니다. 답을 알지 못하지요. 그런 문학 교육을 받은 학생들이 스스로 시를 찾아 읽고, 혹은 시에 대한 사교육을 받아 대학 입시에 합격하여 제 앞에 앉아 있습니다. 이들은 문학 교육을 받지 않은 이들보다 사실 더 위험합니다. 이들은 문학이란 무엇인지 스스로 생각하고 헤맨 것이 아니라 참고서와 입학을 위한 대입 수업을 듣고 배운 것을 가지고 왔습니다. 배운 것들이 이들을 괴롭히지요. 배운 것을 버려야 하니까요. 첫 학기 첫 시간에 그들의 시를 받아 읽으면 저는 참 암담해지지요. 그 참담함, 암담함에서 시작합니다. 저는 그들 시의 결과 틀을 부수고, 리뉴얼하고, 가지를 쳐낼 언어들을 가지고, 그들이 쓰고자 하는 내용이 시적인 자리에 앉도록, 발견의 문을 찾아 같이 헤매줍니다. 한 사람, 한 사람 다 다르게 말입니다. 저는 그들이 퇴고한 시에도 꼭 제 의견을 달아췄습니다. 그리고 질문을 던졌습니다. 그들이 시의 문을 스스로 열 수 있도록 말입니다. 그렇게 같이 헤매면서 두 학기가 지나면 그들 중 누군가 정말 다른 글쓰기를 시도하는 걸 발견하는 경우가 생기지요. 저는 그러면 너희들의 첫 시를 생각해보라고, 무엇이 달라졌는지 생각해보라고, 이제 다시 돌아갈 수 없는 문밖을 가리켜 보이기도 합니다.

시를 쓰는 것은 사실 '설명'을 버리는 일이기도 합니다. 경찰관과 검사와 판사는 설명을 요구하지만 시는 설명을 요구하지 않지요. 시 쓰기가 소설 쓰기와 다른 점은 이 설명을 포기하느냐, 그렇지 않느냐의 지점에 있습니다. 시를 처음 쓰는 사람에겐 이 설명을 포기하기가, 그리고 장식을 포기하기가 그렇게 어렵지요. 설명을 포기한 순간 시의 틀은 저절로 생겨나지요. 그다음 한국어의 결에 대해 얘기할 수 있게 되지요. 자기 자신과 타자에 대해 설명하려는 의지를 제거하면, 낯선 언어의 기술이 스스로 가동하는 일이 벌어지기도 하고, 자신의 글쓰기의 그 낯선 발생지를 처음 본 듯 발견하게도 되지요. 여기 앉아 있지만 저 먼 곳에서 발견되는 다른 세상을 바라보는 자신을 발견하게 되지요. 시는 설명에 소환되지 않는, 해석을 거부하는, 비평의 액자에 갇히지 않는, 모습이 정해진 것이 없는 말들이지요. 저항의 말이지만, 정리될 수 없는 말이기도 합니다. 그러나 풍자를 장착한 시는 설명으로 되어 있습니다. 풍자의 수많은 기교가 포함된 언술 방법이 설명이지요. 그러니 시 강의가 어렵지요.

저는 그들에게서 무엇을 기대했다기보다 '시를 쓰겠다'는 그 의지를 존중했지요. 이 설명과 정보의 시대에 말입니다. 저는 학기 중에는 거의 제 시를 쓰지 못했어요. 방학이 되어야 비로소 제 시 쓰기가 가능했어요. 왜냐하면 수업 시간에 제 시를 여러 방식의 언어로 다 풀어췄으니까요. 한번 뱉은 것을 다시 주워 담기 싫었어요.

2022년 스톡홀름 국제시축제에서

문학과 정치

황인찬 저는 문학에 뜻을 둔 지 이제 겨우 십수 년이 지났을 뿐이고, 선생님의 시력에 비하면 정말 아무것도 아닌 시간을 보냈을 뿐이지만, 그 시절과 지금을 비교해보면 문학에 대한 저의 생각도, 문학으로 하고자 하는 것도 참 많이 달라졌다는 생각이 듭니다. 어떠신가요. 선생님이 막 문학을 시작하던 시절 선생님께 문학은 무엇이었고, 또 지금은 무엇이 되었는지요.

김혜순 한 사람의 문학의 모습은 그 사람이 쓰기를 지속한 기간과는 아무 상관이 없습니다. 이상을 봐도 그렇고, 랭보를 봐도 그렇습니다. 그렇지만 저는 그들보다 오랜 기간 문학을 대면하고 있었으니 무언가 달라진 것이 있었다면 있었겠지요. 일단 문학을 시작할 땐 문학이 제게 아주 재미있는 일이었습니다. 말이 본래적으로 구멍 뚫린 것이라는,

그래서 시는 무언가 언표되지 않은 말을 하게 된다는 자의식도 없었고, 텅 빈 중심이 시의 말을 붙잡고 있다는 허무 의식도 없었지만, 문학을 할 땐 어떤 상태 속으로 들어가는 듯한 느낌이 있었습니다. 독재정권 속에서의 무풍지대 같은 공간으로 말입니다. 그곳엔 제 꿈을 꿀 때 켜지는 불빛처럼 저만의 빛이 있었던 것도 같습니다. 모든 기억 환기는 거짓말이 보태지는 것이니 저의 이 대답도 거짓말일지 모릅니다. 그러나 저는 그때 제 꿈속을 비추는 빛 아래서 꿈속의 사람처럼 무언가 '하고' 있었습니다. 지금은 저의 몸이 깨지고 태워진 잔해로 만들어진 사막, 현재라는 아무것도 없음, 쉼 없이 중립지대로 달아나는 지금을 붙잡고 헤매는 듯한 느낌입니다. 현재는 항상 있는가 하면 없는, 그러나 실존하는 신의 얼굴이지요. 거기가 곧 사막이지요.

아직도 『지구가 죽으면 달은 누굴 돌지?』의 3부 상황에서 벗어나지 못하고 있습니다. 이런 사막에서의 헤맴이 '시'라고 생각하기도 하고, 여기서 벗어나야 한다고 생각하기도 합니다. 요새는 불면증과 심장박동 이상, 신경증이 오래 지속되고 있기에 불면에 대해 많이 생각하는데, 잠을 자는 것도 아니고 명징하게 깨어 있는 것도 아닌 헤맴 속에서, 누운 채 어떤 희미한 낮 시간을 떠돌아다니는 듯한 느낌에 사로잡혀 있는 시간이 많습니다. 이 헤맴엔 지표도 없고, 방향도 없고, 중심도 없고, 이데올로기도 없습니다. 이 불면 속에서 저는 실체가 부재하는 이미지처럼 기거하고 있습니다. 많은 시간을 누워서 지내고 있는데, 제가 헤매고 있는 이 사막 속을 어떤 목소리로 울리고 싶은 충동은 있습니다. 물론 이 사막을 근원적인 시간 형태라고 말할 수는 없습니다. 이 사막은 달력의 날짜들을 평평하게 펴놓은 것 같은, 제 일생의 시간을 평평하게 수평화해놓은 곳 같은 장소 아닌 장소, 비장소일 것입니다.

제가 오미크론에 감염되어 앓고 있을 때 숨을 들이쉬건 내쉬건 간에 목인지 코인지 모를 곳에서 아이리시 피리소리가 났습니다. 숨을 멈출 수는 없고, 소리는 계속 나고, 혼자 어찌할 바를 몰랐습니다. 그 피리 소리 때문에 저는 말을 하지 못하고, 의미가 없는 소리만 계속 내지르고 있었는데, 그때 저는 제 안에 알 수 없는 타자가 살고 있다는 것을 정말 몸으로 알게 되었습니다. 그처럼 저는 제 사막 안에 아직 제가 병합하지 못한 자아의 나머지가 살고 있고, 그것이 어떤 소리를 내고 있다는 것을 알고 있습니다. 그것의 목소리는 제 것이 아닐 것입니다. 어느 존재자의 음성 같은 것이겠지요. 저는 사실 사막이 존재한다는 것만 알고 있을 뿐, 사막의 진짜 모습은 모릅니다. 그러면서도 저의 부재성이랄까 공백이랄까 그것을 제 시에 드러내야 한다고 생각하기도 합니다. 그 사막의 길 아닌 길에 어떤 목소리가 살고 있다는 걸 잊지 않고 있습니다. 쫓겨난 것들, 버려진 것들, 이름 지어지기 전의 것들, 태어났다가 죽었으나 아무도 기억하지 않는 이들이 내는 목소리 말입니다. 그 들리지 않는 목소리를 듣고 싶은 것이 제가 요즘 당면한 문학의 모습입니다. 그런데 이렇게 말해놓고 보니 이런 생각이 지금의 생각이 아니라 늘 그렇게 생각해왔다고 느껴집니다. 이 헤맴들 속에서 제가 태어날 때 잃어버린 엄마의 자궁을 늘 찾아다녔다는 생각도 듭니다.

황인찬   선생님의 말씀에서 문학에 대한 어떤 실감을 엿볼 수 있는 것 같습니다. 어쩌면 선생님께 문학이란 몸의 감각을 따르는 자연스러운 일 아니었을까 합니다. 몸의 감각을 따르면서 동시에 언어의 헛됨을 함께 운용하는 일이니 선생님께서 말씀하신 바와 같이 그것은 사막을 헤매는 것과 같은 일이 되지 않나 싶습니다. 실체로 비실체를 구성하고, 비실감을 들여와 실감으로 전환하는 일이 제가 이해하는 선생님의 문학이기도 하니까요. 그 과정 속에서 선생님이 '태어날 때 잃어버린 엄마'라고 표현하신, 내 안의 타자를 발견하는 것일 수도 있겠습니다.

김혜순   우리는 누구나 엄마를 무덤의 껍질처럼 남겨두고 태어납니다. 흑연같이 어두운 태중에서 천연색의 태중으로 태어나지요. 밤에서 낮으로 태어납니다. 우리가 작은 점으로 잉태되어 자라는 동안 우리는 전적으로 엄마의 몸을 가지고 살아 있었습니다. 우리는 그때 엄마였지요. 그러나 태어난 순간 우리는 엄마의 무덤이 되어버리지요. 엄마는 우리에게 엄마를 남겨놓고 떠나버렸어요. 이 사건으로 말미암아 우리는 전적으로 서로의 무덤이 됩니다. 우리는 엄마의 무덤이 되었고, 엄마는 우리의 무덤이 되었지요. 무덤끼리의 맞물린 잉태가 되었지요. 그렇지만 엄마는 떠났음에도 여전히 우리 안에 살아 있지요.

나의 근원이었던 엄마가 사라져줌으로써 우리는 맹렬한 생명의 도약이 가능해지지요. 그러나 우리는 엄마의 몸이라는 구멍, 엄마의 몸이라는 떠남, 엄마의 몸이라는 죽음과 함께 자랍니다. 우리는 엄마의 죽음으로 '내'가 되었지만, 그 죽음 때문에 죽음을 향해 달려가게 되지요. 그래서 죽음과 대면하지 않고는 살아 있다는 실감을 알지 못하는, 늘 죽음을 앞에 둔 '글쓰기'가 가능해지는 것이겠지요. 우리가 태어날 때 경험한 엄마를 '잃음'이라는 사건 때문에, 살아가면서 잃음이 발생할 때마다 우리의 글쓰기는 창발하겠지요. 잃음은 번쩍이고, 그 구멍의 태양 아래서 우리는 시를 얻겠지요. 애도로부터 한 발자국도 나아가지 못한 채 말입니다. 제가 죽음을 쓰는 것은, '삶의 진실'이라는 것에 닿으려 하는 것처럼 보이는 것은 그 잃음이 선행했기에 가능한 것이 아니었을까요.

"시는 강력한 정치이고 저항입니다"

황인찬   지금까지 저희가 나눈 이야기를 돌이켜보면 선생님께 문학이란 죽음을 통해 생명에 도달하는 일이고, 죽음을 통해 '나'에서 벗어나 '타자'에게로 향하는 일이라 요약할 수 있지 않을까 합니다. 그리고 나와 타자의 만남이란 정치적인 것의 탄생으로 이어지는 것이겠죠. 이제 문학의 정치성에 대한 이야기를 꺼낼 수 있지 않을까 합니다. 지금 우리는 문학과 정치의 관계, 그리고 문학과 윤리의 관계를 총체적으로 검토하는 시대를 통과하고 있습니다. 2010년대는 문학과 정치적인 것의 관계를 재탐색하는 시대였고, 작가와 독자를 비롯한 문학장의 구성원들 모두가 이 문제를 사유해왔는데요. 선생님의 의견 또한 여쭙고 싶습니다.

우선 김수영에 대한 이야기부터 시작해보면 어떨까요? 선생님께서는 앞서 김수영을 몇 번 언급하기도 했는데요. 아마 한국에서 시를 쓰는 이라면 김수영을 경유하며 시를 사유할 수밖에 없으리라 생각이 듭니다. 김수영은 문학과 정치를 그 누구보다 치열하게 경합시킨 시인입니다. 문학과 정치의 문제를 사유한 김수영에 대한 선생님의 말씀을 듣고 싶습니다.

김혜순   말씀하신 것처럼 시는 강력한 정치이고 저항입니다. 그것을 읽어내는 데는 읽는 사람의 힘이 필요합니다. 제가 파리국제도서전에 갔을 때, 그들은 저를 '저항' 섹션에 넣었습니다. 그들은 제 시가 제 욕망을 억압하는 권력 체계에 저항하는 방식의 상상력과 경험을 동원한다고 말했습니다. 제가 상상하는 방식 속에 저항의 방식이 숨어 있다는 것을 말했습니다. 권력 밖에 우리가 있지 않다는 걸 모두 알지 않습니까? 우리는 누구나 권력으로부터 도망할 수도 없고, 권력 자체엔 밖이 있지도 않다는 것을 느끼고 있지 않습니까? 그러나 우리나라에서는 아무도 제 시를 그렇게 읽지 않습니다. '사회의 바다'로 나오라 하지요. 클로드 무샤르가 쓴 책 『다른 생의 피부』를 보면 그는 저의 오래된 시들에 관한 크리틱에서 저의 시 세계를 관통하는 여섯 단어, 제 시의 위험 요소들을 색출합니다. "저항, 변신, 증식, 삼킴, 고통과 웃음." 우리나라에선 아무도 그렇게 읽지 않지요.

제가 1980년대 초반에 석사논문으로 「김수영과 김춘수 시의 비교 연구」를 쓰고, 그 논문을 발췌해서 〈언어의 세계〉란 계간지에 실었지요. 그다음 김수영과 김춘수 시를 비교하는 논문이 국문과 학위논문으로 유행처럼 번진 기간이 있었어요. 저는 '일제강점기 시의 공동체성'을 가지고 박사논문을 쓰려다가 자료만 수없이 읽고 포기하고, 결국 「김수영 시 담론 연구」를 박사논문으로 썼어요. 김수영은 4·19혁명을 소재로 시를 열여덟 편 썼는데, 혁명의 성공에 도취되어 빠른 리듬감으로 어린아이 같은 시를 주로 썼지요. 하지만 5·16군사정변이 일어나자 '신귀거래' 연작을 쓰면서 시가 좋아지지요. 시에 아이러니가 들어오고, 슬픔이 짙어지고, 죽기까지 이 기조를 유지하지요. 저는 이때 시들이 김수영의 최고 작품들이라고 생각합니다. 죽음이 시를 관통하고 '설움'이 시를 지배할 때 말입니다. 오히려 죽음을 시의 주요 어휘소로 뒀을 때 김수영 시가 가장 정치적이고, 윤리적이었다고 생각합니다.

김수영은 대놓고 4·19혁명의 실패를 슬퍼한 시인이지만, 그리고 산문과 몇 편의 시를 통해 당시 정치적 상황을 대놓고 비판하고, 자기 진영의 시인들조차 비판한 시인이지만 저는 그의 시들을 관통하는 단어들 중 제일 중요한 시어가 오히려 '죽음'이라고 생각합니다. 김수영은 산문에서 김광섭의 시 「심부름 가는……」을 평하면서 '낡은 것이 새로운 것으로 바뀌는 순간, 이 시에는 죽음의 깊이가 있다'라고 찬탄합니다. 또 「반시론」에서는 '요즘의 강적은 하이데거의 릴케론'이라고 하지요. 거의 안 보고 외울 만큼 읽었다고 했습니다. 릴케는 김수영보다 먼저 죽음을 두 가지로 해석했지요. 첫 번째 죽음은 '작은 죽음'으로서의 죽음인데, 그것은 아직 아무것도 모르는데 우리를 빼앗아가는 죽음이고, '큰 죽음'으로서의 죽음은 '사람들이 저마다 자신 속에 가지고 있는 모든 것의 과실(열매)로서의 죽음'이라고 했지요. 작은 죽음은 비본래적, 육체적 죽음이고, 큰 죽음은 인간으로서 출산해야 할 죽음이었지요. 저는 김수영 시에 드러난 이 두 죽음의 길항 관계 속에 그의 언어적 혁명이 있었다고 생각합니다. 무엇보다 김수영의 죽음은 이중 구속이었지요. 김수영은 '참여시'를 엄청나게 비판했어요. 살아생전에 자신이 참여 시인이라는 '분에 넘치는 평가를 받고 있다'라고 말한 것은 사실 그런 평가를 비웃은 거지요. 그가 4·19혁명의 실패에 대해 원색적으로 욕한 시들은 아주 좋지 않은 시들이지요. 그것을 가지고 그를 정치적 시인이라 한다면 '정치'라는 단어를 엄청나게 좁히는 것이지요. 김수영은 말 안에 죽음이 들어차야 진정한 시인이 된다고 생각한 시인이었어요. 그가 "시여, 침을 뱉어라" '젊은 시인이여 마음껏 가래라도 뱉자'라고 한 것은 이 침과 가래 같은 이비인후의 배설물이 다 말의 죽음, 죽음을 받아들인 말의 은유물이었지요. 김수영의 정치성은 언어에 대한 천착에 치우쳐 있어요. 그는 시가 어떤 언어를 쓰느냐에 따라서, 그 언어의 조합이 어떻게 죽음에 이르는가에 따라서 그 시를 정치적인지 윤리적인지 나누어 생각했지요. 직접적으로 정치 비판적인 그의 유아적인 시 몇 편으로 그를 정치 시인이라 부른다면 너무 단순하게, 일차원적인 판단으로 그를 정의한 것이라 생각합니다.

저는 시의 정치성과 예술성을 따지는 한국의 여러 논의를 좋아하지 않습니다. 이 논의들은 제가 시인으로 데뷔한 이래 도돌이표처럼 돌아오는 논의들이었습니다. 그런 글들을 읽다 보면 논자들이, 외국의 이론을 소개하면서 매우 높은 위치에 시인을 두고 있는 것처럼 보여요. 시인은 분배자가 아닙니다. 여러 감각적 문장들을 조립하여 하나로 묶어서 시라고 하는 자도 아닙니다. 무슨 목적을 달성하는 자도 아닙니다. 시인은 사건을 사건 이상의 차원으로 끌고 와 사유하고 비판하는 것이 시라고 생각하는 예술가들이지요. 저는 여성 시인들이 즐겨 쓰는 고백시처럼 주체와 표상이 동일한 시를 쓸 수는 없었지요. 감정을 조장하고 '비극 자체를 소비'하면 사실 시의 '정치성'이라고 할 수 있는 '너하기', 이행이 불가능해지지요. 말이 시인의 도구적 자리에서 놓여난 자리, 경험이 파편화되어 이합집산하는 자리에서 시인에게 시적 주체의 죽음, 소멸을 캐낼 수 있지 않을까요? 내가 나인 것이 부끄러워 견딜 수 없을 때, 내가 나를 더 이상 나라고 부를 수 없을 때 시는 릴케가 말한 그 큰 죽음을 불러올 것입니다.

전에 제가 조재룡 평론가하고 〈문학동네〉에서 대담할 때도 얘기한 적이 있는 것 같은데, 너와 나의 경계가 흐려지도록, 지워지도록 하는 자리에서 시의 정치가 탄생하는 것이 아닐까요? 그런 순간이 저는 가장 정치적인 순간이라고 생각합니다. 언어에 의해 나-자아의 벽에서 빠져나오는 순간, '내'가 '내' 언어와 '나'의 죽음을 거쳐서 '너'를 끝없이 발견하려고 하는 것이 시의 정치성이라고 말해보고 싶어요.

김수영과 릴케의 그 큰 죽음을 기립시키고 변형시키는 실천이 시의 윤리적 실천이지요. 끝없이 부정성을 수행하는 것 말이에요.

우리 집 벽에는 김수영이 친필로 쓴 「만주의 여자」가 걸려 있지요. 김수영의 사모님이신 김현경 여사가 윤석남 화가에게 준 것을, 윤석남 화가가 김현경 여사의 동의를 구한 다음 제게 표구를 해서 주었지요. "무식한 사랑이 여기 있구나/ 무식한 여자가 여기 있구나", 저는 집 안을 걸어 다니다가 소리 내어 그 글자들을 읽어보지요.

나는 개별 존재이고 권력체제 내부에 기생하고 있다는 이중 구속으로부터 끝없이 벗어나려고 하는 것, '나'를 '너'로, '나'의 죽음을 실천해가는 것이 시의 정치학이라고 생각합니다. 만약 남성 시인들이 여성을 대상으로 쓰는 시에서처럼 내가 너를 시적 대상이라 여긴다면 더 이상 '너'

는 시 속에서 살아 있는 존재가 아닐 겁니다. 시의 '나'는 김수영이 말한 모기 소리 같은 것, 아니면 유령의 목소리 같은 에코, 유령의 몸 같은 엑토플라즘ectoplasm이겠지요. 시에서의 '너'는 '나'의 죽음이라는 이 현재시제들의 다른 호칭이겠지요. 아니면 '내'가 부끄러워 죽을 지경일 때, '내' 앞에 나타난 미래들이 아닐까요?

황인찬　앞서 리얼리즘과 모더니즘에 대해 말씀하셨던 것이 기억에 남습니다. 이념과 문학이 밀접하게 결합할 수 있었던 시대였는데요. 그런 시대가 이제는 끝나버린 것처럼 여겨지고 있습니다. 앞서 언급하셨던 올가 토카르추크의 '새로운 리얼리즘'에 대한 이야기도 마찬가지고, 선생님께서도 선생님의 작업이 리얼리즘의 범주에서 이뤄지고 있는 것이라는 맥락의 말씀을 하셨습니다. 이 새로운 리얼리즘이란 대체 무엇일까요? 혹은 무엇이어야 할까요? 관련하여 말씀을 더 여쭙고 싶습니다.

김혜순　올가 토카르추크는 새로운 문학이 '다중적인 정체성을 갖는 것' '괴상한 것을 존중하는 것' '탈중심주의자가 되는 것'이어야 한다고 주장합니다. 우리가 지금까지 생각해온 리얼리즘과 얼마나 다릅니까? 심지어 반대가 아닙니까? 저에게 '모더니스트이며 언어주의자인 너는 그 사건이 일어났을 때 그곳에 내려가지도 않고 뭐 했느냐?'라고 묻던 문인들의 단체, 그들의 의견과는 정반대가 아닙니까? 그들의 쉼 없는 환원주의적 사고를 위배하는 것이 아닙니까? 제가 병원에 입원해 있을 때, 오래전에 방영된 텔레비전 프로그램을 재방송으로 보고 있는데, 화면에서 물리학자가 나와 이상의 연작시 「오감도」에 물리학적인 적용이 있다고 설명하는 것을 보았습니다. 그분이 간과하고 있는 것이 있었는데, "오감도"라는 제목은 '조감도'에서 한자 획 하나를 제거한 것이긴 해도, 까마귀가 위에서 내려다본 시선으로 시를 쓰겠다는 의지를 표명한 것입니다. 식민지 시대 조선 혹은 경성을 내려다보니 모든 사람이 '무섭다'며 뛰어다니고, 혹은 '무섭지 않다'며 뛰어다니는 것이 보인다는 것입니다. 그 시에 별다른 의견이 있는 것은 아닙니다. 태연히 말하고는 있지만 실상은 이상조차 무서워하고, 혹은 무서워하지 않는다는 것입니다. 이것이 당시 현실이 아니고 무엇이겠습니까? 거울로 숫자를 본 것처럼 뒤집어서 늘어놓은 것이나, 점을 나란히 찍어놓은 이상의 시들도 모두 내려다본 시선으로 쓴 것입니다. 이상은 대표적으로 모더니스트라 지칭되지만 현실을 벗어나 딴짓을 한 것이 아닙니다. 식민지 조선이 재현 불가능하니 내려다보겠다는 겁니다. 시선의 위치를 바꿔서 보겠다는 겁니다.

스위스 바젤의 바이엘미술관에서 르네 마그리트전을 본적이 있는데, 그때 알게 된 것은 마그리트가 그린, 초현실주의라 지칭되는 작품들이 모두 그의 집 안이나 창밖에서 본 것들이라는 점이었습니다. 자기 부인의 레이스를 크게 그린다든지, 조그만 돌맹이를 크게 그려서 하늘에 띄운다든지, 구름을 집 안에 가져온다든지 했지요. 그의 작품은 자신의 방, 집, 그리고 거기서 보이는 주변의 것들을 크게 그리거나 줄여서 다른 장소에 갖다 놓고 '다른 시각'을 드러낸 것에 지나지 않았습니다. 물론 어디에서 보는가에 따라, 다만 본다는 그 시선 자체에서 윤리적인 문제가 발생하겠지만 이들의 시선은 '다시 보기' '다시 발견하기' '다시 말하기'에 해당하는, 재현을 가로지르는, '괴상한 것을 존중'하고 '탈중심주의자'로서 다중적인 정체성을 갖는 것이었지요.

전 세계의 미술관에 소장되어 있는 안젤름 키퍼의 '폐허'들은 리얼리즘의 산물입니까, 아니면 모더니즘의 산물입니까? 그를 통해서는 두 사조의 구분이 존재하지 않을 수 있다는 생각을 합니다. 그는 파울 첼란의 시 「죽음의 푸가」와 잉에보르크 바흐만의 시 「유희는 끝났다」를 그리고 또 그렸습니다. 또 릴케의 시 「가을의 기도」를 무수히 그린 걸 서울의 타데우스로팍갤러리에서도 볼 수 있었습니다. 제가 상을 받으러 그 도시에 오면 저를 런치하겠다던 시인의 시들을 일부러 책을 사서 읽어보았는데, 그의 리얼리즘은 형용사들로 채워져 있었습니다. 수식하는 말들을 지우니 앙상한 명사에 이어진 지정사들만 시 안에 남아 있었습니다. 그것은 마치 기계적인 묘사에 진주 장식으로 가득 찬 눈물들을 올린 것처럼 보였습니다. 형용사로 묘사한 현실이 리얼리즘이란 것일까요? 존더코만도 Sonderkommando가 흐릿하게 흔들리는 사진으로 남긴 아우슈비츠의 울타리 나무들은 리얼리즘에 속할까요, 모더니즘에 속할까요? 소위 리얼리즘 계열의 비평가들이 환호했던 불일치의 분배, 미학적 정치의 '감각'에 대한 감성론인 랑시에르의 견해는 그가 1920~1930년대 아방가르드 미학에 기원을 둔 사유 방식을 비판했다 할지라도, 어느 편의 예술 활동과 연결해서 생각해보는 것이 편할까요? 그 철학자는 바우하우스를 예로 들어 '미적 혁명의 기획'이라고 부르지 않았습니까? 바우하우스의 마에스터로 있던 파울 클레와 칸딘스키는 모더니즘 계열일까요? 리얼리즘 계열일까요?

시 쓰는 시인의 자리에서 따져보면, 시가 서사적인 구조하에서 경험이나 사실을 최소한의 상황 단위로 가지고 있으면, 그것은 리얼리즘 계열의 시라고 불립니다. 그것과는 다르게 시인의 감각적 경험을 시 안의 가장 작은 정황 단위로 간직하고 있으면 모더니즘 계열의 시라고 부를 수 있지요. 다시 말해 리얼리즘 계열의 시라고 일컬어지는 시들은 시간의 흐름을 시 속의 구조로 가지고 있고, 모더니즘 계열의 시들은 시적 화자의 지금 여기를, 그 위치에서의 시간의 중지, 감각 자체의 집중과 이동을 시의 구조로 삼습니다. 이것의 차이를 통해 시인의 세계관, 가치관 자체를 문제 삼아 비판하고 진영을 가를 수 있을까요?

황 시인의 시는 시간의 흐름을 내포하지만 감각적 경험이 서사적 구조를 감싸 안고 있습니다. 서사적 구조는 감각적 지각에 의해 아름답고 애틋한 국면으로 변해버립니다. 그렇다면 황 시인의 시는 리얼리즘 시입니까, 모더니즘 시입니까?

시인이라는 창작자의 위치에서, 예술을 작업하는 위치에서 보면 그것은 정말 어이없는 나누기, 가르기입니다. 그 가르기로 말하면 올가 토카르추크의 새로운 리얼리즘을 리얼리즘이라 부를 수 있을까요? 이런 것을 주장한 소설가가 만약 우리나라에 상을 받으러 오면 자칭 리얼리즘 진영으로부터 린치를 받게 될 거라는 협박을 받지 않겠습니까? 문학의 아름다움은 주변에 있는 것들, 마그리트의 것처럼 구석에 있는 것들을 가져와 어쩌면 다른 자리에 놓고 다시 보는 것입니다. 이것이 재현의 법칙들로부터 멀리 도망간 형식의 발명이고, 정동의 발견입니다.

나를 이미 먹어버린, 경험한 순간의 리얼리티와 같은 자리에서 존재할 수 있는 시인은 없을 겁니다. 이미 쓰기 시작하는 순간 가상과 거짓말과 상상적 현실이 개입하니까요. 도대체 비현실 없이 현실이 존재하기는 하는 겁니까?

황인찬 문학을 통한 연결과 연대의 가능성에 대해서도 이야기해보고 싶습니다. 선생님께서는 연시 작업에도 참여하셨습니다. 아베의 담화에 맞서기 위해 할 수 있는 일이 무엇이 있겠느냐고 말씀하셨지만, 그럼에도 연시집에 참여하셨지요. 그것은 결국 문학 행위가, 그리고 독서 행위가 갖는 힘에 대한 선생님의 생각이 있기 때문이라 생각합니다.

김혜순 그러한 연대가 필요할 때가 있습니다. 작품으로든 행동으로든 말입니다. 시인은 독자 없이는 유령처럼 존재하지 못합니다. 이것이 시를 써서 땅에 묻지 않는 시인이란 존재의 운명이지요. 시는 시인의 것이면서 독자의 것입니다. 시인과 독자는 이 세상에 존재하지 않는 어떤 장소에서 은밀히 만납니다. 시인은 유령처럼 독자의 시선에서 다시 탄생합니다. 그 만남의 장소 없이 시인은 존재하지 않지요. 독자 없는 시인은 유령의 비극처럼, 유령의 운명처럼 천 년을 기다려야 할 수도 있습니다. 시집을 펼치면 유령 화자가 피어오릅니다. 독자를 기다린 시가 피어오릅니다. 그다음 시인과 독자가 살아갈 어딘가 장소가 마련됩니다.

연시 모임에 참여한 것은 우리가 시를 쓰고 난 뒤에, 일본의 도쿄와 오사카에서 그들의 종전 70주년에 맞춰 시인이 발화한다는 것에 의의를 두었기 때문입니다. 반목하고 질시하는 삼국(한국, 일본, 중국) 관계 속에서 시인들은 아베의 군사주의를 비판하는 어떤 퍼포먼스를 해야 했지요. 우리는 그때 각자 다른 목소리를 냈지만 다중 주체였다고 볼 수 있었습니다. 그러나 그 행위는 직접적인 비판과는 거리가 멀었습니다. 우리 네 시인은 도심에 나타난 새들처럼 둘러앉아 소음 속에서 짖어댔지요. 총리님, 장관님 같은 '님'들이 읽어서는 도저히 이해할 수 없는 문자들을 말입니다.

"아름다움을 거절하고 포기하는 것이
시의 윤리가 되는 건 아닐까요"

황인찬　　예술이란 새로운 아름다움을 찾아 나서는 일이고, 동시에 새로운 감각을 통해 세계를 재구성하는 일이라고 할 수 있을 것입니다. 그 새로운 아름다움과 새로운 감각의 행복한 만남이 어쩌면 예술이 꾸는 꿈이겠지요. 그런데 선생님께서는 감각을 통해 세계(타자)를 의식하는 일에 대해서 줄곧 말씀하셨지만 아름다움에 대해서는 비교적 말씀을 아끼셨다는 인상입니다. 이에 대해 조금 더 여쭤볼 수 있을까요?

김혜순   지금까지 우리가 이야기한 것이 시의 아름다움에 관한 이
야기가 아니었는지요? 아니면 아름다움 대신에 우리가 어
떤 조그만 진실에 다가가기 위해 이렇게 헤매고 있었다
고 말해야 하는 것이 아닐까요? 쓰는 이의 입장에서 볼 때
아름다움은 쓰는 이의 관점이 무엇인지를 반영하는 것입
니다. 그러나 우리가 쓰는 시마다 미학적 방법론이 달랐
으니 그것을 단번에 얘기할 수 없어 이렇게 대화를 나누
는 것이 아닐까요? 또 어쩌면 시인인 우리는 세상의 아름
다움이여, 안녕! 하고 작별을 고하는 자들이 아닐까요? 시
인들은 누구나 표현의 정밀함을 원하지 않습니까. 그것을
버리기 위해 얼마나 보이지 않는, 열리지 않는 입속으로
리듬을 연마하는지요. 아름다운 화음이나 재현과는 관계
없는 그 리듬 말입니다. 리듬은 우리의 감각마저도 버리
기 위해 있습니다. 결국에는 아무것도 남기지 않기 위해
존재하지요. 그래서 우리는 리듬 있는 풍경화, 정물화, 인
물화, 혹은 아름다움의 가치를 부정하기로 작정한 것처럼
그것들을 그리지만 그것들은 늘 우리의 숨소리처럼 부끄
러운 휘발성이지요. 우리는 휘발하는 풍경화를 남기지요.
어쩌면 우리는 우리 시대 시 미학의 불가능성을 지금껏
얘기하고 있었던 건 아닐까요? 아름다움을 거절하고 포기

하는 것이 시의 윤리가 되는 건 아닐까요.

여하튼 지금 여기의 시인인 우리는 플라톤적이지도, 아리스토텔레스적이지도, 칸트적이지도 않은, 그러니까 윤리적 이미지도 아니고, 재현 체계도 아니고, 숭고하지도 않은, 보이지 않는 건축을 향해 있지요. 우리는 숭고도 승화도 바라지 않지요. 시간을 가로질러 가면서, 시간의 움직임을 넘어 다성악적인 시간 속에서 우리는 시적 화자가 언어보다는 어떤 목소리를 가지도록 하는 것이지요.

2023년 여름에, 매년 한 명의 시인의 목소리를 듣는 베를린 시 연설에서 제가 키노트를 하게 되는데요. 저는 그때 읽을 원고의 제목을 "혀 없는 모국어Tongueless Mother Tongue"로 하고, 원고를 이미 출판사에 보냈지요. 제가 그렇게 제목을 정한 것은 제 시가 언어들을 통하지만 언어를 벗어난, 어떤 목소리를 내는 과정 안에 있다는 것을 말하고 싶기 때문이었어요. 시집 한 권의 첫 글자부터 마지막 글자까지 저는 무슨 말을 하고 있지만, 사실 언어 이전의 소리, 소리 이전의 목소리를 내는 것이지요. 모국어의 경계를 넘어서는 어떤 목소리 말입니다. 어둠뿐인 곳에서, 태양을 켜는 스위치, 기약도 없는 곳에서 목소리만으로 빛을 켜려는 비명의 내지름. 하나씩의 생명 같은, 아 에 이 오 우 같은 모음을 찾아가는 과정이 시의 미학이지요. 목소리의 언어기술이라 해도 될 듯해요. 보이지 않는 사물을 보이게 하고 평등하게 하는 목소리 말입니다. 그런 것이 시의 미학적 예술 체계이겠지요. 저는 그런 '시하기'들로 새로운 현실을 구축하고자 하는 것입니다. 초월과는 아무 관계가 없는, 그러나 움직임 자체가 초월이라면 초월인 동작들 말입니다. 물론 그 안에서는 어떤 위계도 없으며, 존재의 방식이나 말하는 방식 사이의 관계들을 규정하는 어떤 체계도 없지요. 다만 질서로부터 벗어나, 이 반복과 재생산의 시공간에 빠져버린, 여자들과 새와 시의 모래의 지위 상승을 노리지요. 이런 미학적 체계 안에서는 어떤 표현도 가능하지요. 감각으로 일어섰으나, 그 속에 들어오려는 남자들이 도모한다는 해탈에 닿지 않기 위해서 말입니다. 아리스토텔레스의 포이에시스와 미메시스와 무관한, 오히려 그것의 해체, 의미작용과 무관한 사물의 진실, 그들의 평등함, 분자적 평등으로까지 나아간 미시 세계의 꿈틀거림이 의미가 없는 아름다움에 닿기를, 그 행동이 출구가 되기를 시는 바라지요. 이때 생물과 사물이라는 형상들의 차이는 아무 문제가 되지 않겠지요. 사물의 심층부로 내려가면 다 아름답거나 다 아름답지 않잖아요? 시인들은 이것을 볼 수 있는 현미경이나 망원경을 가지고 있지요. 시인들은 사물을 불면의 망원경과 현미경으로 보는 듯 바라보지요. 그리고 그 사물의 분자들이 말하게 해주지요. 제가 언젠가 오은 시인과의 대담에서 '여자

분자생물학'을 창안하고 싶다고 한 것도 이런 미시적이고 섬세한 사건의 층위에서 사물과 타자를 섬세한 결로 감지하고자 하는 작은 의지를 표명한 것이었습니다.

황인찬   선생님의 아름다움이란 도달하는 것이 아니고 사이에 걸쳐져 있는 것이군요. 제가 아름다움이란 단어를 다분히 낭만적인 접근으로 사용했다는 것을 깨닫습니다. 어떤 상태로도 고정될 수 없으며, 그저 계속 흐르고 변하는 일 자체에서 선생님이 말씀하시는 아름다움이 있는 것이라 생각됩니다.

더불어 아까 지나가듯 말씀하신 내용 가운데, 요즘은 시 아닌 다른 분야의 책들을 한가하게 읽고 있다는 말씀이 있었는데요. 그건 또 어떤 분야, 어떤 책들인지요?

김혜순   정윤주의 『나는 수면제를 끊었습니다』, 케이틀린 도티의 『잘해봐야 시체가 되겠지만』을 최근에 읽었습니다.

문학 읽기와 그 외의 책 읽기는 아주 다른 경험입니다. 문학 책 읽기는 일상의 시간과는 다른 시간대로 진입하는 것이고, 읽는 시간 동안 인연을 끊고, 고독 속으로 잠입하는 은밀한 행위입니다. 그리고 독자 영혼의 성숙도에 따라 다른 레벨이 적용되는 '읽기'입니다. 이때 독자와 작가는 자신들도 모르는 사이에 자신들 바깥의 아무것도 없는 중립지대, 사막에서 서로 만나지요. 사막에서 작품의 생명성을 느끼고, 새 존재의 출현을 목격하며, 그 내밀함에 동참하게 되는 것이지요. 사막이라는 그 '없음'이 오히려 싹이 되는 것입니다. 그러나 제가 앞에 인용한 서적들은 그렇지 않습니다. 실용과 비평을 염두에 두었기 때문에 저에게 고독을 요구하지 않습니다. 저에게 더 나은 사람이 되라고 권유합니다. 저에게 이성을 요구하고, 의미를 확인하라고 하지요. 그들은 저에게 실천하기 어려운 방법을 제시하고 있지요. 그리고 저에게 따라오라고 손짓합니다. 2014년 런던국제도서전의 어느 장소에서 이승우 소설가와 제가 낭독회를 했는데, 사회자가 우리에게 물었습니다. "누가 당신에게 쓰기를 멈추라고 한다면 무엇을 하시겠습니까?" 그때 저는 뭐라고 대답했는지 생각이 나지 않지만, 이승우 소설가는 대답했습니다. "읽겠습니다." 그가 그렇게 대답한 것은 '문학 읽기'와 '문학 쓰기'가 다르지 않기 때문이었을 겁니다. 저는 아마도 문학 읽기로 다시 가야겠습니다. 다시 사막에서 누군가를 만나는 경험을 해야겠습니다.

황인찬   문학을 읽는 일은 다른 책을 읽는 일과는 전혀 다른 일이며, 동시에 쓰는 일과 깊게 관련된 것이라 하셨습니다. 반대로 문학 아닌 책들은 더 나은 사람이 될 것을 권유한다고 하셨는데요. 그렇다면 문학은 딱히 더 나은 사람이 될 것을 요구하지 않는다는 뜻으로 이해할 수도 있을까요? 그건 선생님이 말씀하신 고독으로 잠입하는 일과 관련이 깊은 일이 아닐까 싶기도 합니다.

김혜순   문학작품 쓰기의 마지막은 언제나 독자입니다. 작가가 알지 못하는 그 '누구'들이 문학을 완성하거나 끝내주지요. 그러니 시인은 자신의 작품을 항상 열어둔 채 시를 마무리해야 합니다.

만약 문학이 더 나은 사람이 될 것을 종용했다면 그 문학은 근대적 주체로서 휴머니즘의 부활을 바라는 저자의 것이겠지요. 그는 독자가 언제나 세계 내 존재로서 질서와 건강을 유지하며 살기를 바라겠지요. 하지만 시에서는 그런 권유가 불가능하다는 게 제 생각입니다. 네 문학이 누굴 위로하느냐는 질문을 받을 때, 저는 당황하기도 하고 화가 나기도 하지요. 위로를 받으려면 교회나 성당이나 절에 가야 하지요.

시는 연대할 수 있지만 위로할 순 없어요. 저자가 말하는 것이 아니라 시가 말하게 하는 것이 시이고, 시는 언어적 사건이라 생각하는 저로서는 시인마저도 언어수행적 주체, '시하는' 존재로 생각하니까요. 저는 최근에 시를 쓰는 중에 '죽음하는' 화자가 움직이자, '죽음하는' 저는 한 명이 아니라 여럿이라고 생각하게 되었습니다. 풀이해 말하면 죽음은 하나가 아니라 '죽으니 내가 여럿이더라' 하는 시적 경험에 이르는 사건이라 생각하게 되었습니다. 이것은 죽음을 읽는 독자로서의 제가 경험한 것이기도 하고, 언어를 수행해서 목소리가 되려는 시라는 텍스트의 무인칭 화자가 경험한 것이기도 합니다. 그러니 독자는 제 시집 안에서 여러 명의 죽음의 화자를 만나게 되는 것이지요. 그래서 시에 대한 독서는 시 텍스트 안에서 이합집산하는 시인을 만나는 경험이 되기도 하지요. 이러한 시 독서 경험은 독자가 텍스트 안에서 스스로 텍스트의 은유와 환유의 작동을 실행하고 이동해야 하는 고독한 움직임을 필요로 하는 것이에요. 이 세상과는 다른 땅으로 잠입해서, 태양이 아닌 다른 곳에서 오는 빛을 맞이하는 겁니다. 거기에는 이 세상과는 다른 색깔의 신호등이 켜져 있지요. 아마 초록빛 신호등이 진행하라는 신호가 아닐 수도 있습니다. 엄마가 나를 낳는 것이 아니라 내가 엄마를 낳을 수도 있습니다. 그러나 독자의 동행 없이는 한 편의 시도 살아 있지 않지요. 시가 어렵다고 말하는 독자는 시를 읽으면서 시를 실행하지 않는 것이지요. 사실 시의 독자는 시가 내쫓을 때까지 거기에 머물러야 하는 겁니다. 그러다 보면 시가 열어둔 비밀의 문을 지나게 되지요. 한 편의 시 안에는 늘 움트기를 기다리는, 아련히 살아 있는 딱

딱한 씨앗처럼 시인과 함께 작동하고 수행할 독자를 간절히 기다리는 시적 화자가 있지요.

"나의 죽음은
'나'를 '나 아닌 것'으로 만들 겁니다"

황인찬   결국 시란 무엇을 요구하는 일이 아니라, 그저 존재하기 위해 존재하는 일일 따름이며, 섬세하고 정확하게 존재하는 일이라는 말씀 아닌가 생각됩니다. 꽃이야 알아서 피어나는 것이지만, 그것을 보고 아름답다거나 놀랍다거나 생각하는 것은 다 사람의 일이니까요.

그런데 선생님 말씀에서 정말 흥미로운 점은 그것이 읽는 일과 쓰는 일 양쪽에서 동시에 일어난다는 점이겠습니다. 시를 쓰면서 '죽음하는 나'가 여럿임을 알게 된다는 것은 쓰기와 읽기, 양면이 동시적으로 일어나는 일이 아닌가 합니다. 쓰면서 읽는다는 것은 생각해보면 당연한 이야기지만 또 좀처럼 의식되지 않는 부분이기도 한데요. 이 또한 문학 읽기의 중요한 지점 아닌가 합니다. 쓰는 사람은 읽는 사람이 되는 것이고, 읽는 사람은 쓰는 사람이 된다는 말씀으로 이해했습니다.

그런 의미에서 '내'가 여럿이 되는 경험에 대해 조금 더 여쭙고 싶기도 합니다. "죽으니 내가 여럿이더라"는 말씀은 결국 쓰는 행위란 쓰기 주체 자신을 지우는 일, 그리하여 확정적인 '나'를 벗어나 잠재적인 '나(혹은 너)'를 펼쳐 보이는 일이란 뜻일까요?

김혜순   황 시인은 지금 나에게 답변하면서 질문했습니다. 죽음의 존재는 몇 인칭일까요? 나의 엄마는, 우크라이나에서 죽은 그 생때같은 젊은이들은, 4·16참사에서 죽은 아이들은 몇 인칭입니까? 나의 죽음을 '나'라고 부를 수 있습니까? 내가 시 안에서 유령 화자로 말을 시작하자 내 죽음은 인칭으로 드러낼 수가 없어서 '너(희)'가 되었습니다. 저는 제가 물리적으로 죽은 후에도 '나'라는 단독 자아로 살지 않을 거라 생각합니다. 나의 죽음은 '나'를 '나 아닌 것'으로 만들 겁니다. 살아 있으면서도 이것을 경험할 수 있습니다. 시는 '내'가 '나' 아닌 것으로의 생성입니다. '나' 아닌 그이는 몇 인칭의 사람입니까? 아마도 복수적 존재가 아닐까요? '나'를 죽인 그곳에, '내'가 여럿이 된 그곳에 시들이 기다리고 있지 않을까요?
제가 죽은 후에도 저는 '나'로 있을까요? 저는 이곳에서 유성처럼 멀어져 어떤 '복수'가 될 거라고 생각합니다. 저의 일부가 혹시 황 시인으로 존재하는 건 아닐까요? 아니면 우리는 지금 고유명사로 살고 있지만 어떤 형용사, 부사, 아니면 이 세상에 아직 발설되지 않은 형용사, 부사 같

은 상태가 될 거라고 생각합니다. 형용사와 부사의 세계
엔 명사의 세계처럼 주인이 없지요. 제가 '시하다'라고 했
을 때도 그런 연유입니다. 그곳엔 주어가 없지요. 그러니
명사, 대명사가 없지요. 그러니 '나'와 '너'는 없겠지요.

우리가 쓰는 언어를 하나의 도구라고만 규정할 수는 없습
니다. 이 언어는 우리 속에 있는 것을 우리로 하여금 꺼내
게 하는 무엇입니다. 이것을 시의 언어라고 불러봅시다.
우리는 시를 쓰면서 한 사람인 '나'를 꺼내는 것이 아니라
어떤 사건을 꺼냅니다. 이것은 정말 작은 사건, 아니면 어
떤 사건의 분자여서 절대로 누구도 관심이 없을지도 모
릅니다. 그렇지만 그 작은 사건의 분자 때문에 이 글을 쓴
사람은 한 인간이 아니라 여러 사람인 한 인간, 자신마저
도 벗은, 이미 존재를 탈각한 무엇의 방향으로 움직여 가
게 됩니다. 그 작은 사건의 분자가 그렇게 하게 하는 것입
니다. 주어가 없는 문장처럼 여러 곳에 이 사건을 출몰하
게 합니다. 익명의, 어쩌면 명사를 벗은 동사로, 움직이는
시의 언어로 그렇게 하는 것입니다. 이렇게 리듬으로 쓰
인 시의 언어가 한 사람을 여러 명으로 만드는 것이 아닐
까요. 이것이 제가 생각하는 탈존의 존재의 글쓰기, '나'
를 죽임으로 여럿이 된, 죽은 후에 복수적 인간이 된 글쓰
기의 모습입니다. 이것은 '시하기'의 리듬으로 달성되는,
검은 글씨들 밖으로 뛰쳐나가는, 리듬처럼 등장하더니 곧

사라지는 시의 모습일 겁니다. 유령이 된 화자는 거듭 출몰합니다. 동시적으로 여러 곳에, 그리고 다양한 '너(희)'를 향해, 독자를 향해. 그러니 우리는 시를 쓰면서 거듭 어딘가를 향해 열려 있겠지요. '내'가 없는 곳을 향해.

2019년 뉴욕구겐하임미술관 힐마 아프 클린트전에서

예술과 삶, 미래의 책

"저는 문학보다 더 큰 예술의 영역은
없다고 생각합니다"

황인찬　학부생 시절, 저는 대체 예술이란 무엇이기에 시와 소설,
건축과 무용, 디자인과 영화, 미술과 음악, 이 모든 것이
구분되고 있는 것인지 궁금하여 나름 찾아보고 공부하기
도 했습니다. 다른 장르에 대해 제가 대단한 견해나 이해
를 갖고 있는 것은 아니지만, 그런 공부들이 저에게 시란
무엇인지, 또한 문학이란 무엇인지 나름의 생각들을 정리
하는 데 도움이 되었는데요. 이처럼 다른 분야의 예술에
대한 경험은 시야를 넓히는 효과를 갖는 것 같습니다.
선생님께서도 혹시 문학 이외에 관심을 두고 있는 예술
분야가 있는지 여쭙고 싶습니다.

김혜순	시는 타 예술 분야의 미세한 뿌리, 기초 예술 장르일지도 모릅니다. 만약 시라는 것이 세상에서 다 사라진다 해도 황 시인님이 예로 든 그 예술 장르들에서 시를 찾을 수 있을 겁니다. 시는 다른 형태가 되어서 영원히 살아 있을 겁니다. 인간이 존재하는 한 말입니다. 어릴 때 춤을 춰서인지 저는 무용단 공연을 보는 것을 좋아합니다. 로사스, 세 드라베, 피핑톰 같은 벨기에 현대무용단이 한국에 오면 보러 갔었지요. 영화는 추운 나라들의 영화와 알레한드로 조도로프스키의 작품을 좋아했었습니다. 미술은 우리나라 여성 미술가들을 비롯해 그들의 작품 보는 것을 좋아합니다. 음악은 요즘 힙합이 좋습니다. 원조 힙합의 비트와 우리나라 힙합의 비트를 비교하면서 가끔 웃습니다.

2019년에 국립현대미술관에서 제니 홀저와의 협업, 베니스비엔날레에서 제인 진 카이젠Jane Jin Kaisen과의 협업, 그리고 2016년에 트렁크갤러리에서 〈김혜순-브릿지〉 같은 전시회가 있었지만, 미술작가들이 제 시나 시론을 가지고 작업을 한 것이지, 제가 이들 작품을 간섭한 것은 아닙니다. 그러니 그들에겐 협업이겠지만, 제게는 아니지요. 그렇게 시는 다른 장르들에 스며드는 것이겠지요.

문학작품을 영화화했을 때, 문학작품보다 영화가 좋게 느껴진 적은 없습니다. 문학작품을 읽으면서 우리가 그 작품과 함께 만든 상상의 시공간과 감각의 영역이 더 창대하기 때문입니다. 오히려 문학이 다른 예술 장르를 자극하는 일이 더 크겠지요. 저는 문학보다 더 큰 예술의 영역은 없다고 생각합니다. 문학이 다른 예술 장르를 자극하고, 그것들에 영향을 주지요. 예술 작품들의 경우 시가 들어 있느냐 그렇지 않느냐, 혹은 그 작품이 시를 구현해내느냐 그렇지 못하느냐에 따라 작품의 영혼의 품격이 달라지지요. 소설에서도 마찬가지입니다. 예를 들어서 미술과 문학이 마네 이후 서로 갈라져 미술은 더 이상 문학의 영역과 교섭하지 않는다고 말하지만 그것은 문학의 영역을 너무 좁게 한정해서 말한 것이라고 저는 생각합니다. 그러나 이미 시에 중독된 황 시인과 저로서는 그런 타 예술 장르들에서 시를 발견하는 기쁨을 좋아하겠지요.

문화는 이미 만들어진 것을 받아들이지만, 문학은 이미 만들어진 것을 받아들이지 않습니다.

황인찬   문학과 문화를 분리할 것을 요청하시는 말씀은 아주 의미심장한 말씀이라 생각합니다. 문화가 삶의 양식이라면 결국 문학은 삶의 양식을 창안하는 것이라는 말씀으로 이해할 수 있지 않을까 하는데요. 이것은 어쩌면 예술과 삶의 관계에 대한 말씀으로 함께 이해할 수 있지 않을까 합니다.

김혜순　저는 학생들에게 수업하면서 생각했지요. '이 강의실에서 행해지는 말들은 모두 이제까지의 문화로구나' '나는 학생들에게 과거를 말하고 있구나, 어떻게 하면 도래하는 말인 시를 이제까지의 문화가 담긴 이 언어들을 가지고 다시 변용해 전달할 수 있을까' 하고 늘 생각했지요. 그래서 수업을 하고 나면 진이 빠지고 '얼마나 많은 학생이 과거로, 문화로 버무린 나의 이 아이러니를, 이 역행을 알아들었을까' 하고 떨렸지요.

우리나라 문학을 둘러싼 우리나라 문화환경, 혹은 우리나라 문학을 포함한 우리나라 문화환경에 대해서 제가 문화사적으로 자세히 언급할 필요는 없겠지요. 저는 외국에 갔을 때 '한국문학을 하는 사람'으로서 소환되는 경우가 있는데, 저는 한국문학을 하고 있긴 하지만, 그중에서도 저의 시를 하는 사람이지요. 우리가 미국 시인에게 '미국 문학을 한다'라고 말하거나 미국 문학 전반에 대해 질문하지는 않으면서 우리나라 시인에겐 유독 한국문학을 한다고 하고, 그에 대해 질문하는지 모르겠어요. 그러면 저는 그들에게 되묻지요. 너는 네 나라 문학을 하느냐고요. 그렇지만 저는 한국의 문화 속에서 한국문학의 자장 안에 있는 시인임에 틀림없겠지요.

제가 제일 이상하게 생각하는 것이 한국의 유명 출판사에서 시집을 출간하고, 한국문학 관련한 예술 기관이나 번역 기관의 지원을 받아 외국 출판사에서 자신의 시집과 소설집을 출간한 분이 자신은 한국 문단과 관계가 없고, 오히려 한국 문단으로부터 지탄을 받는다는 얘기를 할 때입니다. 그렇게 배척을 받는다면 출판도, 번역 지원도, 그렇게 많은 외국 문학 행사도 참여할 수 없었을 텐데 말이지요.

제가 시를 쓰기 시작할 때는 문화 탄압의 자장 안에 있었지요. 순수문학과 대중문학 전반이 검열의 대상이 되었지요. 그럴 땐 저의 문화 자연이 '독재'라고 할 수가 있었겠지요. 그다음부터는 저의 문화 자연이 점차적으로 대중문화의 습격을 받는 자장 안에 있게 되었고, 근래에 와서는 인공지능이 시를 쓰는 지경에까지 이르게 되었지요. 또 이렇게 말해볼 수도 있을 것 같아요. 저만의 문학은 제가 등단할 때엔 독재와 민중문학이라는 문화적 현상 속에, 그다음 대중문학의 습격이라는 자장 안에, 그다음엔 미디어 문화와 재난 사회의 문학적 자장 안에 있었다고요. 저의 문학을 제외한 문학작품들도 저는 저의 문학적 문화 환경이라 부를 수 있다고 생각하지요. 요즘의 대중문학적 습격이 민중문학의 자장 안에 있을 때보다 약하다고 말할 수는 없어요. 그때는 지금과 다른 종류의 고민이 있었지요. 2023년의 시 환경도 제 시의 외부, 문화적 자장 안에서 움직이고 있지요. 1996년부터 2000년까지 문학과지성사에서 〈이다〉라는 무크지를 당시의 젊은 문학인들이 발간했는데, 그때 대담에서 문학이 지금 어떤 위치에 있는가, 라고 저에게 질문했어요. 그래서 제가 '고속도로를 달리는 개' 신세라고 대답했어요. 지금 시는 어떤가요? '홀로코스트를 향해 출발한 기차 안에 있는 신세' 아닌가요? 아마도 누군가에게 제가 '시인'이라고 하면 '일제강점기의 환생 인물인가?' 생각하고 다시 한번 쳐다볼 겁니다.

그렇지만 '시'라는 이 이상한 제도는 문학의 관습화된 육체 속에 어떤 내밀성을 탑재한 미묘함 같은 것, 이름 없는 실존이지요. 문화라는 것 안에 이 '시'라는 것이 사멸한다면 그 문화는 허상일 겁니다. 시는 문화보다 자연에 가깝지요. 풍경 그 자체가 아니라 스스로 그러한, 태어나서 죽는 자연 말입니다. 시는 문화의 어떤 이념처럼 특정 이데올로기 자아의 상, 이 시대 한국에서 유행하는 K 무엇처럼 국가의 상을 구현하지 않습니다. 유토피아적 공동체를 상정하지도 않습니다. 시는 문화처럼 전체를 가정하지 않지요. 근대 이후 시는 늘 위기를 먹고 살고, 재난을 먹고 살고 있지요. 요즈음 우크라이나에서 쏟아지는 시들이 영어로 번역되는 것을 읽고 있으면 시는 정말 위기를 먹고 산다고 말하고 싶네요. 저의 시도 제 삶 안팎의 위기와 거기서 파생된 감각을 먹고 살아왔지요. 어떤 익명적 실존의 모습으로서 말입니다.

황인찬   다른 예술 장르에 대한 선생님의 취향을 들으니 반가운 마음과 궁금한 마음이 한층 더 커집니다. 힙합을 좋아하신다는 말씀도 아주 흥미롭고 재미있었는데요. 혹시 좋아하는 뮤지션 혹은 음악을 조금 더 꼽아주실 수 있을까요?

김혜순   좋아하다니요? 제가 잘못 대답했습니다. 요즘 제일 많이 듣는 음악이라고 말해야 옳았습니다. 어떤 장르든 계속 좋아하지 않습니다. 몇 번 듣고는 지나갑니다. 저는 '덕후'가 될 자질을 타고나질 않았습니다. 일생 동안 수많은 음악을 듣고, 그 음악들의 리듬을 타고 다른 음악으로 넘어갔지요. 저는 한때 즐겼던 음악을 간직하려고 하지 않습니다. 요즘에는 가사 노동을 할 때 힙합 장르의 음악을 듣습니다. 한국에서는 미국처럼 슬램slam 문화가 없으니, 대신 힙합을 들어보는 것이지요. 사실 힙합 하는 가수의 가사는 시인이 즐길 정도가 못 됩니다. 그래도 래원, 슬릭의 가사는 좋지요. 그렇지만 가사가 어떻든 간에 비트에 얹어 슬쩍 박자를 빗기거나 엇박을 탈 때, 플로우가 미끄러지거나 그루브를 타 넘거나 박자를 쪼갤 때의 희열이 있지요. 우리가 호흡이나 맥박, 시간을 그렇게 할 수 없으니까 박자를 갖고 그렇게 하는 게 음악에 들어간 위트와 유머처럼 대단해 보이고, 그것을 타고 노는 그들이 여간 대견한 게 아닙니다. 미국 비트 메이커들의 그것과 우리나라 힙합의 비트 메이킹이나 랩 디자인이 비슷하게 들릴 때도 재미있습니다. 수백 곡을 저장해서 랜덤 재생으로 듣고는 다른 장르로 넘어가기도 합니다. 누구의 랩인지 모르고 들을 때도 많지요. 나중에 찾아보기 힘들어서 그냥 듣고 맙니다.

황인찬   더불어 선생님께서는 문학이 다른 예술 양식에 영향을 주는 경우가 더 많으며, 타 장르 안에서 문학을 발견할 수 있다고 하셨습니다. 하지만 반대로 다른 예술 양식으로부터 문학에 도움이 될 만한 무언가를 얻는 경우가 있지 않으셨을까 또 궁금해지기도 합니다.
제 경우에는 무라카미 타카시나 애니시 커푸어 등 20세기 말의 현대미술가들, 즉 이 시대 거의 마지막 스펙터클의 예술을 하던 미술가들의 작품에서 참 많은 영감을 얻기도 했습니다. 현대 예술이 소비되는 방식이나 예술이 세계와 새롭게 관계 맺는 방식 등에서 많은 배움을 얻기도 했습니다.

김혜순   세상에, 황 시인은 구슬이나 방울, 동그라미, 구체의 작가들을 좋아하는군요. 작가의 심부에서 도형이 원형으로 튀어나오는 작가들 말이에요. 저에게는 글쎄요, 저의 시에 영향을 끼친, 지금은 또렷이 기억나는 작품은 없습니다.

저는 콘셉트가 선행하는 작가보다 손이 사용되는 작품을 좋아합니다. 손 없이 레디메이드ready-made를 활용하거나, 기술자를 자신의 휘하에 두고 작품을 제작하는 작가의 작품은 별로 좋아하지 않습니다. 제가 여전히 미술 작업에 관해서는 수공업적인 제작을 기대하는가 봅니다.

미술에 관한 질문을 하시니 2019년 2월에 뉴욕구겐하임 미술관에서 힐마 아프 클린트Hilma af Klint의 회고전에 갔던 기억이 떠올랐습니다. 아프 클린트는 저와 생일이 같은 화가여서 더 관심이 있지요. 더구나 아프 클린트는 심령학회에서 활동했는데, 저도 청소년기에 심령학 책을 열심히 읽은 기억이 있죠. 그 책들을 제 책꽂이 교과서 뒤에 주욱 감춰두고 열심히 읽었어요. 왠지 심령현상을 불러내야 할 것 같은 밤에는 저 혼자 책에서 나온 심령회 환경을 만들어놓고 죽은 이를 불러보았지요. 아직도 버리지 않고 그때의 책을 몇 권 간직하고 있죠.『심령진단』『제령』『영혼과 4차원세계』『기적과 예언』『사후의 생명』뭐 그런 책들이죠. 아프 클린트의 그림은 영화 〈퍼스널 쇼퍼〉를 볼 때도 잠깐 영매처럼 언급되어서 그 그림들을 인터넷으로 찾아 한참 들여다본 적이 있고, 작가의 생애를 읽어본 적도 있습니다. 스톡홀름에서 제 시집을 번역하여 낸 출판사의 대표인 마들렌이 그녀의 그림과 컬래버한 일상용품을 제게 선물한 적이 있고 또 그녀의 생애와 작품들에 대해 들은 적도 있었지요.

아프 클린트는 모든 사람이 여성과 남성을 전부 가지고 있다고 생각했지요. 나아가 모든 이분법을 싫어했어요. 아프 클린트는 아무도 그녀의 그림을 알아봐주지 않았을 때, 이 세상에 비구상미술이 나타나지 않았을 때 비구상을 시도했어요. 정신적인 비구상이었지요. 저는 아프 클린트의 그림들이 양성성을 가진 여자이기에 가능한 비구상이었다고 생각해요. 다른 세계에 대한 통찰이 자신에겐 분명히 있는데 아무도 같이 바라봐주지 않으니 침대 밑이나 장롱 속에 그림을 둘둘 말아 넣어두었다고 해요. 그렇게 1,300여 점의 그림을 남겼죠. 아프 클린트의 그림을 추상이라 하지만 사실 미술을 추상과 구상으로 나누는 것에 대한 질문도 던져줍니다. 사조의 구분에 대한 질문도 던져줍니다. 그가 죽을 때 '내가 세상을 떠난 뒤 20년간 내 그림을 세상에 내놓지 말라' 했는데, 소통 불능에 대한 화가의 절망이 묻어나는 유언이었지요. 그의 그림은 도달할 수 없는 곳에 도달하려는 비구상, 그리움과 격정이 있는 비구상, 계시이며 슬픔인 추상이지요. 아프 클린트의 그림들엔 미지와 비밀, 성을 초월한 여자의 비구상이라는 문학성이 있지요. 고흐만큼 재발견의 사건이 큰 화가이지요. 미술관의 나선형 계단을 오르내리며 아프 클린트 작품들을 오래 바라보았습니다. 도형들이 저의 정신에 날개처럼

스웨덴 출판사 20TAL의 대표 마들렌 그리브와 함께

내려앉는 것 같았지요.

우리나라에도 시인 중에 힐마 아프 클린트 같은 분이 있었죠. 저는 허난설헌이 그런 분이었다고 생각합니다. 허난설헌의 87수 연작시 「유선사」는 이미 초현실이었죠. 16세기의 골방에 앉아 머리에 화관을 쓰고, 향합을 열어놓고 시를 썼죠. 현실에서는 자신이 기거할 영토가 없으니까 저 공중에 자신을 보내 말하게 했어요. 계속 시를 썼지만 그 누구에게도 보여줄 수 없었죠. 자신이 낳은 아이들은 차례로 죽었어요. 아프 클린트가 어려서 죽은 동생을 만나고 싶어 심령 모임에 가입하고 추상을 시작한 것처럼 허난설헌도 그 아이들을 저 먼 곳에서 만나고 싶어 했죠. 그리고 스물일곱 살에 급사했어요. 우리나라의 박지원, 홍대용 같은 학자이며 문인인, 우리가 다 아는 개혁주의자들도 허난설헌의 시가 사회를 어지럽히는 것이라고 멸시했어요. 하지만 사회를 어지럽히는 것이 시 아닙니까? 제가 그때 살아 있었으면 그렇게 대신 반문했을 텐데. 그렇지만 허난설헌의 시는 중국에서 엄청난 반향을 얻었어요. 시에 대한 혁명이라고 일컬어졌지요.

제가 외국에서 시를 낭독하면 독자 중에 한국의 초현실주의 혹은 제 시의 초현실주의에 대해 질문하는 사람들이 있는데, 저는 그때 허난설헌을 예로 듭니다. 초현실주의라는 용어가 생겨나기 전에 초현실 같은 것을 쓴 사람,

그리고 저의 이미지들을 초현실이라고 부를 수 없는 이유에 대해 설명합니다. 그것은 허난설헌의 '유선'이 어떤 도망이고, 유교문화의 가부장제와 가족주의에 대한 탈주 공간의 발명이었듯, 제 시의 이미지가 초현실주의자들의 그것과 다르다고 설명합니다. 그것을 초현실이라 부를 수는 없다고, 서양의 초현실과는 아주 다른 탈주고, 도망이고, 소수 언어라고 설명합니다. 말하자면 지배 언어를 불안정하게 만들고, 공간을 어지럽혀서 당면한 세계를 혼란에 빠트려보는 것이라 대답합니다. 현실이 아닌 공간에서 자신의 신체와 몸 에너지를 다른 모양으로 바꿔보는 것을 너희들은 해봤느냐고 되묻습니다. 제가 시도한 이미지를 초현실이라고 명명하지 말아달라고 저는 부탁합니다. 너희들은 낯선 것을 다 초현실이라 하느냐고 질타합니다. 제 시는 저의 당면한 현실이고, 그것에서의 도망이며, 항의라고, 새 영토를 향한 도정이라고, 그래서 낯설게 보인다고 대답합니다.

황인찬   선생님께서 지적해주신 덕분에 제가 인상적으로 본 작가들이 전부 원형 이미지를 중심으로 작업하는 이들임을 깨닫게 되었습니다. 고헤이 나와, 제임스 터렐 등 제가 인상적이어서 마음에 담아둔 작가들 거개가 종교적 아우라를 거느린 원형 도상을 중점에 두고 작업을 하고 있었네요!

반면 선생님께서 말씀하신 작품들이 갖는 비구상 경향의 작품들은 이와 다른 성격을 가진 것 같습니다. 우리가 인지하고 의식하는 언어화된 세계보다 더 넓고 큰 것이 의식과 언어 너머의 세계일 것입니다. 그걸 비구상의 현실이라고 불러도 좋을까요? 선생님의 시에서 발견되는 그 어마어마하게 거대한 무의식의 세계가 보여주는 놀라울 정도의 현실감이 어디서 기인한 것인지 선생님의 말씀에서 알 수 있었습니다. 어쩌면 선생님의 시가 죽음을 강하게 의식하는 것도 이러한 맥락에 있는 것이라 이해할 수 있을까요? 죽음이야말로 우리가 의식하고 인식할 수 있는 영역 밖에서 가장 강력한 힘을 발휘하는 현실이니까요.

김혜순　　황 시인의 말 중에서 '비구상의 현실'이라는 용어가 참 좋습니다. 저는 특별히 추상미술에 더 끌리지 않습니다. 가장 최근에 본 전시가 힐마 아프 클린트여서 그리 말한 것입니다. 한동안 코로나19 때문에 통 미술관에 갈 수 없었지요. 근래에는 제인 진 카이젠의 전시를 보고 그 전시에 사용된 저의 글 「쓰레기와 유령」(『여성, 시하다』)에 대해 말하기 위해 아트선재센터에 다녀온 게 다입니다. 물론 제 딸의 개인전을 제외하고 말입니다. 저는 이제 와서 구상이니 비구상이니 하는 구분이 무슨 소용일까 하는 생각을 자주 합니다. 가령 제 딸이 뭔가 미술 기관의 지원금에 응모하려고 준비하는 걸 옆에서 흘깃 보니 구상, 비구상 나누어놓고 조소 전공, 회화 전공, 그다음엔 서양화 전공과 동양화 전공 나누어놓은 것이 보여서, 저는 그것이 참 이상했습니다. 이제 와서 그 분류가 무슨 소용이란 말입니까? 현대미술작품이란 것은 그 분류가 애매한 것이 많지 않습니까? 제 딸만 해도 동양화와 서양화 기법을 같이 쓰고, 조소와 회화를 같이 하고, 구상인지 비구상인지 모를 작품을 하고 있는데 말입니다.

저는 설치미술작품을 머릿속으로 구상해보는 것을 좋아합니다. 하지만 번번이 말로 했다가 제 딸로부터 퇴짜를 맞습니다. 실제로 조형이 불가능하다는 것이고, 너무나 문학적이라는 것입니다. 혹은 너무 뻔하다고 합니다. 그래서 요즘은 의기소침해져서 머리와 말로만 하던 설치미술작품 응모, 그것도 한 사람에게만 하던 응모를 접은 상태입니다.

제가 읽었던 도형 심리 이론을 황 시인에게 적용해보면 동그라미를 좋아하는 사람은 주위의 사람을 진정으로 아껴주는 사람이고, 주변이 행복해진다면 어떤 것도 마다하지 않을 사람의 유형이라 합니다. 좋은 사람이지요. 그러나 너무 외부 세계에 관심이 많기 때문에 관심을 조금 줄여야 한다고 충고합디다, 하하. 반면에 이상은 삼각형을 좋아했으리라 여겨집니다. 「파편의 경치」「▽의 유희」에

보면 삼각형을 분석하고 있으니까요. 저는 한때 사각형에 대해 생각한 적이 있지요. 하나님이 제일 만들기 어려운 게 사각형이라고 생각해서요. 하나님이 과연 직각을 만들 수 있을까 생각했지요.

황 시인과 저의 미술 애호의 접점을 찾아보자면 그것은 어쩌면 제가 한동안 탐닉했던 만다라가 아닌가 생각됩니다. 만다라는 해와 달처럼 둥근 모양이라는 뜻이고 라마가 사는 둥근 곳, 성스러운 곳이라는 의미를 가진 것이니까요. 저는 티베트와 네팔을 여행하면서 티베트불교의 만다라 형상에 대해, 그들이 만든 입체 만다라에 대해 관심을 갖게 되었습니다. 라싸Lasa의 포탈라궁 안에는 정말 커다란 입체 만다라가 유리방에 놓여 있는데, 그것은 하늘로부터 지옥에 이르기까지 모든 우주 형상이 둥근 탑 안에 조각된 것이었습니다. 그 어느 예술 작품들보다도, 그 어느 제단화나 이콘ikon보다도 저에게 커다란 인상을 남겼지요. 그들은 이 세상을 단 하나의 둥글게 올라가는 만다라 안에 모두 넣을 수 있었지요. 이후 그것을 다시 보기 위해 많은 서적과 온라인 세계를 방문했지만 다시 볼 수 없었습니다. 사진 촬영 절대 금지라고 하더니 그 누구에게도 허락하지 않은 모양입니다. 만다라는 성스러운 체계, 그 형식, 수행법이지요. 추상에서 심상으로, 다시 심상에서 추상으로 전이되는 상호 의존 관계 속에서 영성 체험을 하게 되는, 영성이 의례를 통하여 표현된 도상이라고나 할까요.

제가 한동안 공부한 것을 낱낱이 말할 수는 없지만 그 도형은 끝없이 뭔가 신비를 말하려고 하지요. 티베트의 꾀죄죄한 수련자들이 만다라를 그리는 것은 자신의 고독한, 그러나 꾀죄죄 속의 거대하고 화려한 내면을 그리는 것이지요. 우주와 연결된 자신 말입니다. 힐마 아프 클린트와 다를 바가 없지요. 그 스님들은 명상하고 금식하고 독경하고 경전을 주해하면서 계속해서 마음으로부터 선명한 어떤 추상적 이미지, 만다라를 불러내지요. 자신의 심리적 심연과 우주를 마주한 미술작가와 다를 바가 없지요. 현실을 버린 것이 아니라 현실을 마주하고 불러낸 자신의 심연이지요. 어떤 상징체계가 있는 것처럼 보이지만 그것이 아니라 무정형의 질서를 구축하는 것이라고 저는 생각했습니다.

"리듬도 만다라도 모두
반복을 밑그림으로 갖고 있지요"

황인찬 외부 세계에 대한 관심을 줄여야 한다는 말씀이 어쩐지 마음 깊이 다가오기도 합니다. 제가 요즘 시인으로서 품는 고민을 정확하게 꼬집어주신 것 같네요. 또한 만다라

이야기가 매우 인상적입니다. 하나 안에 무한이, 무한 속에 영원이 잠재된 그 세계를 알아차리기 위해서는 자기 내면의 심연을 들여다봐야 한다는 말씀으로 이해했습니다. 굉장히 보르헤스적인 세계관이라는 생각이 들기도 하는데요. 한편 그 세계는 시와 매우 가까운 것처럼 느껴지지만, 또 한편으로는 시와 어울리기 어려운 것이라는 생각이 들기도 합니다. 어쩌면 그 만다라라는 것이 가진 완성된 상태의 이미지가 시와 어울리지 않는 것 같은데요. 선생님의 작품 세계와 그 만다라를 결부 지어 이해할 수도 있을까요?

김혜순   황 시인이 좋아하는 둥근 형상에 대해 얘기하다가 만다라까지 왔지요? 만다라 형상은 저보다 황 시인의 시와 어울리지요. 황 시인의 시를 읽을 때 시의 화자가 스스로를 치료하는 몸의 진액이랄까 약이랄까 이런 것을 스스로 분비하는 느낌을 받을 때가 있는데, 만다라 그리기가 그런 역할을 하니까요. 마음에 큰 상처가 있는 사람들에게 만다라를 그리라고 하면 일단 편안해하고 좋아한다는 얘기를 들은 적이 있습니다. 종이 한가운데 커다란 원이 있으면 그 안에 무엇을 그려 넣든 간에 일단 다 받아들여질 것 같은 생각이 든다고 합니다. 거기에 무엇이든 그리면, 만다라 읽어주는 상담자들이 그 색채와 형상으로 추상화된 사고와 감정을 탐색해서 내담자의 불편한 마음의 문제가 무엇인지 알아볼 수 있다고 합니다. 융의 심리학을 적용한 결과이겠지요. 일단 원을 그리게 되면 내면으로 들어가려는 마음이 생기는가 봅니다. 어쩌면 동그라미를 하나 그리고 자신의 몸을 그린 것 같은 느낌을 가졌을지도 모르지요. 자신의 몸을 가장 미니멀하게 단순화하면 편안한 마음이 우러나겠지요.

저는 오래전에 불교 경전을 읽는 모임에 참여해『육조단경』『금강경』이런 순서로 읽어나간 적이 있는데, 그 경전들을 읽으면서 그 구절들이 전부 시론으로 읽혀 참 놀랐습니다. 티베트 여행에서 돌아와 만다라를 공부할 때도 그렇게 느꼈지요. 우리의 내면에 들어찬 감정과 갈등을 만다라를 그려서 표현한다는 것은 자신의 몸을 바깥에 투사한다는 것과 다르지 않다고 생각했지요.

어떻게 보면 만다라는 우리가 보는 만다라와 우리 안의 만다라로 구분할 수도 있겠지요. 우리가 보는 만다라는 진리를 인식하기 위한 회화로서의 기능을 하는 만다라이고, 보이지 않는 만다라는 내면화된 만다라, 나의 몸으로서의 만다라이겠지요. 시와 연결 지어 생각하면 시는 이 두 번째 보이지 않는 만다라, 몸으로서의 만다라, 어쩌면 내면화된 심층적인 만다라일 수도 있겠지요. 몸에 숨어 있는 이 도형이, 그 무늬가 리듬처럼 우리에게서 시의 목소리를 내어놓는 것이라고 생각될 때가 있어요. 저라는 사람에게 보이지 않는 중심이란 게 있다면 거기서 퍼지는 메아리처럼 말입니다. 역동적인 리듬과 파동으로서의 글쓰기를 내어놓게 하는 게 시인 안에 들어찬 만다라인지도 모르지요. 리듬도 만다라도 모두 반복을 밑그림으로 갖고 있지요. 만다라는 대개 이차원으로 그려져 있지만 우리 안에는 제가 포탈라궁에서 본 삼차원의 만다라가 세워져 있겠지요. 그 삼차원 만다라가 다시 보이지 않는 공간까지 포섭하면서 바깥으로 터져나가겠지요.

우리가 한 편의 시를 읽으면 언뜻 보아 그 시가 단순한 구조를 가지고 있는 것처럼 보이지만 그 속으로 들어가 독자와의 관계까지 그려보면, 무수한 도형이 점철된 언어기호들이 난무하는 도형이 드러나는 것처럼 만다라는 우선 하나의 응축적인 도형으로서 우리 안에 있겠지요. 이것의 퍼지는 모양새를 말로 할 수 없으니 원을 하나 그리고 그 안에 도형들을 이차원으로 꺼내 배치해보는 것이겠지요. 이것을 조금 과장해 말해보면 시라는 것은 내면의 도형과 무늬와 바깥의 세계를 겹친, 보이지 않는 것을 보이게 한, 일종의 커다란 슬픔의 무늬일 수 있겠다고 생각합니다. 슬픔도 오래 지나면 무늬가 되겠다고요.

우리나라 사람들이 다 아는 시를 인용해보겠습니다. 윤동주의 「자화상」을 보면 우물이란 동그라미를 그리고 자기를 들여다보는 행위를 반복하지요. 시의 화자는 상이 맺히는 동그라미로 계속 돌아갔다가 나오기를 반복합니다. 마치 보이지 않는 만다라를 행동으로 그리는 것 같지요. 이런 반복을 통해 만다라는 다른 도형으로 변해갑니다. 화자는 과거로 돌아가는 것 같지만 이 무늬들로 인해 미래로 나아가는 것처럼도 보이게 됩니다. 우리의 시 쓰기는 이와 같지요. 처음으로 시인이 제시한 이미지는 닫힌 원을 하나 그린 것 같지만 이미지 겹치기, 혹은 추억하기 수행을 반복함으로써 원이 덧그려지고 원의 가능성이 커지는 것이지요. 윤동주의 이 반복은 규칙적인 이미지와 리듬감으로 추상적 도형을 밑그림으로 가지고 있게 됩니다. 마치 그림으로 그리면 화면 전체를 골고루 바라보도록 유도하는 만다라를 보는 것 같게 하지요.

유기체인 동물은 순간순간 죽음을 반복함으로써 지속하는 삶을 얻습니다. 이 죽음의 순간을 윤동주는 우물을 들여다보는 것으로, 동그라미를 그리는 것으로 표현한 것이 아닐까요? 윤동주는 자신의 지옥에 동그라미를 하나 그리지요. 이 동그라미 없이는 시가 생겨나지 않겠지요. 이 동그라미는 윤동주의 내면에 하나의 응축된 도형으로 늘 있었겠지요. 우물은 시인으로서의 윤동주가 지닌 일종의 지옥, 내면 거울이지요. 이 동그란 지옥에서 시가 시작합니다. 이 우물로 다시 가보는 것, 우물을 다시 그리는 것으로 윤동주는 시를 전개해나갑니다. 시의 처음에서 "사나이"와 "달이 밝고 구름이 흐르고 하늘이 펼치고 파아란 바람이 불고 가을이 있습니다"는 따로 떨어져 있었지만, 이 만다라가 완성되면 "우물 속에는 달이 밝고 구름이 흐르고 하늘이 펼치고 파아란 바람이 불고 가을이 있고 추억처럼 사나이가 있습니다"로 모두 같은 동그라미 안에 있게 되지요.

황인찬   선생님 시에서 나타나는 도상을 중심으로 선생님의 시를 파악한다면 또한 즐겁지 않을까 합니다. 발산하거나 수렴하는 프랙털fractal의 형상이 선생님의 시에서 자주 발견된다는 생각이 들기도 하네요.

그와 더불어 영화에 대한 선생님의 견해를 조금 더 여쭙고 싶기도 합니다. 영화는 문학 이후, 정확히는 소설 이후 시대를 대표하는 예술 양식이기도 했습니다. 유튜브의 시대와 함께 시네마의 시대가 생각보다 빨리 끝나버린 것 같다는 인상은 있습니다만…… 선생님께서 좋아하셨던 영화들에 대해, 그리고 그런 영화들이 어째서 좋았는지에 대해서도 여쭙고 싶습니다.

제 생각으로 영화는 너무 복합적이라 다른 어떤 예술과도 다르지만, 또 아주 복합적인 것이기에 가장 단순한 형태의 예술이라 할 만한 시와 아주 가깝다는 생각이 들 때도 있기에, 그런 점에서 선생님께 영화에 대한 견해를 여쭙고 싶습니다.

김혜순   너무 많은 영화가 제 앞에서 명멸했기에 그것을 다 예로 들 수 있을까요? 아마도 영화감독 수십 명의 이름을 떠올릴 수도 있겠습니다. 새 영화를 만들면 꼭 보고 싶은 영화감독들이 있지요. 반면에 예전에는 좋아했는데 지금은 보고 싶지 않은 감독들도 있지요. 각 나라에 가면 그 나라의 소설가와 시인, 영화감독, 화가, 음악가 들을 생각하지요. 2017년에 제 딸이 스페인의 빌바오에서 레지던스 프로그램을 하고 있어서 그곳을 방문했어요. 빌바오구겐하임미술관에서 빌 비올라의 전시를 보고 나서 그 옆 도시인 산세바스티안에 가서 앨프리드 히치콕 전시를 봤지요. 빌 비올라의 시간 늘리기, 되감기에 푹 빠져 있다가 히치콕의 스산한 공포와 미장센에 빠져서 하루를 허우적거린 날이 새삼 생각나네요. 저를 미디어 이미지로 가득 적신 날이었지요. 제 몸이 한없이 이완되다가 갑자기 수축되는 경험이 있었지요.

언젠가 저에게 외국인 인터뷰어가 누구의 영화를 좋아하느냐고 물어서 데이비드 린치의 영화라고 했더니 그다음엔 가는 데마다 데이비드 린치의 영화에 대해 제게 물어봐요. 그의 영화가 왜 좋았느냐, 어느 영화를 좋아하느냐, 시에 영향을 받았느냐 등을 묻지요. 그래서 그다음에는 라스 폰 트리에나 조도로프스키를 좋아한다고 했더니 또 그 질문이 반복되더군요. 그다음 제가 알렉산드르 소쿠로프Aleksandr Sokurov라고 했을 때는 아무도 질문하지 않았습니다. 소쿠로프의 영화는 도스토옙스키나 고골을 읽은 독자들에겐 전율이 일어나는 영화지요. 소설을 읽으며 상상한 장면들이 갑자기 줄거리를 박차고 시적 재현으로 나타나지요. 그 장면들이 관객인 우리의 기억처럼 소환되는 '가능세계'가 느닷없이 나타나니까요. 저는 이제 영화에 관한 고유명사를 발설하지 않기로 했습니다. 영화라는 장르가 오락영화나 상업영화를 제외한 작품들로서는 어떤 기로에 서 있는 게 사실이지요. 저는 안드레이 타르콥스키나 소쿠로프가 하나의 작은 대안이 될 수도 있다고 생각합니다. 그들의 시적인 장면 구성과 표현 방식들 말입니다. 저는 영화를 볼 때 서사에는 통 관심이 없습니다. 영화의 분위기 혹은 미장센, 영화관을 나설 때 남는 단 하나의 장면이 있으면 그 영화를 좋아하게 됩니다.

소쿠로프의 〈속삭이는 페이지들Whispering Pages〉은 도스토옙스키의 『죄와 벌』의 라스콜니코프가 페테르부르크를 며칠간 이동하는 모습을 따라가는 영화입니다. 이 영화의 장면들은 제목이 가리키듯 수직적 풍경이 페이지처럼 넘어갑니다. 이 풍경 속에서 라스콜니코프는 사라진 한 여자의 이름을 계속 부르지요. 영화에서 사람들은 소설가가 만들어낸 죽음의 심연으로 쉼 없이 뛰어내립니다. 마치 소설 속에 투신하는 듯합니다. 영화가 죽음의 독서가 되는 셈이지요. 『죄와 벌』의 중요한 사건들은 헐거운 구조 안에서 말로 제시될 뿐이지요. 영화는 도시의 페이지를 하나하나 넘깁니다. 이 영화에서 도시는 하나의 책이고 박물관이면서 동시에 죽음의 시공간입니다. 이 영화는 도시라는 '책'을 회화적으로 상영합니다. 소쿠로프는 왜 이 책을 영화로 상영하고 있을까요? 그것은 아마도 이 페테르부르크라는 '죽음의 몸'을 느끼게 하고 싶기 때문이고, 이제 사라진 것들을 불러내고 싶은 탓이겠지요. 이 책은 과거에 도스토옙스키에 의해 쓰였지만 영화에 의해 사건의 실루엣들만을 불안전하고 흐릿하게 실현 중인 책이 됩니다. 문자를 읽지 않고 보는 시대를 예견했다 할까요? 문맹이 된 관객들에게 문자를 보는 괴로움을 만끽하게 하는 책이 이 영화지요. 이 영화는 미래의 읽기 혹은 책과 닿아 있습니다. 저는 이것이 영화와 책의 미래, 혹은 망각에 대한 기억을 이미지의 연쇄로 준비하고, 대리 보충하고 있는 영화라고 말해보고 싶습니다. 문자에 중독된 제가 암울하게 내다보는, 문자를 '보는' 세대에 대한 역설적 대안을 생각하게 한 영화라고나 할까요? 빌 비올라와 히치콕을 연결한 것처럼, 미디어아트와 영화를 연결한 것처럼 생각되는 영화지요. 영화가 소설을 시로 만들었지요.

황인찬   문학을 문학이게 하는 것, 시를 시이게 하는 것이 있다면 그것은 대체 무엇일까요? (저는 학생들에게 시란 무엇인지 설명할 때 두 방향성의 이야기를 하곤 합니다. 하나는 소통이란 결국 정보량을 통제하는 일인데 시는 언어를 매개로 하는 예술이므로 언어의 내용과 길이를 통제하는 행갈이의 예술이라는 것이고, 다른 하나는 결국 시 쓰기란 모든 것을 지우고 나면 쓰는 이와 쓰는 행위가 남게 될 뿐이라는 것입니다. 학생들에게 당장의 시 쓰기에 큰 도움이 되지 않는 이야기라는 점에서 스스로 자주 낙담을 하기도 합니다.)

김혜순   최소한 우리가 하고 있는 이 대화는 시가 아니지요. 저의 대답들도 물론 시가 아니지요. 하지만 우리가 만난 저녁의 모든 빛, 빛 아래 있는 것들은 시이지요.

    아직 생각해보지 않았고, 아직 보지 않았고, 아직 알려지지 않은 것.
    가족을 포기하는 것.
    시하는 것.
    상처를 드러내는 것.
    무관심하고, 나를 알려고도 하지 않는 저 타자를 향해 나 혼자 하는 전쟁.
    범죄행위(세상이여, 시인들을 처단하라!).

탈출하기 위한 리듬의 생산.

언어의 쇄빙선을 타고 언어를 무찌르는 것.

텍스트. 텍스트를 향한 텍스트.

이 국가체제에 매일 사형을 언도하는 것.

매일매일 이 나라에서, 이 세상에서 필요 없는 존재가 되는 것.

이 세상에 없는 기계를 위한 기술자가 되는 것.

일각일각 사형장으로 끌려가는 것.

일각일각 시간을 멈추어보는 것.

피가 흐르지 않는데 피를 흘리는 것.

도망 중인 것.

영원히 4 · 16참사에서 눈을 떼지 않는 것.

이 세상이 아닌 곳을 보게 되는 바이러스를 퍼트리는 것.

스스로의 필멸을 장난감으로 여기는 것.

죽고 싶게 하는 것.

해치는 것.

내/네 안의 빙산을 녹이는 것.

부정인 것.

비밀인 것.

의심인 것.

죽기를 배우는 것.

죽지 않기를 배우는 것.

우리의 죄가 무엇인지 밝히는 것.

우리의 죄가 아닌 것을 밝히는 것.

십계명과 헌법에는 없는 죄인 것.

생물학에는 없는 생물하는 것.

소유와는 관계없는 것.

말을 말로부터 해방하는 것.

우리의 생존이 이런 모습이 아니라고 하는 것.

죽은 이를 살리는 것.

망자를 망자이지 않게 하는 것.

죽은 사람과 산 사람이 평등한 것.

써나가면서 영원히 살아 있게 하는 것.

무시간인 것.

리듬의 신을 모시는 것. 그에 따라 호흡하는 것.

고통인 것.

죽고 싶게 하는 것.

분열, 분열, 분열.

그리고 무엇보다 현실이 아닌 것.

여성인 것(여성이라서 여성이 아니라 그 시가 여성이어서 여성인 것). 새인 것. 모래인 것.

나를 지워보는 것.

나를 버리러 가는 것.

멀리 나를 보내는 것.

나 아닌 나를 고백하는 것.

고백할 수 없는 것을 고백하는 것.

중립지대.

황 시인님 말대로 영원히 지우는 것.

그리고 실패, 실패, 실패.

지금 순간적으로 떠오르는 내용을 떠들어보았습니다. 문학이게 하고 시이게 하는 것은 너무나 많거나 아무것도 없거나 하지요. 그리고 그 대답은 늘 파편일 수밖에 없을 것 같아요. 이 파편으로서의 대답은 질문을 포함한 대답이고, 질문이 끝나지 못하도록 하는 대답이지요. 문학은 질문이고, 그 질문은 늘 다른 방식으로 소환되어야 하니까요. 그 정의는 나날이 뚱뚱해지거나 사라지거나 하지요. 영원히 시라는 것 자체가 스스로 탈영토화 중이고, 생성 중이니까요. 영원히 그것을 말할 수는 없겠지요. 항상 시는 시 안에 없지요. 시 너머에, 시 밖에, 시 위에 시가 있습니다. 그러니 우리가 시를 말하는 것은 불가능하지요. 만약 시가 무엇인지를 말하는 사람이 있다면 그는 항상 시 이하를 말하는 것이겠지요.

황인찬　선생님의 말씀을 들으니 마야 리 랑그바드의 『그 여자는 화가 난다』가 떠오르기도 했습니다. 최근에 읽은 책인 까닭도 있겠지만, 선생님이 말씀하신 내용의 대부분에 부합하기 때문일 겁니다. 선생님께서 줄곧 말씀하신 나의 고백이자 나의 죽음으로서의 말하기에 참 부합하는 형식을 갖춘 작품이 『그 여자는 화가 난다』가 아닌가 싶은데요. 선생님께서는 그 책의 추천사를 쓰기도 하셨습니다.

저는 그 시집을 읽으며 선생님의 시가 계속 생각났습니다. 리듬을 통해 몸을 구성하는 방식도, 그 반복을 통해 의미를 구성하며 동시에 해체하는 형식도 선생님 작품의 방법론과 참 닮았다는 생각입니다. 혹시 그 작품에 대한 말씀을 부탁드릴 수 있을까요?

김혜순   마야 리 랑그바드는 한국에서 태어나 덴마크에 입양되었고, 레즈비언이고, 한국말을 잘 못 하지요. 그런데 이제 한국어로 책이 나왔지요. 한국인에게 읽히고 싶어서 쓴 책이라고 했어요. 한국어로 쓰면 좋았을 것을, 얼마나 마음이 아팠을까요. 저는 마야의 낭독을 두 번 들었어요. 한 번은 서울에서, 또 한 번은 코펜하겐에서. 참으로 듣기 좋았지요. 그러나 내용은 몰랐어요. 마야는 저의 『죽음의 자서전』을 덴마크어로 번역한 이들 중 한 명이지요. 세 명으로 구성된 번역 모임에서 그 책을 번역했는데, 제게 보내는 질문들이 예사롭지 않았어요. 저는 그 덴마크어 번역이 참 좋을 거라고 믿어 의심치 않지요. 마야의 『그 여자는 화가 난다』는 모국어도 없이 마이크를 들고 다시 돌아온 입양인 여자의 목소리로 일관되지요. 매우 구체적이고, 세밀하고, 다성악적인 목소리이지만 순혈주의와 국가주의에 빠진 우리를 할퀴는 책이에요. 나는 마야에게 이것을 한국 정치가와 행정가 들을 모아놓고 종일 큰 소리로 읽어줬으면 좋겠다고 말했어요.

한국에서 태어나 덴마크로 입양된 제인 진 카이젠은 2019년 베니스비엔날레에서 우리나라 대표로 미디어아트 작품을 출품했는데 그 제목이 "이별의 공동체"였지요. 제 시와 에세이에서 딴 제목이지요. 제인은 저의 에세이의 바리공주 이야기에서 바리가 부모에게 버려졌다가 다시 먼 죽음의 길을 헤맨 다음, 아버지를 살리는 자리로 다시 돌아오는 이야기와 자신의 작품 서사를 겹쳐놓았어요. 제인의 작품은 우리나라 근현대사가 외국으로 방출한 사람들, 디아스포라들과 입양인으로 나갔다가 다시 돌아온 자신을 겹치지요. 그 작품의 나선형 구조 한가운데 작가 자신을 위치시키지요. 마야도 마찬가지예요. 다시 돌아와 우리에게 우리를 살리는 처방을 바리공주처럼 하는 거예요. 랩 가수의 래핑처럼 1,554번 되풀이되는 '여자는 화가 난다'라는 문장을 우리는 잘 들어야 하지요. 그 안에 우리의 국가주의와 가족주의와 이성애주의와 민족주의 등을 살릴 언어들이 포진해 있지요. 그 책을 낸 난다 출판사에서 추천사를 의뢰할 때 제게 교정지를 보냈는데, 그때는 손화수 번역자가 제목을 '그녀는 화가 난다'로 번역했더라고요. 그래서 제가 출판사에 '그 여자는 화가 난다'로 하면 어떻겠느냐고 의견을 냈지요. 왜냐하면 저는 마야를 '그녀'라고만 부를 수 없을 것 같았어요. 물론 본문에서도 주어를 그렇게 사용하는 게 걸렸어요. 이건 여담이지만 황 시인과 제가 앉았던 카페의 그 자리에서 마야와 저는 또 차를 마셨지요, 하하. 그래서 제가 그 자리는 시인이 앉는 자리라고 했어요.

"저는 온전하게 제대로 쓰인 책은
아직 나타나지 않았다고 생각합니다"

황인찬　　양식으로서의 문학에 대해 이야기하니 인쇄매체로서의 문학에 대해서도 이야기하고 싶습니다. 현대문학은 명백하게 지면에 인쇄되는 것을 의식하며 만들어져 있습니다. 손바닥만 한 크기의 종이 위에 언어를 배치하는 것이 오늘날의 한국 현대시라고 할 수 있겠습니다. 사실 저는 선생님의 시를 읽으면서는 때로 이 손바닥만 한 지면이 너무 좁게 느껴진다고 생각하기도 했습니다. 아주 큰 지면에 어울리는 것이 선생님의 시라고 생각할 때도 있었는데요.

한편으로 요즘은 지면이 아니라 화면의 시대이기도 합니다. 우리는 이제 지면에 인쇄된 것이 아니라 화면에 뿌려지는 활자들을 눈으로 읽고 있지요. 화면에서의 문학은 어쩌면 지면에서의 것과 달라질 수 있지 않을까, 그런 기대를 품기도 합니다.

선생님은 이처럼 화면의 시대에 접어든 지금, 문학에 어떤 변화가 가능하다고 생각하시는지요.

김혜순 　저는 산문을 쓸 때는 화면에 직접 글을 쓰지만 시는 종이나 노트에 씁니다. 그랬다가 화면에 옮기지요. 그다음 시가 쓰인 종이를 찢어서 버립니다. 시를 처음 쓰기 시작할 때부터 그렇게 했습니다. 처음엔 타이프라이터였다가 워드프로세서, 그리고 컴퓨터로 변해왔지만 말입니다. 저는 화면에 쓰인 문학은 잘 읽지 못합니다. 마치 그것은 저에게 어떤 '정보'로만 느껴집니다. 저는 책의 물성을 느끼면서 읽는 것을 좋아합니다. 화면으로 읽을 때는 금방 다른 화면으로 떠날 수 있습니다. 다른 화면을 찾아보게 되지요. 그러다가 다시 책 읽기로 돌아오지 못하는 경우가 많습니다. 화면은 종이와 다른 집중도를 요구하지요. 왠지 화면에 쓰인 것은 읽고 마는 것으로 느껴집니다. 더구나 화면 뒤에는 빛이 있으니 어둠의 풍요를 느낄 수가 없지요.

더 이상의 디지털 미디어로서의 구현은 아직 제가 접해보지 못했습니다. 저자와 독자가 직접 소통하고, 저자도 상품 생산자처럼 실시간으로 댓글에 답하고 그럴 수는 있겠지만 지금 제가 하는 문학 형태는 그런 소통 방식에 어울릴 수 없을 것 같습니다. 전자책이 만약 음성과 영상의 쌍방 소통이 가능한 멀티미디어 생산양식이 된다면 제가 알 수 없는 새로운 저자군이 탄생하겠지요. 지금까지의 문학은 다른 옷을 입겠지요. 단독 장르로서의 문학은 점점 축소되겠지요. 작가도 일개인이 아닌, 독자와의 구분이 없는 어떤 창작 집단 형태가 될 수도 있겠고요. 아마 출판사라는 명칭도 다른 뜻으로 사용되겠지요.

저는 출판사를 다닐 때 자주 인쇄소를 갔습니다. 그때는 납에 새겨진 활자들이 즐비하게 꽂힌 활자단에서 식자공이 한 글자, 한 글자를 집자한 다음 활판에 꽂아 넣는 지난한 과정을 거쳐 책이 완성되었습니다. 말하자면 출판사의 편집자에겐 잘못 식자된 것을 교정하는 일도 주된 업무 중 하나였지요. 제가 다닌 출판사들이 주로 이용한 인쇄소는 조태일 시인이 운영하던 창제 인쇄소였는데 아주 유능하고 숙달된 노년의 식자공과 문선공, 활판공 들이 있었지요. 이제는 그런 직업들이 완전히 사라졌지만 말입니다. 저는 인쇄 과정을 거치지 않은 글 읽기를 아직도 잘하지 못합니다. 그러나 문자가 생긴 이래 가장 많은 문자가 생산, 유통되는 시대가 지금 아닙니까? 다만 글을 쓰는 분들이 다 작품을 쓰고 있다고는 생각지 않습니다. 그런 글을 읽는 사람들을 독자라고 부를 수도 없을 겁니다. 저는 그저 사용자라고 부르고 싶습니다. 유통망이 너무도 커져서 책을 출간하는 것도 속도전 안에 있게 되었는데, 저는 온전하게 제대로 쓰인 책은 아직 나타나지 않았다고 생각합니다.

황인찬   온전하게 제대로 쓰인 책이 아직 나오지 않았다는 말씀이 너무나 인상적입니다. 선생님이 그리고 계신 제대로 쓰인 책이란 어떤 것일지 궁금합니다.

김혜순   그 책은 '절대의 책'이 아니지요. 고유성과 독창성을 모두 갖춘 단 한 권의 책이 아니지요. 아직 누군가 쓰고 있고, 누군가 쓸 책이지요. 이 책이라는 것은 외형상으론 오랜 세월 살아 있었지만, 텍스트상으론 거듭 태어나는 중 아닙니까? '나는 아무의 영향도 받지 않고 세상에 뚝 떨어진 시인'이라고 자신을 정의하는 시인도 만나봤지만, 그런 시인은 없습니다. 소리도 없이 소문도 없이 이전 텍스트들의 그물이 새 텍스트에 닿지요. 시가 시를 쓰고, 책이 책을 씁니다. 시는 영원히 끝나지 않고, 책도 마찬가지입니다. 끊임없이 생성되었다가 사라지는 것이 책의 운명이지요. 저는 이 태어나고 사라지는 책들로 이루어진 어떤 한 권의 책을 상상합니다.

지금 일어나고 있는 모든 일이, 개개인의 모든 일이 책이 되는 시대에 우리는 살고 있지요. 책을 쓴 사람을 모두 작가나 창조자라고 부를 수 없는 시대에 말이에요. 그 책들은 상호작용해서 독자들에게 어떤 책의 모습을 지시하고 있습니다. 이것이 당대의 책의 모습이지요. 작품이라고 부를 수 있는 것은 이제 독자가 찾아내야 하는, 보물찾기의 대상이 되었습니다.

그럼에도 무한히 사회와 역사를 넘어 다른 텍스트와 연결되고 확장되는 망상 조직을 거느리는 것이 텍스트이기 때문에 영원히, 그 책은 영원히 완성되지 않겠지만 '책'이라는 것을 향해 가겠지요. 무한히 계획되고, 무한히 구축 중인 책이라는 것이 있겠지요. 어쨌든 당대의 책이라는 것에 시 작품이라는 텍스트를 투척하는 것이 우리의 작업이 아닙니까? 전통을 배반하면서, 상상력을 저곳이 아니라 이곳에서 온 것이라고 믿으면서, 절대로 이곳을 위반하면서 하찮은 꿈을 써 내려가는 우리의 일 말입니다. 이곳의 당대라는 그 책, 그 주변과 중심, 망각과 기억이 공존하는 그 책이라는 것을 향해서 말입니다. 아직 쓰이지 않은 그 책을 향해서 말입니다.

1955   경상북도 울진군 울진읍 개학당(외가)에서 태어났다.

1962   외가 근처의 울진초등학교에 입학했다.

1973   원주여자고등학교를 졸업했다. 이어 중고등학교 선생님이 되어 동생들의 학비를 보조하라는 외할머니의 권유로 강원대학교 국어교육과에 입학했다. 당시에는 국립대학교의 등록금이 사립대학교의 10분의 1에 불과했다.

1975   요즘 용어로 스토킹이 있었다. 1년간 휴학하고 건국대학교 국어국문학과에 편입했다. 두 곳에 편입학 원서를 냈는데 한 곳에서 아버지께 전화로 300만 원의 기부금을 요구해 그 대학에는 가지 않았다. 휴학 중일 때 외할머니가 돌아가셨다.

1978   〈동아일보〉 신춘문예 평론 부문에 입선했다. 건국대학교 국어국문학과 학사과정을 마쳤다. 출판사 평민사에 입사했다.

1979   〈문학과지성〉 겨울호에 시를 발표하며 작품 활동을 시작했다.

1980   평민사를 퇴사하고 오규원 시인이 운영하던 출판사 문장에 편집장으로 입사했다. 12월에 결혼했다. 연말에 문장을 퇴사했다. 대학원 과정에 등록했다.

1981 시집『또 다른 별에서』(문학과지성사)를 출간했다. 12월에 딸을 낳
     았다.

1985 시집『아버지가 세운 허수아비』(문학과지성사)를 출간했다.

1988 시집『어느 별의 지옥』(청하)을 출간했다.

1989 여러 대학의 강사를 전전한 끝에 서울예술대학교 문예창작과에 교
     수로 임용되었다.

1990 시집『우리들의 음화』(문학과지성사)를 출간했다.

1992 독일 베를린 반제하우스에서 낭독했다.

1993 「김수영 시 담론 연구」로 박사학위를 받았다.

1994 시집『나의 우파니샤드, 서울』(문학과지성사)을 출간했다. 페루 리마
     대학교 출판부를 통해 번역 시집을 출간하며 페루, 아르헨티나, 칠
     레 등의 여러 장소에서 낭독했다.

1996 독일 베를린 문학의집, 함부르크 문학의집에서 낭독했다. 다시 페
     루, 칠레 등의 여러 장소에서 낭독했다.

1997   시집 『불쌍한 사랑 기계』(문학과지성사)를 출간했다. 김수영문학상을 받았다.

2000   시집 『달력 공장 공장장님 보세요』(문학과지성사)를 출간했다. 소월시문학상, 현대시작품상을 받았다.

2001   독일 라이프치히국제도서전에서 낭독했다.

2002   시론집 『여성이 글을 쓴다는 것은』(문학동네)을 출간했다. 독일 쾰른 ATLAS(세계 여성 시인 7인 낭독회)에서 낭독했다. 미국 UCLA, 하버드옌칭연구소에서 낭독했다.

2003   미국 스미스대학교 포에트리센터에서 낭독했다.

2004   시집 『한 잔의 붉은 거울』(문학과지성사)을 출간했다. 한국문화예술위원회에서 '올해의 작가'로 선정되었다.

2005   독일 프랑크푸르트국제도서전, 뮌헨 괴테하우스, 로만퍼블릭하우스Roman Public house, 스위스 바젤 문학의집에서 낭독했다. 베를린 문학공작소Berlin Literaturwerkstatt에서 브리기테 올레신스키Brigitte Oleschinski 시인과 서로의 시를 번역하고 낭독했다.

2006   미당문학상을 받았다. 미국 시애틀 번역자 대회, 캐나다 브리티시
         컬럼비아대학교에서 낭독했다.

2008   시집 『당신의 첫』(문학과지성사)을 출간했다. 대산문학상을 받았다.
         타이베이 국제시축제에 참여했다.

2009   미국 노트르담대학교, 시카고에서 열린 작가 프로그램(AWP)에서
         낭독했다.

2010   네덜란드 로테르담 국제시축제에서 낭독했다.

2011   시집 『슬픔치약 거울크림』(문학과지성사)을 출간했다. 독일 베를린
         국제시축제 오프닝 나이트에서 이브 본푸아Yves Bonnefoy 시인과 낭
         독했다.

2012   영국 런던올림픽을 기념하기 위한 포에트리 파르나소스Poetry Parnas-
         sus에서 아시아 대륙 대표로 로열페스티벌홀에서 낭독했다. 영국
         레드버리 국제시축제, 프랑스 샹보르성, 파리 중남미문화원, 스위
         스 제네바 루소의집에서 낭독했다.

2013   미국 럿거스대학교에서 낭독했다.

2014   스웨덴 스톡홀름 국제시축제에 참여했다. 영국 런던국제도서전, 사우스뱅크도서관에서 낭독했다.

2015   홍콩 시의 밤Poetry nights에 참여했다. 중국 상하이 민생미술관, 일본 도쿄 동경담서점, 오사카 문화학교에서 낭독했다.

2016   시집 『피어라 돼지』(문학과지성사) 『죽음의 자서전』(문학실험실), 시산문집 『않아는 이렇게 말했다』(문학동네)를 출간했다. 프랑스 파리 국제도서전, 오를레앙서점, 파리 제7대학교, 파리 중남미문화원, 국립시문학관 메종 드 라 포에지(파리, 낭트)에서 낭독했다.

2017   시론집 『여성, 시하다』(문학과지성사)를 출간했다. 아버지가 돌아가셨다.

2018   독일 퀼른 세계문학축제(Poetica Cologne 4)에 참여했다. 보훔대학교, 베를린 문학의집에서 낭독했다.

2019   시집 『날개 환상통』(문학과지성사), 산문집 『여자짐승아시아하기』(문학과지성사)를 출간했다. 캐나다 그리핀 시 문학상 인터내셔널 부문을 받았다. 독일 프랑크푸르트 축제(Fokus Lylic)에 참여했다. 미국 샌프란시스코 번역예술센터, 시카고 시 재단, 뉴욕 아시아계 미국인 작가 워크숍(AAWW), 프랑스 국립시문학관 메종 드 라 포에지

파리, 파리고등사범학교, 영국 뉴캐슬 국제시축제, 노르웨이 트론헤임 문학의집, 오슬로 푸른 문학Litteratur på Blå, 덴마크 코펜하겐 현대미술관에서 문학단체 테라폴리스Terrapolis와의 협업으로 낭독했다. 어머니가 돌아가셨다.

2021   스웨덴 시카다상을 받았다. 서울예술대학교에서 퇴임했다. 네덜란드 로테르담 국제시축제에 참여했다.

2022   시집 『지구가 죽으면 달은 누굴 돌지?』(문학과지성사)를 출간했다. 삼성호암상 예술상을 받았다. 영국 왕립문학회 국제 작가U.K Royal Society of Literature International Writer로 선정되었다. 서울국제작가축제에서 키노트를 했고, 작가의 방 행사에 참여했다. 스웨덴 스톡홀름 국제시축제에서 낭독했고, 스톡홀름 문화센터에서 대담을 진행했다.

2023   인터뷰집 『김혜순의 말』(마음산책)을 출간했다. 독일 베를린 시 연설Berliner Rede zur Poesie에서 키노트를 담당했고, 베를린 국제시축제에서 낭독했다. 이스라엘 국제시축제에서 낭독 및 대담에 참여했다.